R.K. Lilley

In Flight

Nas alturas

Editora Charme

1ª Impressão 2016

Produção Editorial: Editora Charme
Capa: Verônica Góes
Foto: ShutterStock
Tradução: Monique D'Orazio
Revisão: Ingrid Lopes

Esta obra foi negociada por Agência Literária Riff Ltda em nome de Dystel & Goderich Literary Management.

Este livro segue as regras da Nova Ortografia da Lingua Portuguesa.

CIP-BRASIL, CATALOGAÇÃO NA PUBLICAÇÃO
SINDICATO NACIONAL DE EDITORES DE LIVROS, RJ

Lilley, R.K.
In Flight / R.K. Lilley
Titulo Original - In Flight
Série Up in the air - Livro 1
Editora Charme, 2016 .

ISBN: 978-85-68056-32-5
1. Ficção erótica norte-americana

CDD 813
CDU 821.111(73)3

www.editoracharme.com.br

R.K. Lilley

Tradução
Monique D'Orazio

Editora Charme

Este livro é dedicado à minha mãe, Linda,
por me deixar perdidamente viciada em ficção,
desde minhas mais tenras memórias.

1
Sr. Cavendish

Minhas mãos tremiam um pouco enquanto eu preparava o serviço de pré-embarque da primeira classe. Puxei a garrafa de champanhe da gaveta de gelo, na base do carrinho de bebidas, sentindo meu corpo zunir de nervosismo. Senti, mais do que ouvi, meu melhor amigo Stephan entrar depressa pela cortina atrás de mim.

— Hora do show, Bi — ele disse, apressado.

Stephan colocou uma mecha solta dos meus cabelos loiros de volta no coque perfeito. Apesar da agitação dele, eu sabia que estava tudo certinho. Como partiríamos da nossa cidade natal, Las Vegas, pegamos um micro-ônibus desde a sede da companhia aérea diretamente para o avião. Passamos pelo controle de segurança, e, sem os detectores de metais, eu podia usar grampos de cabelo. E grampos significavam que meu cabelo se comportaria perfeitamente.

Só que Stephan gostava de mexer comigo. Ele era, de longe, a pessoa mais afetuosa que eu conhecia. E, certamente, a única pessoa que eu permitiria me tocar, mesmo de um jeito casual.

Ele ganhou esse direito ao longo de muitos anos como meu melhor amigo. Aliás, melhor amigo e muito mais: companheiro constante, confidente, parceiro, ex-colega de quarto e, no momento, meu vizinho. Ele também era meu parceiro nos voos. Éramos inseparáveis.

Às vezes, ele mais parecia ser uma extensão de mim do que uma outra pessoa. Éramos muito próximos, dependentes um do outro, parceiros por tantos anos que não poderíamos agir de qualquer outra forma.

Não havia dúvidas de que ele era a pessoa mais importante da minha vida. Quando eu ouvia a palavra família, só pensava em uma pessoa e essa pessoa era Stephan.

— Já temos cinco pessoas sentadas na primeira classe. Onde está minha lista de passageiros? — ele perguntou.

Entreguei a ele sem falar uma palavra. Eu estava com a lista dentro do suporte de couro do menu. Eu já tinha dado uma olhada nela — era *essa* a razão de minhas mãos não estarem lá muito firmes. Não havia outro motivo para estar tão nervosa. Eu estava me preparando para um voo noturno quase vazio, com apenas o mínimo de serviço de bordo, no qual o único desafio, normalmente, era ficar acordada.

— Você tem que dar uma olhada na 2D — Stephan falou com um suspiro exagerado e sonhador. Sua declaração e o suspiro nada tinham a ver com o jeito normal dele, mas eu sabia muito bem o motivo da mudança. A tal razão também tinha conseguido algumas reações bem pouco características da minha parte.

— Sim, é o Sr. Cavendish — eu disse numa voz inflexível.

Mãos grandes e elegantes acariciaram os meus ombros.

— Você fala como se o conhecesse. — Havia uma pergunta em seu tom.

— Uh-hum. — Tentei ao máximo falar em tom casual. — Ele estava no voo fretado no qual trabalhei na semana passada. Tinha uma reunião com o CEO. O Sr. Cavendish é dono daquele hotel gigantesco.

Stephan estalou os dedos atrás de mim. Por fim, eu me virei e olhei para ele, arqueando uma sobrancelha.

Os olhos azuis límpidos que encontraram os meus poderiam pertencer ao meu irmão, se eu tivesse um. Aliás, dava para dizer isso a nosso respeito, de modo geral. Nosso cabelo loiro-dourado tinha quase o mesmo tom, embora o dele tivesse uma textura ondulada. Estava penteado para trás com maestria e chegava logo abaixo das orelhas. Nós dois éramos altos e magros, embora ele fosse vários centímetros mais alto do que eu. Nem mesmo meus saltos equiparavam a diferença. Nossas feições tinham um toque nórdico semelhante. Sim, poderíamos facilmente passar por irmãos. E eu certamente pensava nele como um irmão já há quase uma década.

— Eu ouvi falar dele! Aquele cara é bilionário! Melissa vai ficar louquinha quando descobrir. Vamos vê-la entrar de costas, com a bunda primeiro, na primeira classe, assim que se der conta de quem temos aqui na frente!

Tentei abafar uma risada da imagem que ele descreveu. E, tristemente, acho que não estava muito fora da realidade.

Melissa era uma das três comissárias que trabalhavam na cabine principal do 757. Tínhamos acabado de começar nosso cronograma com uma nova tripulação na cabine principal. Stephan e eu sempre trabalhávamos juntos na primeira classe, nós combinávamos assim, mas nossa tripulação de cabine principal mudava a cada poucos meses. Nossa composição atual estava programada para se manter por três meses e só estávamos começando a conhecer nossos companheiros de voo. Todos se davam bem até o momento.

Melissa era quem tinha a personalidade mais ruidosa no grupo e, portanto, para o bem ou para o mal, antes de qualquer coisa, estávamos aprendendo tudo sobre ela. Era uma daquelas garotas que tinham se tornado comissárias para conhecer homens. Ou, mais especificamente, para conhecer homens ricos. Ela era nova na companhia aérea, por isso foi designada para trabalhar na classe econômica. Ou, como ela dizia, suportá-la. Ela cobiçava minha posição como comissária da primeira classe, ou até mesmo a posição de Stephan como chefe de cabine.

Stephan e eu tínhamos começado nessa companhia havia quatro anos, no primeiro voo comercial, por isso tínhamos anos de experiência à frente de Melissa. Ela havia começado como aeromoça há seis meses, o que significava que não poderia se candidatar a um posto na primeira classe por mais seis meses. E depois disso, ela não poderia manter a mesma linha na primeira classe por outros seis meses.

Em vez disso, ficaria à disposição da companhia, numa escala completamente caótica que não permitiria nenhum planejamento de destino. Quando conseguisse uma linha fixa, seria a pior disponível, com curtas viagens para passar só uma noite em hotéis ao lado do aeroporto. Do que eu descobri ao longo dos anos, nenhuma dessas coisas condizia com planejamento de compromissos com homens ricos.

Melissa foi muito sortuda por conseguir a nossa linha pelos três meses seguintes. Era uma linha cobiçada, com voos regulares semanais com pernoites em Nova York. Ficaríamos em nosso melhor hotel de tripulação, a menos de dois quarteirões do Central Park. Era uma linha sênior, e todos ficaram bem surpresos ao receber uma novata em nossa tripulação. Porém, mesmo assim, ela reclamava, com frequência apontando que havia sido *feita* para a primeira classe. Suas reclamações constantes já estavam começando a cansar a equipe.

Stephan deu um pequeno aperto encorajador no meu ombro antes de seguir para a cabine dos pilotos, a fim de trocar informações com eles. Essa era a principal razão de Stephan ficar com a posição de chefe de cabine enquanto eu ficava com a cozinha da primeira classe. Eu detestava lidar com os pilotos. Stephan se dava perfeitamente bem com eles, com frequência se fazendo de meu namorado quando eles demonstravam algum interesse em mim em um nível pessoal. Metade das pessoas com quem trabalhávamos pensava que estávamos juntos. Stephan não tinha saído do armário abertamente. Era uma escolha pessoal feita por ele há muito tempo, e eu entendia. Ele passara por maus bocados quando se revelou gay para os pais e, por isso, se sentia mais seguro mantendo suas preferências para si mesmo.

Tirei a rolha da garrafa de champanhe rapidamente e, com calma, enchi cinco taças com a destreza da prática. Respirei fundo devagar algumas vezes para controlar os nervos. Estava acostumada a lidar com um pouco de ansiedade. Eu costumava ser uma pessoa ansiosa, embora escondesse bem. Só não estava acostumada a esse tipo de tensão, ou a essa quantidade. E a causa do nervosismo de hoje era... bem, fora do meu normal, para dizer o mínimo.

Saí às pressas da cozinha com um ímpeto forçado de confiança. Se eu conseguia sustentar uma bandeja completa de bebidas sem derrubar a trinta e cinco mil pés, sobre um salto alto de oito centímetros, com turbulências constantes, eu poderia certamente servir algumas bebidas em terra firme.

Eu estava indo muito bem, o braço da bandeja estava firme, e meus pés, seguros, até que ergui os olhos e avistei as íris turquesas e vibrantes do Sr. Cavendish.

Como parecia ser seu hábito em nosso breve contato, ele me observava intensamente. Seu porte esbelto e elegante estava recostado na poltrona de couro creme, com o tédio casual que faltava em seus olhos. *Foi esse olhar fixo intenso que me deixou tão nervosa?* Provavelmente sim. Esse olhar intenso parecia me deixar estranhamente cativa. Também poderia ter algo a ver com o fato de que ele era, sem tirar nem pôr, a pessoa mais atraente que eu já tinha visto na vida. E eu vi muitas. Já servi gente de todo tipo. De astros de novelas a estrelas de cinema, passando por todos os tipos de modelos. Caramba, até mesmo Stephan, sem dúvida, tinha porte de modelo. Mas aquele homem simplesmente era a pessoa mais estonteante na qual eu já havia posto os olhos nos meus vinte e três anos.

Não era uma só característica que o fazia se destacar, embora suas feições me parecessem impecáveis. Talvez fosse sua pele dourada, combinada com os cabelos castanho-claros, que caíam lisos, roçando o colarinho da camisa social branca. Era um tom castanho-claro em algum ponto entre o loiro e o castanho, que o tornava ainda mais atraente. E o bronzeado pertencia a um surfista, ou pelo menos a alguém com olhos e cabelos escuros. Mas seus olhos não eram escuros. Eram de um turquesa brilhante que se destacava com suas cores raras. E eram tão penetrantes... Eu sentia como se ele soubesse coisas a meu respeito com um mero olhar, coisas que ele não tinha como saber.

Eu o encarei, paralisada no lugar, e ele sorriu para mim, sua expressão quase afetuosa. Sua boca era tão macia, linda, emoldurando os dentes certinhos e brancos. Até seu nariz era perfeito, reto e atraente. Ele era surpreendentemente lindo.

O pensamento me atingiu, não pela primeira vez: como era injusto que um homem tivesse uma beleza tão devastadora e também fosse um bilionário aos vinte e poucos anos. Qualquer um nascido com tamanho privilégio era com certeza uma pessoa horrível. Ele nunca deve ter sofrido um dia na vida. Provavelmente tinha tudo entregue de bandeja, de modo que ele se tornasse arrogante, devasso e entediado com as coisas que o resto de nós ansiava em ter. Não existia sinal externo disso, mas como eu podia enxergar além de sua aparência exterior estonteante, quando eu era tão facilmente distraída por sua beleza?

Logo me desfiz dessa linha de pensamento. Estava sendo injusta, eu sabia. Não conhecia nada sobre esse homem e certamente não poderia julgar seu caráter baseado apenas no que eu observei até então. Eu não percebi como minha atitude tinha se tornado tão amargurada em relação àqueles nascidos no privilégio. Minha criação foi estéril e brutal, e eu vivi um profundo nível de pobreza, mas não podia deixar isso ser uma desculpa para fazer um julgamento severo sobre alguém que não tinha sido nada além de educado comigo. Eu precisava ficar repetindo essas coisas para mim mesma; se bem que me sentir irremediavelmente atraída por ele não ajudava em nada. Essa atração indesejada me fazia querer atacar por instinto.

Engoli em seco, tentando umedecer a garganta repentinamente seca.

— Olá de novo, Sr. Cavendish. — Tentei cumprimentá-lo com um movimento educado de cabeça, mas, quando fiz isso, minha bandeja de bebidas vacilou com perigo.

O Sr. Cavendish se moveu com uma velocidade inacreditável, levantando-se parcialmente para segurar a bandeja acima do assento entre nós. Eu assisti, horrorizada, a um esguicho de champanhe atingir a manga do paletó cinza-escuro. Esse terno, sem a menor dúvida, custava mais do que eu ganhava no mês inteiro.

— Sinto muitíssimo, Sr. Cavendish. — Minha voz saiu sem fôlego, baixa, o que me deixou ainda mais transtornada.

Ele passou a mão livre pelos cabelos lisos e cor de areia. As mechas sedosas pareciam se manter engenhosamente fora do rosto. Era um cabelo de supermodelo. Maldito.

— Não se desculpe, Bianca — ele me advertiu com uma voz aveludada e profunda. Até sua voz era injusta. Fiquei boba de saber que ele se lembrava do meu nome.

Ele segurou meu braço com galanteio e depois soltou minha bandeja, quando eu disse que tinha tudo sob controle.

Ele recusou minha oferta de uma taça de champanhe. Tardiamente, eu me lembrei de que ele não tocava em nenhum tipo de álcool.

— Só um pouco de água, quando você tiver a chance — ele me disse com um sorriso caloroso.

Terminei o serviço pré-embarque de champanhe. Ainda havia só cinco passageiros, por isso foi rápido.

Deixei a bandeja sobre o balcão na cozinha e voltei para pegar casacos e anotar pedidos para o serviço de bordo.

Ao me aproximar do Sr. Cavendish novamente, ele levantou os olhos intensos do celular e cruzou com os meus. Senti meus batimentos cardíacos enlouquecerem.

— Posso levar seu paletó, Sr. Cavendish? — perguntei-lhe, minha voz ainda estranhamente baixa. — Eu poderia tentar tirar esse champanhe, ou apenas pendurar, se o senhor preferir.

Ele se levantou, depois de dar um passo no corredor para conseguir se esticar por inteiro. De repente, ele estava tão perto de mim que eu perdi o fôlego. Morri de vergonha da minha reação. Eu tinha orgulho do meu profissionalismo, e minha reação a essa proximidade definitivamente não era *nada* profissional.

Eu era alta, quase 1,77m descalça e facilmente 1,85m nos meus sapatos de trabalho. Mas o topo da minha cabeça, mesmo assim, só alcançava o nariz dele. O Sr. Cavendish tinha pelo menos a altura de Stephan, talvez uns dois centímetros a mais. Eu sempre me senti meio estranha perto de homens mais baixos, mas esse porte, esse homem extremamente alto, tinha o efeito oposto. Ele me fazia sentir feminina e pequena. Eu gostava da sensação, mas ela também me deixava nervosa.

Ele moveu os ombros para tirar o paletó perfeitamente cortado e me entregou. Ficou com uma camisa branca fina e uma gravata azul-clara. Notei que, embora fosse magro e elegante, também era supreendentemente musculoso. A visão do movimento duro dos músculos debaixo da camisa fez minha boca secar.

— Apenas pendure, por favor, Bianca — ele me pediu baixinho.

— Sim, senhor — murmurei num tom que eu quase não reconheci.

Terminei o serviço pré-embarque costumeiro, no automático, mal olhando para todos os carrinhos na cozinha antes de chegar a hora de voltar e ficar diante do Sr. Cavendish para a demonstração de segurança.

Ele me observou com atenção, sem que seus olhos deixassem meu rosto. Eu não entendia seu interesse. Nem por uma vez seu olhar me deixou. Sentia que ele estava interessado em mim. *Mas em que sentido?* Eu não tinha ideia. Normalmente, quando homens davam em cima, seus olhos percorriam todo o meu corpo, não ficavam resolutamente colados nos meus olhos.

Diferente do normal, minha demonstração não foi nada graciosa. Até mesmo me atrapalhei com o cinto de segurança em meio ao nervosismo. Sentei-me para a decolagem com uma sensação de alívio. Eu precisava de um momento de paz para recuperar a compostura. Mas isso não estava destinado a acontecer. Meu assento ficava de frente para o Sr. Cavendish, quase que de forma perfeita. Tive que fazer um esforço extra para não encontrar seus olhos durante o longo processo de taxiar e decolar da aeronave.

2
Sr. Generoso

Stephan segurou firme e calorosamente minha mão durante a decolagem. Adorávamos a sensação de decolar, pois representava coisas boas para nós dois. Novos lugares. Novas aventuras. Deixar as coisas ruins para trás. Lancei um sorriso rápido e afetuoso para ele, antes de olhar pela janela na porta à direita, evitando o Sr. Cavendish o máximo possível.

Finalmente, roubei um olhar furtivo e fiquei atônita com a mudança que vi nele. Agora estava duro como uma estátua, olhos nitidamente glaciais. Segui seu olhar até onde minha mão estava entrelaçada à de Stephan, no pequeno espaço entre nossos assentos. Ocorreu-me que o Sr. Cavendish devia pensar que éramos um casal. Stephan e eu, muitas vezes, agíamos assim; eu até incentivava vez ou outra. Exceto por nossos amigos próximos e os namorados de Stephan, todo mundo pensava que estávamos juntos. No entanto, fiquei desconfortável que o Sr. Cavendish pudesse supor isso também. De qualquer forma, não poderia justificar seu comportamento hostil de uma hora para a outra. Eu mal conhecia esse homem.

Rapidamente atingimos os dez mil pés. Com o aviso sonoro duplo que indicava a altitude, eu me levantei e logo comecei a preparar o serviço de toalhas aquecidas, enquanto Stephan fazia os anúncios costumeiros. Ele se inclinou nas minhas costas e quase me abraçou ao falar no meu ouvido:

— Você se importa se eu for ajudar na cabine principal? Eles estão com a lotação completa lá atrás.

Lancei um olhar confuso para ele.

— Eu vou depois das toalhas aquecidas. É a minha vez, esqueceu?

Era nossa rotina habitual: ajudar lá no fundo quando a primeira classe estava vazia e a cabine principal, toda ocupada. Com certeza não precisávamos de duas pessoas para atender cinco passageiros que provavelmente estavam prestes a desmaiar. A questão era que ele tinha auxiliado a classe econômica no último voo, por isso nós dois sabíamos que hoje era a minha vez.

Ele apenas beijou o topo da minha cabeça e sacudiu a dele.

— Preciso falar com o Jake sobre aquele relatório de incidente da semana passada, e ele já pegou o carrinho da frente para que a gente possa conversar enquanto trabalha. Boa sorte aqui.

E com isso ele desapareceu. Suspirei, exasperada. Pela primeira vez, eu queria, de verdade, ir trabalhar lá trás. Isso me daria uma pequena trégua do Sr. Magnífico aqui na primeira classe. Mas, com toda certeza, eu não ia fazer alarde, portanto, teria apenas que dar um jeito.

No procedimento de entregar as toalhas quentes e depois as recolher, o Sr. Cavendish mal me olhou. Por que isso me incomodava tanto? Eu não queria me aprofundar demais nesse pensamento.

Peguei os pedidos de bebidas e servi a primeira rodada bem depressa. O casal na última fila da primeira classe parecia ser bom de copo, mas os outros só pediram água e pareciam prestes a pegar no sono. Eu ficaria surpresa se a maioria deles não estivesse dormindo antes de eu terminar meu curto serviço de bordo.

Tirei o carrinho e passei oferecendo queijo, biscoitos salgados e molho de manjericão e azeitonas. Precisei de menos de cinco minutos para servir a cabine inteira. O Sr. Cavendish aceitou uma água e um pequeno prato de queijo, e o casal do fundo pegou algumas coisas, mas os outros dois passageiros recusaram e estavam dormindo antes de eu sequer ter voltado à cozinha.

Quando recolhi os pratos, fiquei surpresa ao encontrar até mesmo o casal dos coquetéis dormindo. Eu os tinha interpretado errado. Eles apenas eram o tipo de casal "beber um pouco e dormir em seguida". E eu pensando que eles estavam só começando...

O Sr. Cavendish, de repente, era o único passageiro acordado na minha cabine. Tive a mesma estranheza de como se tivéssemos ficado sozinhos. A cortina estava bem fechada na primeira classe, e as luzes diminuíram para a quase escuridão por toda a aeronave.

Ele estava trabalhando em silêncio no laptop, parecendo alerta e nem perto de dormir. *Será que ele ia trabalhar direto a noite toda?* Eu não conseguia imaginá-lo chegando a Nova York e tirando uma soneca depois. Acho que ele trabalhava o tempo todo. Nosso trajeto era de quatro horas e quarenta e três minutos. Agora estávamos no meio da noite. Algo urgente devia estar mantendo-o acordado se ele não podia nem mesmo tirar um pequeno cochilo durante o voo.

Eu me aproximei e me inclinei para falar baixinho, consciente dos outros passageiros adormecidos, embora todos estivessem na parte de trás da primeira classe e ele sentasse quase na frente.

— O senhor aceita mais alguma coisa?

Pela primeira vez desde que tinha tirado o paletó, ele me ofereceu toda a sua atenção.

— Posso te perguntar uma coisa, Bianca? — ele disse em um tom cuidadosamente brando.

Arqueei as sobrancelhas em questionamento.

— Sim, senhor. Como posso ajudá-lo?

Ele suspirou e indicou o assento vazio ao lado dele.

— Você pode se sentar por um instante para conversar?

Olhei em volta com nervosismo, sem saber como reagir ao pedido. Parecia pouco profissional da minha parte sentar ao seu lado, mas ele estava pedindo, e era o único que provavelmente me veria fazer isso.

— Sente, Bianca. Ninguém mais precisa de cuidados.

Eu adorava o jeito como ele dizia meu nome. Adorava e ao mesmo tempo ficava desconcertada. Não era nada que eu conseguisse identificar muito bem, mas algo em seu tom fazia isso parecer quase íntimo.

Respirei fundo e, por fim, apenas me sentei. Inclinei-me um pouco junto dele, pousei as mãos no colo, abaixando a saia e alisando o tecido cinza-escuro com nervosismo.

— Você e Stephan estão juntos? — ele perguntou com franqueza, quando, enfim, olhei-o.

Só consegui piscar por um instante, atônita. Eu não esperava esse interesse dele, muito menos esse tipo de franqueza. Talvez homens tão ocupados a ponto de não poderem nem mesmo tirar um cochilo num avião também fossem do tipo que iam direto ao ponto.

— Não, senhor — respondi, antes que pudesse realmente refletir a respeito. — Somos melhores amigos, mas é platônico. — *Por que estou falando isso?*, eu me perguntei, tão logo as palavras saíram da minha boca.

Observei, com ávido fascínio, uma de suas mãos elegantes fazer menção de tocar a minha, seus dedos longos circulando meu pulso esquerdo de leve. Olhei de novo para seu rosto, e agora ele estava sorrindo. Meu peito subia e descia de forma tão pesada que eu percebi o movimento na minha visão periférica. Meu busto era amplo, tanto que fazia eu me considerar desproporcional, no meu olhar crítico. E, de repente, eu me sentia consciente demais dos meus seios pesados, subindo e descendo de forma tão descarada. Meus mamilos se apertaram de um jeito prazeroso, minha respiração enroscou na garganta.

Como se lesse minha mente, o olhar do Sr. Cavendish viajou até meu busto pela primeira vez, que eu tivesse notado. Alguns homens só olham ou falam para o meu peito. Até agora, porém, ele fazia o oposto disso, o que eu tinha achado um alívio.

Ele estendeu a mão para a gravata fina de estilo masculino entre os meus seios e passou um dedo leve por ela. Emitiu um murmúrio fundo na garganta, depois puxou a mão rapidamente.

Ele pigarreou de leve.

— Você está saindo com alguém? — perguntou, retornando, enfim, o olhar para o meu.

Mordi o lábio e neguei com a cabeça. Seu olhar desceu para minha boca durante o movimento. Ele me olhava com um foco tão intenso que eu não conseguia desviar a atenção.

— Que bom — disse ele. *É sério que isso está acontecendo?*, pensei, zonza. — Imagino que você vá tirar uma soneca quando chegar ao hotel. A que horas vai acordar?

Meu Deus, como ele era direto. Mais do que o normal. Parecia me tirar do comportamento ajuizado. Eu estava acostumada a dispensar os homens delicadamente antes que pudessem me convidar para sair. Essa tática sempre me serviu bem: me salvava do constrangimento e poupava o orgulho deles. Mas parecia que eu não conseguiria usá-la com o Sr. Cavendish. Quando ele me fazia uma pergunta, eu me sentia quase que compelida a responder com a verdade.

— Normalmente, eu tiro uma soneca de umas quatro horas, então consigo ainda dormir durante a noite. Temos um voo logo cedo para Las Vegas no sábado de manhã. Se eu dormir mais do que isso, fico acordada a noite toda de sexta para sábado.

Ele fez cálculos rápidos de cabeça e depois perguntou:

— Então, meio-dia?

Fiz que sim, querendo saber por que eu ainda não estava explicando que não ia sair com ele. Nem fazer nenhuma das coisas que ele obviamente tinha em mente...

— Vou mandar um carro buscar você para o almoço — ele disse. Ou seja, ele não ia me *convidar* para sair. Pelo visto, ia *mandar* eu sair com ele. Por que eu estava com tanta dificuldade para conseguir explicitar as palavras e dizer não?

— A gente precisa conversar — continuou ele. — Tenho uma proposta para você.

A palavra "proposta", que, aos meus ouvidos, tinha um toque indecente, acabou por me trazer de volta a mim. Sacudi a cabeça, recuperando meu comportamento normal.

— Não, Sr. Cavendish. Fico lisonjeada que o senhor esteja... interessado em mim de alguma forma. Mas, com todo respeito, vou ter que recusar. Eu não namoro.

Ele piscou para mim, num evidente desconcerto, depois ficou em silêncio por um instante, antes de tentar outra tática.

— Na verdade, eu também não namoro. Não era exatamente isso que eu tinha em mente.

Que bom, eu disse a mim mesma, contornando o orgulho ferido. *Claro que ele não iria querer namorar você.* Ele só deve sair com socialites inúteis que nunca trabalharam um só dia da vida. Eu queria que ele continuasse com a explicação; com certeza mataria cada grama do interesse indesejado que eu sentia por ele.

— Então, o que o senhor tem em mente? — perguntei. Agora minha voz tinha um tom mais frio.

Seu olhar de repente ficou quente, seu dedo percorrendo mais uma vez a minha gravata fina. Precisei segurar o impulso de olhar para baixo e me certificar de que meus mamilos rígidos não estavam delineados através da camisa e do colete.

— Acho que você e eu somos muito compatíveis. Aliás, tenho certeza disso. Venha almoçar comigo hoje e eu te mostro. Se mesmo assim você não estiver interessada, eu vou, é claro, te deixar em paz. Só que eu prometo que posso te deixar interessada. Vou te tratar muito bem, Bianca. Sou um homem muito generoso…

Levantei a mão livre. Fim de papo. Eu me sentia meio enjoada, porém mais excitada, e a combinação das duas coisas me perturbava.

— Por favor, chega — falei em tom rígido. — Não estou interessada em nada disso, acredite em mim. Não sei que impressão o senhor acha que eu transmiti, mas não sou nenhum tipo de caçadora de fortunas. Não quero sua generosidade. Não quero nada do senhor. Temos uma garota que trabalha na cabine principal da aeronave que parece mais o seu estilo. Vou pedir para ela vir aqui, já que o senhor está tão desesperado a ponto de oferecer dinheiro a mulheres aleatórias. Ou seja lá que diabos o senhor esteja sugerindo. Mas posso garantir com certeza que eu não sou o tipo de mulher que o senhor está procurando.

Tentei me levantar, mas ele não soltou meu pulso. Voltei a me sentar, olhando feio para a mão que me mantinha cativa.

— Não foi o que eu quis dizer, de jeito nenhum, Bianca. Não quis parecer tão… indelicado. Mas estou me sentindo muito, muito atraído por você e gostaria de fazer algo a respeito. — Ele sorriu para mim com uma mistura de charme e calor quase irresistíveis. — Almoce comigo. Vamos poder discutir isso com detalhes e alguma privacidade. — Ele soltou o meu

R.K. Lilley

pulso quando terminou de falar.

— Não, obrigada, Sr. Cavendish. — Eu me levantei em silêncio e caminhei de volta para a cozinha, fechando calmamente a cortina atrás de mim.

Minha respiração ficou profunda. Eu as contava e só tentava manter a ansiedade sob controle. De repente, ele entrou atrás de mim.

Abri a boca para falar "não" outra vez, mas ele me beijou. Foi um beijo faminto e desesperado. Eu nunca havia experimentado nada parecido antes. Talvez, fosse por isso que na hora eu não soubesse como responder. Simplesmente fiquei sentindo cada parte do meu corpo enrijecer, exceto os lábios, que amoleceram de forma instantânea, ao toque de sua bela boca. Era muito injusto que ele também tivesse isto: o beijo impossivelmente intoxicante. *Ele deve ser bom em tudo*, pensei, com uma pontada de consternação. Sua língua invadiu minha boca. Gemi baixinho, mesmo contra a vontade.

— Chupa minha língua — ele mandou bruscamente, ao se afastar pelo tempo de uma inspiração. Fiquei chocada. Eu nunca tinha feito isso, mas estava obedecendo ao mesmo tempo em que me questionava, sugando de leve e depois com mais força. Ele gemeu e se pressionou contra mim devagar. Eu o senti intensamente. Meu corpo estava mais sensível do que eu me lembrava de já ter estado. Sua ereção pressionava minha barriga de forma muito óbvia. Recuei assim que me dei conta disso.

— Me toca — ele mandou, e eu, por fim, olhei para ele.

Engoli em seco.

— Onde? — perguntei com a voz áspera e cheia de desejo.

— No meu peito, na minha barriga. Em todos os lugares onde você gostaria de ser tocada no seu corpo.

Obedeci e toquei a carne macia ao redor dos seus mamilos como se fossem seios, apalpando. Eu observava sua boca. Ele lambeu os lábios, fazendo um sinal positivo com a cabeça para eu seguir em frente. Desci a mão pelos músculos de seu abdome. Ele era todo definido, onde quer que eu apalpasse. Percorri seus braços, e eles eram muito maiores e mais musculosos do que eu imaginava. A questão era que ele parecia tão elegante à primeira vista, que era difícil de acreditar que alguém assim também pudesse ser tão forte. Ele devia malhar durante horas todos os dias para chegar àquele tipo de corpo. Era intimidante. E incrivelmente sensual.

Ele desabotoou vários botões no peito e na barriga.

— Toca a minha pele — ele mandou com a voz rouca. Obedeci. Uma parte minha falava *Ai, merda, eu não acredito que estou fazendo isso.* Mas simplesmente fazer o que ele mandava era muito natural. Era gostoso. Tentei colocar as duas mãos dentro de sua camisa, e ele tirou uma delicadamente. Acariciei sua pele dura e quente. Não senti nenhum pelo. Será que ele se depilava? Era muito lisinho.

Ele beijou a mão que tinha segurado e a colocou com firmeza de volta em seu ombro. Vi minha própria mão vagar por seu corpo e descer para seu sexo. Agarrei-o através da calça social de repente. Ele soltou um gemido e arrancou minha mão dali depressa. Sorriu para mim, mas era um sorriso doloroso, cheio de dentes brancos.

— Aqui não. Ainda não. Na primeira vez, eu quero você na minha cama.

Ele deu um passo para trás e pôs uma distância segura entre nós. Abotoou a camisa às pressas e arrumou a roupa, sem nunca parar de me observar. Ele pegou o celular.

— Me dê seu número — disse.

Eu me sacudi em pensamento. *O que eu estava fazendo?* Eu não queria me envolver com ele. Disso, eu absolutamente sabia. Só não estava *sentindo* toda essa certeza naquele momento em particular.

Sacudi a cabeça para ele.

— Não — falei com firmeza.

Ele demonstrou surpresa genuína com minha resposta, e depois, pareceu achar graça. Fiquei louca da vida. Recuei até minha bunda bater na porta da aeronave.

— Não estou interessada. — Meu tom era seguro.

Ele colocou as mãos nos bolsos e se inclinou no balcão de forma casual. Passou a língua sobre os dentes. *Ele está gostando disso*, pensei. Minha exasperação não era pouca. *O pensamento de alguém lhe dizer "não" é tão estranho que ele acha engraçado.*

Quando falou novamente, sua voz era cheia de riso.

— Que tal um café? É neutro o suficiente? Me fala o seu número e a gente sai apenas para um café.

Sacudi a cabeça.

— Não, obrigada. — Com um aceno, indiquei o espaço entre nós. — Eu não faço esse tipo de coisa. Já falei que não estou interessada.

Um canto de sua boca se curvou de forma irônica. Seus olhos estavam no meu peito, que subia e descia, agitado. Por fim, olhei para baixo, constrangidíssima ao perceber que meus mamilos endurecidos podiam ser vistos com clareza, mesmo através de três camadas de tecido.

— Vou te colocar sobre os meus joelhos toda vez que você mentir para mim, Bianca. Não estou brincando. — Sua voz agora era calma, mas tinha um quê perigoso.

Meu cérebro entrou em curto-circuito por um momento. Fiquei boquiaberta. *Ele está brincando. Não está?* Meu corpo todo ficou tenso diante do comentário. Eu sabia que era mais desejo do que perplexidade que tinha feito um tremor sacudir meu corpo.

— Veja bem, eu não sou chegada a nenhuma dessas coisas, então é evidente que não somos compatíveis.

Ele passou um dedo longo pela própria gravata, do jeito que tinha feito com a minha.

— Não sei dizer se isso foi uma mentira, ou se você simplesmente não sabe o quanto "essas coisas" podem ser prazerosas. Ou o quanto você é adequada. Eu posso te mostrar. Aliás, eu adoraria te mostrar. Quando terminar com você, vou conhecer seu corpo melhor do que você mesma, e você vai me implorar. Cada centímetro do seu corpo está se submetendo a mim, mesmo que você esteja me dispensando. Consegue me dizer com sinceridade que o pensamento de se submeter a mim na cama não te deixa molhada?

A pergunta me fez apertar as pernas, mas meu corpo traidor não abalaria minha resolução. Era óbvio que ele sabia o que estava fazendo, sabia que cordas puxar e como me controlar sexualmente. Mas eu não queria. *Queria?*

Ele pareceu ler minha mente, ou, mais provavelmente, minha expressão. Sorriu.

— Eu estava falando sério sobre bater em você, Bianca. E sobre a submissão. Você vai aprender depressa que eu sempre falo sério.

— Por favor, saia da minha cozinha, Sr. Cavendish. Eu não vou mudar de ideia.

Ele puxou a carteira, sem nunca desviar o olhar de mim, e tirou um cartão de visita. Tocou minha face e desceu os dedos leves pelo meu queixo, depois para o pescoço. Estremeci quando ele alcançou minha clavícula. Havia um bolsinho no meu colete, bem em cima do seio direito. Ele deslizou o cartão nesse bolso.

— O número atrás é do meu celular. Eu adoraria que você ligasse. A qualquer hora, noite ou dia.

Esperei, rígida, até ele enfim deixar a cabine e voltar ao seu assento.

Ainda estava em pé, respirando fundo, tentando me acalmar, quando Stephan se juntou a mim uns bons trinta minutos depois.

Ele me observou de um jeito curioso quando fechou a cortina.

— Você está bem, princesinha? — perguntou com cautela. Sorri um pouco diante do apelido ridículo que ele tinha me dado quando éramos fugitivos de catorze anos. Sempre me fazia sorrir, e era por isso que ele usava.

Confirmei, balançando a cabeça. Eu contaria tudo sobre o fiasco com o Sr. Magnífico, mas por enquanto não. Nem mesmo naquela semana.

— O que você acha do Sr. Cavendish? — ele perguntou, com cuidado, até mesmo inocente. Inocente demais.

Estreitei os olhos para Stephan.

— Você andou falando com ele?

Ele balançou a cabeça de um lado para o outro de um jeito frouxo e sem se comprometer, mas ele só fazia isso quando a resposta era "sim".

— Acho que ele tem uma queda por você. Ele, tipo, te convidou para sair ou alguma coisa?

Apenas olhei feio para Stephan.

— O que ele te disse?

— Você vai sair com ele? — retrucou.

— É claro que não, você sabe que eu não namoro. O que deu em você?

Ele encolheu os ombros, ainda parecendo inocente demais.

— Alguma hora você tem de começar, princesinha. Uma mulher jovem e bonita não pode simplesmente ficar de "não namoro" para sempre. E você não vai encontrar opção melhor do que *aquele* cara. Tenho um bom pressentimento sobre ele. — Acenou na direção do Sr. Cavendish.

Apontei o dedo para Stephan.

— Não vamos mais fazer isso. Nem *todo* mundo precisa namorar. Eu não interfiro nas escolhas da sua vida. Você não pode interferir na minha.

Ele ergueu as duas mãos, rendido.

— Foi só um pequeno conselho de amigo, Bi. Mas não está mais aqui quem falou. Você sabe que eu não suporto quando você fica brava comigo.

Eu estava mais do que feliz em deixar esse assunto de lado. Ele me deu um abraço apertado.

— Eu te amo, Bi — murmurou no meu cabelo. Era apenas seu jeito de ser carinhoso. A forma como ele demonstrava amor e procurava conforto. Não era o meu jeito com nenhuma pessoa além dele.

Retribuí o abraço.

— Eu também te amo, Steph — murmurei.

O resto do voo passou tão devagar quanto eu esperava. Os voos noturnos não eram os meus favoritos, pois eu gostava de ficar ocupada o tempo todo. À noite, a gente só tinha que matar o tempo. Até o Sr. Cavendish estava cochilando quando dei uma olhada na cabine. Eu o observei dormir por um longo tempo. Ver uma pessoa assim tão inquieta repousar era fascinante. Ele era quase mais bonito dormindo do que acordado, sem a tensão no rosto. Seus longos cílios escuros e grossos faziam sombras no rosto, mesmo na quase escuridão. Eu poderia ficar vendo-o dormir a noite toda. Admiti esse fato para mim mesma, embora não gostasse. E eu quereria tocá-lo. Absurdamente. Uma mecha solta de cabelo havia caído sobre uma das suas bochechas. Eu queria afastá-la, afagá-la nos meus dedos. Pensei, não com pouco arrependimento, em todas as partes dele que eu queria tocar, mas que nunca me permitiria. O momento havia passado. Agora eu estava determinada a partir para outra. Despertei do meu devaneio ridículo ao perceber que era hora de preparar a cabine para a aterrisagem.

Eu me peguei encarando-o novamente, enquanto nos sentávamos para pousar. Ele ainda estava cochilando, e eu não conseguia desviar o olhar, mesmo quando seus olhos se abriram e ele piscou ao despertar, desorientado. Seu olhar me encontrou depressa. O sono abandonou seus olhos quando ele avistou os meus e piscou. Controlei meu rosto para uma expressão neutra enquanto ele me encarava. Algum tempo depois, quebrei o contato visual e olhei para Stephan. Ele estava me analisando com um jeito esquisito.

— Você gosta dele — sussurrou meu amigo. Havia uma boa quantidade de choque em sua voz.

— Não. — Foi toda a minha resposta.

3
Sr. Inquietante

A ponte de desembarque no aeroporto JFK, em Nova York, era diferente da existente no aeroporto McCarran, em Las Vegas, por isso, todos os passageiros desembarcavam pela porta dianteira, tendo que passar pela cabine de primeira classe. Isso significava que eu tinha que correr para trazer os casacos dos passageiros às pressas, de forma que os da primeira classe não fossem atrasados para deixar a aeronave.

Fiz um aceno educado com a cabeça para o Sr. Cavendish quando entreguei seu paletó.

— Tenha um bom dia, Sr. Cavendish.

Ele me lançou um olhar um pouco irritado.

— Por favor, me chame de James — ele corrigiu. Aproximando-se, falou diretamente no meu ouvido: — Em particular, por outro lado, você pode me chamar de Sr. Cavendish. — Com esse comentário exasperador, ele se foi.

Stephan arqueou as sobrancelhas para mim quando voltei a ficar ao seu lado na despedida dos outros passageiros.

— O que ele te disse? — ele indagou. Sua curiosidade era óbvia. — A cara dele… depois a sua…

Apenas balancei a cabeça.

— Você não quer saber.

Passei pelas ações costumeiras da nossa rotina de desembarque, mas não me sentia eu mesma. Ficar perto daquele homem me fazia sentir… estranha. Era um pouco como se tivesse sido removida da minha vida organizadinha e posta no meio de algum tipo de jogo. Um jogo com regras que não haviam me informado. E eu não tinha nenhum tipo de referência com a qual pudesse aprendê-las. Falei para mim mesma com firmeza que eu só estava aliviada por ter recusado James Cavendish. Ele era areia demais para o meu caminhãozinho. Ele era experiente demais, entediado demais, rico demais. E tudo isso teria sido suficiente para me dissuadir, mesmo se eu estivesse interessada em sair com alguém, o que certamente eu não estava. Nunca estive. E, obviamente, ele era chegado em algum tipo de sadomasoquismo alternativo. Eu tinha meus próprios demônios para lidar, e esse tipo de coisa era a última na qual eu deveria me interessar... Só que, mesmo assim, apesar do meu bom senso, na realidade, eu achava tudo isso fascinante. E assustador. E excitante. Eu sabia que devia ser por causa da minha infância violenta. Só de pensar em algumas das coisas que ele me disse, um arrepio me percorria a espinha. Como me colocar sobre os joelhos... Eu sabia, de inúmeras consultas com um terapeuta, que coisas que horrorizavam as pessoas durante a infância também podiam ser excitantes quando elas chegavam à idade adulta. O pensamento era esclarecedor. Eu havia me esforçado muito para não me transformar em uma vítima da minha infância. Esse fato tornava ainda mais premente que eu ficasse longe de alguém como James Cavendish.

Eu precisava de algum convencimento, mas já me sentia convencida o suficiente quando pegamos nossas bagagens e esperamos o resto da tripulação se juntar a nós.

Stephan e eu íamos na frente do nosso pequeno desfile de comissários, enquanto seguíamos um caminho apressado pelo JFK.

— Humm, no momento, eu poderia matar por um café. Vamos comprar um no caminho? — Stephan murmurou para mim quando fomos nos aproximando de um pequeno quiosque de café à direita.

Disparei-lhe uma careta confusa.

— Você sabe que eu não consigo fechar o olho quando tomo café, mas posso esperar com você na fila.

Ele encolheu os ombros de um jeito meio estranho. Seus olhos permaneceram fixos no quiosque de café.

— Não, acho que vou esperar até depois de dormir um pouco.

Segui seu olhar e encontrei o Sr. Cavendish no quiosque. Ele nos deu um sorriso enigmático e fez um cumprimento cordial para Stephan. Girei a cabeça bruscamente para dar um olhar desconfiado na direção de Stephan. Ele estava sorrindo e retribuindo o aceno de James Cavendish.

— O que você está aprontando, Stephan? — grunhi, minha voz baixa para que o resto da tripulação não ouvisse.

Ele franziu os lábios. Balancei a cabeça num movimento rígido ao passarmos ao lado do Sr. Cavendish. Eu seria educada, porém fria. Achei que ia me sair bem.

— Como é? Não posso ser educado? — perguntou ele, num tom todo inocente. Eu não confiava de jeito nenhum nesse tom. Quando conheci Stephan, ele era um trombadinha de catorze anos que podia bater uma carteira sem que a pessoa nem respirasse. Fazia muito tempo que ele havia dominado a arte de se fazer de tonto, só que eu o conhecia melhor do que ninguém e não caía nessa, nem por um segundo.

— Aquele sorriso que você trocou com ele só podia ser de conspiração. Me fala o que você fez. Deu meu telefone pra ele?

Ele me lançou um olhar ofendido.

— Eu não faria isso.

Fiquei aliviada. Stephan era mestre em enrolar para não revelar a verdade, mas nunca mentiria para mim. Se ele afirmava que não tinha dado meu telefone ao James, eu sabia que era verdade, então deixei por isso mesmo.

A van da tripulação para o hotel estava cheia de tagarelice ansiosa sobre os planos da noite. Pelo visto, todos pretendiam sair para tomar umas no bar que ficava na esquina do nosso hotel. Noite de karaokê. Eu me encolhi só de pensar. Minha voz era um pouco estridente e constrangedora demais para o meu gosto, ou para o meu humor. Mas eu entraria na brincadeira. Era uma equipe nova, e eu odiaria ser a única pessoa antissocial, quando todos estavam com uma empolgação tão óbvia.

Sem contar que eu sabia que Stephan gostava de um dos barman daquele bar. Eles andavam se sondando nos últimos meses. A gente almoçava ou jantava lá quase toda semana, quando estava na cidade.

Stephan tinha uns noventa por cento de certeza de que o barman estava a fim dele, e não apenas sendo um cara legal. Porém, ele demorava um bom tempo para conseguir chamar um cara para sair.

Stephan ainda não tinha saído do armário. Eu não sabia se algum dia ele estaria pronto para isso. Gays assumidos não costumavam ficar à vontade namorando em segredo, como se estivessem fazendo algo errado.

Eu sabia que Stephan também preferia outros sujeitos que ainda não tivessem se assumido, pois era mais fácil manter a discrição. A questão era que essa atitude tornava muito mais difícil para ele namorar. Eu sugeri que talvez ele pudesse ter mais facilidade em encontrar pessoas na internet, considerando suas restrições, mas ele nem sequer considerava isso como opção. Ele falava que namoro de internet não parecia certo para ele. Stephan era um pouco antiquado sobre os tipos de coisas mais estranhas.

— Você está quieta, princesinha — ele sussurrou no meu ouvido. Melissa estava descrevendo para a van toda ouvir o que ela pretendia usar aquela noite e o que pretendia cantar nas suas vezes no karaokê. Sua escolha de *Sexy Back*, de Justin Timberlake, não me surpreendeu nadinha. — Você vem com a gente pro bar, não é? — perguntou Stephan, já implorando. Ele achava que eu ia tentar me livrar. Eu não ia. O barman era o primeiro cara em quem ele se interessava desde um rompimento um tanto difícil, há um ano. Se ele precisava de mim para dar apoio moral, eu estaria por perto.

Olhei para ele. Seus olhos estavam arregalados como o do Gato de Botas, sua melhor imitação para mim até o momento. *Uau, ele está prestes a mostrar suas maiores armas para me fazer ir junto.* Decidi poupá-lo disso.

— Eu vou, mas você tem que jurar que não vai me fazer cantar nem dançar.

Ele concordou de um jeito sério, abrindo seu sorriso mais feliz e infantil.

— Isso eu já sei. Você teria que estar muito bêbada para subir no palco. Não consigo me lembrar da última vez que tomou alguma bebida.

Isso já fazia anos, eu sabia. O mês em que completei vinte e um anos foi divertido. Dei-me ao luxo de me esbaldar em algumas festas naquela época, mas eu e o álcool não dávamos uma boa mistura. Era um traço de família. Mesmo assim, considerei tomar alguns drinques com a equipe. Nossa, como eu estava tensa. Talvez eu aproveitasse um pouco, me permitisse relaxar por algumas horas. Não conseguia encontrar uma boa razão para não ir.

— Talvez esta noite eu tome alguma coisa — falei para ele.

Stephan arregalou os olhos

— Sério? — Ele era moderado com bebida, mas bebia mais do que eu.

Dei de ombros.

— Talvez.

— Tá bom, queridiiiiinha — disse ele, arrastando o final da palavra. Ele passou o braço nas costas do meu assento e me deu um apertinho no ombro.

— Vocês dois são tão bonitinhos — intrometeu-se Melissa, quando viu o gesto afetuoso.

Nós dois mostramos sorrisos neutros. Não a conhecíamos bem o suficiente para explicar nossa relação e, para falar a verdade, eu duvidava que algum dia a gente fosse ser amigo dela a ponto de explicar. Eu sempre tentava dar uma chance às pessoas, mas até agora Melissa não tinha me causado uma boa impressão. Era só que eu não conseguia confiar nela, embora não tivesse nada de concreto até o momento para provar essa opinião. Mesmo que ela, de fato, tivesse admitido abertamente que seu objetivo na vida era encontrar um homem rico para cuidar dela. Aliás, isso me soava bem patético.

— E eu adoro o jeitinho como ele fala com você.

Stephan deu seu sorriso mais encantador para ela.

— Eu te chamo de queridinha também, se você quiser.

Ela riu. Melissa sempre ficava de risadinhas quando os pilotos estavam por perto, um jeito muito mais doce do que quando eles não estavam presentes.

— Acho muito fofo. Mas o meu favorito é princesinha. Ouvi você a chamar assim outro dia.

Stephan me deu um sorriso daquele jeito que era só para mim.

— Esse é apenas para a Bi.

Ela bateu palmas.

— Oh, oh, oh, tem alguma história por trás de todo esse afeto? Adoro histórias!

Torci o nariz. Era evidente que hoje ela estava sendo teatral. Lancei um olhar para os dois pilotos que estavam observando nossa interação, na primeira fileira de assentos da van enorme. Eu imaginava que ela estava a fim de um deles, a contar pelo jeito afetado com que estava se portando.

O copiloto era mais jovem e mais bonito do que o capitão. Jeff, lembrei que esse era seu nome. Tinha cabelos castanho-escuros e atraentes olhos castanhos. Ele era alto e esguio. Mas eu apostava que Melissa gostava era do capitão, pois ele ganhava duas vezes mais do que Jeff.

O capitão, cujo nome eu tinha uns noventa por cento de certeza de ser Peter, era mais velho, com cabelos grisalhos em vias da calvície, uma barriga de chopp e olhos que nunca focavam o rosto de uma mulher, só os seios.

Ela reafirmou meu palpite quase imediatamente, quando deu um sorriso radiante para o capitão.

— Você também não adora histórias, Peter? — perguntou.

Ele mostrou-lhe o que eu achei ser um sorriso nada sincero.

— Pode apostar!

Stephan balançou a cabeça.

— Essa história é entre mim e a Bi. Mas, Peter, estou morrendo de vontade de saber qual música você vai escolher para fazer uma serenata para nós esta noite. — Stephan mudava de assunto com facilidade e muito charme. Ele conseguiu fazer Peter rir e se recusar a cantar, ao mesmo tempo em que desviava a conversa na direção que ele desejava, sem fazer o menor esforço.

4
Sr. Magnifico

Acordei ao som do meu despertador, ainda com menos entusiasmo do que o habitual. Eu tinha virado de um lado para o outro na cama por quatro horas. Estava tentando conseguir dormir um pouco para segurar até a noite, mas fracassei. Eu iria parecer uma morta-viva até o final da tarde, imaginei. Meu humor estava definitivamente azedo quando fui até o banheiro do meu quarto de hotel.

— Vamos fazer exercício? — Stephan perguntou do seu quarto, quando voltei do banheiro.

Nossas suítes eram conectadas, como normalmente eram quando ficávamos neste hotel. Vínhamos aqui com frequência e conhecíamos a equipe da recepção bem o suficiente para conseguirmos nossos quartos do jeito que a gente preferia. Mantínhamos a porta entre nossos quartos aberta. Já tínhamos morado juntos por anos e apenas recentemente havíamos nos tornado vizinhos em vez disso, então era algo relaxado, sem esforço. Nós dois encontrávamos conforto na presença um do outro.

Minha única resposta foi um grunhido mal-educado. Ele riu.

— As horas que a gente menos quer são as horas que mais precisa — ele me disse.

Mostrei a língua e fiz barulho com ela para ele. Stephan riu ainda mais.

Um pouco depois, ele entrou no meu quarto, já vestido com roupa de treino, carregando um copo de café da minha cafeteria favorita. A visão me animou na hora.

Ele sorriu para mim e balançou as sobrancelhas.

— Isso vai fazer você mudar de ideia? Um mocha grande com leite de soja, sem chantilly e com uma dose extra de expresso — ele recitou o meu pedido, embora não precisasse. Eu soube assim que vi o copo que ele havia comprado exatamente o que eu queria.

Sorri.

— Você é o melhor.

— Isso é fato — concordou ele.

Treinamos por cerca de uma hora. A academia do hotel era pequena e inexpressiva, com uma esteira, um elíptico, uma bicicleta ergométrica e alguns pesos. Eu fiquei no elíptico por uma hora inteira, mas Stephan voou entre a bicicleta, a esteira e passou meia hora levantando pesos. Era sua rotina normal, e eu o observei, me sentindo bem, ouvindo música no meu celular e me exercitando.

Stephan estava certo. Eu me senti muito tentada a pular o treino hoje, mas acabou sendo exatamente o que eu precisava. Senti-me absurdamente melhor quando terminamos.

Decidimos comer um sanduíche rápido no almoço. Era um belo dia de primavera em Nova York, e eu gostava da nossa caminhada pela rua movimentada.

— Quer comer no parque? — perguntei a Stephan, enquanto esperávamos na fila de uma rotisserie lotada.

Ele fez que sim.

— Com certeza. Estilo piquenique.

Não comemos exatamente em estilo piquenique. Em vez disso, nos contentamos em encontrar um banco vazio para sentar e ver as pessoas passando enquanto comíamos.

— O que você vai usar para ir ao bar? — Stephan me perguntou entre mordidas.

Comemos depressa, como se tivéssemos medo de que a comida fosse desaparecer se não terminássemos rápido o bastante. Nós dois comíamos como duas crianças famintas de rua se não fizéssemos um esforço consciente para não agir assim. Não nos importávamos em comer de forma nem um pouco diferente se estivéssemos só nós dois. Não tínhamos nada a esconder um do outro. Era um dos motivos pelos quais éramos praticamente inseparáveis.

— *Nãum-ei* — respondi, com comida demais na boca.

Engoli tomando um grande gole de água da garrafa reutilizável que eu levava comigo quase o tempo todo para economizar dinheiro com água de garrafa.

— Não sei — falei com mais clareza. — O tempo está bom, quente, então acho que seria um short e uma blusa. Não estou a fim de me arrumar demais, mas não quero parecer desleixada quando sei que todo mundo vai se arrumar. — Fiz um gesto para as roupas confortáveis de treino que eu estava usando: camiseta cinza, bermuda preta e tênis de corrida verde-neon. — O que eu gostaria mesmo de vestir era isto aqui, mas sei que você iria me encher o saco, então vou tentar ficar mais ou menos decente, eu acho.

— Você vai ter que me ajudar a escolher a roupa. Quero ficar muito gato hoje à noite. Acho que desta vez estou pronto para convidar o Melvin pra sair — falou Stephan. Eu sorri. Ele vinha dizendo a mesma coisa nas últimas três semanas, mas eu só concordei.

Voltamos aos nossos quartos para tomar banho e nos prepararmos para a noite que tínhamos pela frente. Batemos papo como amigos enquanto nos aprontávamos.

Escolhi um short preto de bainha dobrada e pregas e uma blusa preta e branca com babados floridos no pescoço. Era o tipo de roupa que eu mais gostava: confortável, mas feminina. Com brincos e os sapatos certos, eu estava bem-vestida o bastante para praticamente qualquer coisa. Se acrescentasse sapatos práticos, prontinho, o *look* não ficava exagerado.

Escolhi sandálias de saltos não muito altos. Para brincos, peguei argolas de prata na minha pequena nécessaire de bijuterias que eu sempre levava junto na mala. Deixei o cabelo solto. Era liso escorrido e o comprimento loiro-claro chegava até o meio das costas.

Passei maquiagem depressa, optando apenas por rímel e um brilho labial rosinha. Acabei ficando pronta primeiro, pois não estava muito preocupada com minha aparência para sairmos. Esperei sentada na cama do Stephan e, pacientemente, o vi provar tudo o que ele havia trazido. Por fim, concordamos com uma camisa polo cinza e azul e uma bermuda cargo xadrez que tinha um caimento atraente em seus quadris delgados. Ele adotava o visual arrumadinho com frequência e eu achava que combinava com ele. Parecia o garoto propaganda da Abercrombie & Fitch. Falei isso para ele. Stephan deu risada, mas eu percebi que ele ficava satisfeito com a comparação, como se fosse simplesmente a verdade.

Chegamos ao bar um pouco antes das quatro da tarde, mas já estava meio cheio. Não era um bar chique, apenas um pub irlandês à moda antiga, com algumas noites de karaokê por semana. Ficava no coração de Manhattan e, como era sexta-feira, eu não me surpreendia por estar lotado.

Stephan lançou sua magia e, em poucos minutos, conseguiu lugares para nós na parte do bar onde Melvin estava trabalhando. Eu não tinha dúvida de seu êxito. Stephan tinha uma combinação rara de charme e carisma, de um jeito que ele parecia conseguir fazer as coisas funcionarem do seu jeito. A maior parte das pessoas neste lugar nunca encontraria lugar para sentar em uma noite tão movimentada.

Cumprimentamos Melvin calorosamente, e ele pareceu satisfeito de verdade em nos ver. Em especial, Stephan, embora também fosse muito gentil comigo. Eu sempre me esforçava para tentar fazer amizade com a pessoa em quem Stephan estava interessado. Ele era minha única família; era importante para mim ser amiga de qualquer pessoa que ele julgasse significante.

Supus que Melvin tinha mais ou menos a nossa idade, em algum ponto dos vinte e poucos anos. Tinha um pouco mais de 1,80m de altura e era esbelto, quase delicado. Não consegui identificar bem seu tipo étnico; ele era mestiço de algum tipo. Sua pele era de um tom clarinho de café, o cabelo preto era cortado muito rente à cabeça. Seus olhos eram verde-claros. Ele era muito bonito e tinha um sorriso bastante cativante. *Stephan tem um ótimo gosto*, pensei.

— O que posso fazer por vocês? — Melvin teve que levantar um pouco a voz para ser ouvido com todo o barulho do público, cada vez maior. Mordi o lábio, olhando para Stephan. Fazia tanto tempo que eu não tomava bebida alcoólica que me deu um branco. Stephan apenas deu de ombros e piscou para Melvin. Uau, isso era ousado da parte dele. Melvin corou um pouco e abriu um sorriso tímido.

— Nos surpreenda. Algo com álcool — disse Stephan, com jeito brincalhão.

Melvin sorriu.

— Doses ou coquetéis?

— Um de cada. Pode ser o seu favorito de cada um — declarei. Ele saiu com um assobio feliz para atender ao nosso pedido.

Fui distraída pelo som de alguma música desafinada. Estávamos longe o suficiente de onde ela vinha para não ficarmos surdos, mas perto o bastante para termos uma visão perfeita. Isso sempre parecia acontecer com Stephan. Ele tinha o dom.

— Eles vão começar o karaokê agora tão cedo? — perguntei, surpresa.

Ele deu de ombros.

— Acho que sim, mas parece cedo demais. Eles precisam deixar a gente ficar um pouco mais alegre antes de ter que ouvir isso.

Concordei, dando risada.

Melvin voltou depressa. Ele havia nos preparado um Pom-tini tão gostoso que eu não pensei, nem por nenhum momento, que pudesse me deixar bêbada. Ele também trouxe uma dose que chamava de "surfista com ácido". Nunca tinha ouvido falar. Senti o cheiro e enruguei o nariz. Era forte.

— O que é? — perguntei.

— Jägermeister, suco de abacaxi e rum de coco. Confie em mim, é bom.

Stephan sorriu para ele.

— Eu confio em você — ele declarou e virou de uma vez. Engasgou ao engolir. — Caramba, como é bom!

Virei o meu. Só havia um jeito de tomar uma dose, na minha opinião, e era rápido. Eles estavam certos, era bem gostoso, e eu me senti meio zonza quase de imediato. *Opaaa*, pensei. Eu precisava ir devagar. Até mesmo uma dose era um choque para meu corpo depois de tanto tempo sem nada. Embora fosse *realmente* uma dose com uma pegada forte.

Melvin nos trouxe um copo de água gelada sem nem mesmo termos pedido, depois voltou para atender os clientes que aumentavam. Stephan teria que aguardar até tarde da noite, se esperava muita atenção de Melvin. O bar estava ficando mais cheio segundo a segundo.

Melvin estava extremamente ocupado, mas ainda conseguia parar perto de nós para conversar rapidinho com Stephan a cada poucos minutos, e eu entendia como um sinal encorajador. Ele definitivamente estava dedicando atenção especial a Stephan, e não sendo apenas amigável. Terminei meu primeiro Pom-tini rápido demais.

— Malditos copos pequenos de Martini — murmurei para Stephan. Minha voz saiu muito mais alta do que eu pretendia. Sim, eu definitivamente precisava diminuir o ritmo da bebida. Stephan riu de mim e também terminou o seu.

Melvin imediatamente estava com Martinis e refis das doses na nossa frente. Certo, estávamos definitivamente recebendo tratamento especial. Ele balançou um dedo em nossa direção quando falou:

— Sua próxima rodada vai ser uma nova surpresa. — Ele piscou para o meu amigo quando se afastou. Abri um sorriso largo para Stephan. Ele sorriu de volta para mim. Estava o mais feliz que eu já tinha visto em algum tempo, o que me deixou muito contente. Ele ainda andava muito apegado ao ex de um ano atrás, e era um alívio vê-lo finalmente partir para outra.

— É melhor a gente beber isso logo. Quero ver nossa próxima surpresa — Stephan brincou comigo.

Ri e tomei o gole. Que se danasse ir devagar. Eu queria a nossa própria surpresa. Stephan e eu, de forma insensata, disputamos para terminar o Pom-tini. Apontei para ele, dando risada, ao terminar o meu um segundo antes dele.

— Ganhei — disse eu.

No momento perfeito, Melvin deslizou uma nova dose e um novo Martini na nossa frente assim que Stephan colocou o copo no balcão.

— Um Kamikaze e um Razzle-tini — ele nos disse, quase gritando agora por causa da interpretação horrível de *Moves Like Jagger* que um grupo de três pessoas esganiçava lá no palco. Agradeci. Stephan fez o mesmo, apertando a mão de Melvin quando ele estava recuando. Foi um movimento surpreendentemente corajoso da parte de Stephan. Melvin corou e sorriu para ele ao voltar para atender os clientes.

Abri um sorriso enorme para Stephan.

— Ele está tãããããão interessado. Você sabe disso, não é?

Ele fez que sim, parecendo de repente tímido, mas muito satisfeito.

— Sim, eu finalmente sei disso.

Não demorou muito até a tripulação começar a aparecer. Brenda foi a primeira. Era uma mulher de meia-idade, quarenta e poucos anos, eu supunha. Eu a via menos que o resto das pessoas, pois ela trabalhava na cozinha dos fundos do avião e eu, na da frente, mas ela parecia bem legal. Pensei que poderíamos ser amigas facilmente se passássemos algum tempo juntas. Ela veio até nós, sorrindo.

Tinha cabelos castanho-escuros na altura dos ombros, o que valorizava bem seu tipo físico. Tinha porte mediano e era muito bonita. Eu sabia que era casada e tinha filhos adolescentes, mas não sabia ainda todos os detalhes. Fiz uma nota mental de lhe perguntar mais a respeito da família. Ela parecia uma boa mãe, com olhos bondosos e jeito tranquilo.

Cumprimentamos Brenda com um pouco mais de barulho e algazarra do que era nosso hábito, e ela riu, de bom humor.

— Vocês já estão aqui há algum tempo, hein?

Stephan insistiu que ela ficasse com a cadeira dele, e Brenda aceitou, agradecendo-lhe com um sorriso de covinhas.

— Ele é um dos últimos bastiões do verdadeiro cavalheirismo — ela me disse. Eu percebia que a suposição dela era de que estivéssemos juntos, e não a corrigi.

Em cinco minutos, Stephan havia conquistado a cadeira do meu outro lado. Dei uma risadinha para ele.

— Como você sempre consegue isso? — perguntei, virando-me na direção de seu novo assento.

Ele arqueou a sobrancelha para mim.

— Você deveria saber melhor do que ninguém, Bi. Eu estou nessa vida de afanar as coisas desde pequeno. Tirar alguém do assento em um bar é brincadeira de criança.

Melissa foi a próxima a aparecer, já olhando ao redor com tédio ao se aproximar de nós. Provavelmente, procurando pelo capitão Peter, pensei.

Estava em rara forma, vestindo uma microssaia branca e uma blusa rosa colada que meio que contrastava com seus cabelos ruivos e escuros. A blusa era tão fina que eu percebia duas coisas: os peitos eram comprados e ela estava sem sutiã.

Ela não podia ter mais do que 1,60m descalça, mas estava compensando bem esta noite. O sapato branco de strass com salto agulha tinha facilmente doze centímetros. E ela se dava muito bem com ele, deslizando como se usasse sapatos daqueles todos os dias. Até onde eu sabia, ela usava. Estava com uma grossa camada de maquiagem, tinha os lábios vermelho-vivos e os cílios eram tão grossos e pretos que pareciam algo que se vê em uma modelo *pin-up* à moda antiga. Ela era muito bonita. O que lhe faltava em bom gosto, ela mais do que compensava em beleza natural.

— Oi, pessoal — disse ela, sem sorrir. Era como se não quisesse desperdiçar um bom sorriso com a gente.

— Oi — disse eu. Brenda e Stephan também a cumprimentaram.

Notei que Stephan não lhe ofereceu sua cadeira. Eu sabia que ela o irritava um pouquinho, sem ele precisar me falar nada. Ela não era exatamente uma pessoa que trabalhava duro, e parecia pensar que merecia mais do que as outras pessoas, duas qualidades que ele e eu tínhamos muita dificuldade para aceitar.

Os pilotos foram os próximos a aparecer. Vieram juntos. Não sei se eu teria reconhecido algum deles sem o uniforme. Eu só sabia que haviam chegado porque a personalidade de Melissa de repente ficou toda eufórica. Stephan e eu trocamos um olhar curto e afiado.

Todos nos cumprimentamos, e, em seguida, Melissa conseguiu pegar o assento ao lado de Brenda. O capitão Peter estava praticamente colado

R.K. Lilley

no encosto da cadeira dela. Tentei não olhar. Eles não estavam sendo sutis. Esses dois provavelmente iriam terminar a noite juntos.

Meus olhos encontraram a aliança na mão esquerda do capitão, que a estava esfregando por quase toda a extensão das costas praticamente nuas de Melissa. *Eca*, pensei. Eu odiava isso. Não entendia por que as pessoas se casavam e agiam dessa forma. Com certeza diminuía ainda mais a opinião que eu tinha sobre Melissa. Não havia nenhuma maneira de ela ter deixado de ver a aliança no dedo dele, que eu consegui enxergar a vários metros de distância. Droga, ela provavelmente estava sentindo a aliança nas costas, de tão forte que ele estava esfregando-a.

Tomei uma decisão fácil de simplesmente tentar ignorá-los durante a nossa noite. Esses dois eram brochantes.

Notei meio desconcertada que o copiloto, Jeff, havia parado ao lado da minha cadeira. Seu corpo estava inclinado em minha direção. Ele sorriu para mim quando percebi sua presença. Ele acenou para os copos na minha frente.

— O que você está bebendo? Parece bom.

Contei, e ele chegou mais perto enquanto eu falava. Afastei-me um pouquinho. Odiava quando as pessoas tentavam me tocar casualmente, e ele parecia o tipo exato de gente que fazia isso.

Com toda certeza, alguns minutos depois, depois de ele ter virado sua bebida num gole só, estendeu a mão e tocou uma mecha do meu cabelo. Recuei um pouquinho.

— Adoro seu cabelo. — Ele estava quase gritando acima do ruído da multidão. — Fica muito atraente quando você o usa solto.

Virei para o outro lado quando ele disse isso, terminando minha atual rodada de bebidas. Sim, era oficial: eu estava bêbada. Percebi Stephan e Melvin trocando um olhar, e eu sabia exatamente o que significava. Stephan estava tentando dizer para Melvin cortar meu suprimento de álcool.

Olhei feio e cheguei mais perto dele. Apontei um dedo em seu peito de forma ameaçadora.

— Não se atreva. Eu quase nunca bebo e realmente preciso relaxar esta noite. É a primeira vez em dias que tenho a oportunidade de espairecer e simplesmente esquecer sobre o Sr. Magnífico.

Stephan já parecia pronto para discutir, até que essa última frase deixou a minha boca. Enquanto eu terminava, ele explodiu em uma risada.

– Sr. Magnífico?

Fiz que sim, e ele riu ainda mais.

– Bom, ele é. James Cavendish é lindo demais para ser real. Ele me deixa apavorada – confessei.

Stephan parou de rir com esse comentário.

– Por quê? – ele perguntou em tom sério.

Sacudi a cabeça.

– Não desse jeito. É um tipo diferente de apavorada. Ainda não consegui entender bem. Só sei com certeza que preciso ficar muito longe do Sr. Magnífico. – Eu disse a última frase com tanta ênfase que, mesmo bêbada, eu percebi.

Stephan arregalou os olhos ao encarar um ponto acima e atrás de mim.

– O quê? – perguntei-lhe em um tom alto e agressivo. Sim, definitivamente bêbada. – O quê? Por acaso o Sr. Magnífico está atrás de mim ou algo assim?

Stephan franziu os lábios e eu, de repente, senti uma sensação horrível de que tinha acertado na mosca. Virei a cabeça confusa e olhei para cima, e para cima, até encontrar olhos azuis brilhantes.

– Olá, Sr. Magnífico – eu disse numa voz mais baixa, porém obviamente bêbada.

5
Sr. Persistente

Girei quase imediatamente para olhar feio para Stephan.

— Traidor — disse a ele, minhas palavras saindo arrastadas.

Ele jogou as mãos para o alto e me lançou um olhar inocente.

— Eu não dei seu número para ele nem nada. Ele me perguntou se a gente ia sair esta noite. Eu só disse aonde a gente ia. Inofensivo.

Murmurei algumas palavras muito bem selecionadas para ele. Senti um rosto firme pressionar o cabelo perto da minha orelha e eu sabia que era o Sr. Magnífico em pessoa.

— Sr. Magnífico, hein? — ele sussurrou no meu ouvido. Eu sabia que meu corpo todo estava vermelho-vivo de vergonha. — Vou aceitar como um elogio, embora eu deva dizer que isso é novo.

— Olá, Sr. Cavendish — falei, dura, sem me virar.

— Eu te disse para me chamar de James. Ou de Sr. Magnífico, se você preferir. Você pode guardar o Sr. Cavendish para quando tivermos privacidade. — Era a segunda vez que ele me dizia isso e eu não conseguia afirmar se era uma brincadeira. *Será que quero mesmo saber?*, me perguntei. *Não*, respondi com firmeza.

Tentei apenas ignorar todo mundo por algum tempo depois disso. Exceto Melvin. Ele, eu tentei convencer a me dar outra bebida, mas *ele* estava *me* ignorando. Vagamente, eu ouvia Stephan e James conversando em tom amigável às minhas costas.

James não havia se movido e estava parado próximo o bastante das minhas costas para indicar que ele e eu estávamos juntos. Ele estava tão perto que fazia minha pele se arrepiar. Se eu movesse nem que fosse um centímetro para trás, nos tocaríamos.

Virei a cabeça de leve e vi que o copiloto havia sido forçado a se afastar de mim. Estava olhando entre Stephan e James, com um jeito esquisito. Ele não sabia o que interpretar da situação. Não me importava o que ele achava. Eu só ficava aliviada que ele parecesse compreender que eu claramente não estava disponível.

Levantei-me de repente. Esperava ficar um pouco instável sobre meus pés, mas foi muito pior do que eu tinha pensado. Precisei me agarrar ao balcão por vários instantes antes de recuperar o equilíbrio.

— Uou, cuidado aí, princesinha — Stephan me disse.

Senti um braço duro enlaçando minha cintura para dar apoio e eu sabia que não era de Stephan.

— Princesinha? — James lhe perguntou. Havia divertimento em sua voz.

Olhei para Stephan, que tinha um ar de inocência.

— É meu velho apelido de quando éramos crianças. Bi e eu temos que te contar a história uma hora ou outra.

— Estou ansioso por isso. Por acaso ela bebe com tanta frequência assim? — James perguntou em tom casual, mas achei que havia algo estranho em sua voz, que me deixou furiosa.

— O tempo todo — eu disse bem alto.

— É a primeira vez que ela bebe desde o mês em que completou vinte e um anos — Stephan disse baixinho. — Isso já faz pelo menos dois anos.

A boca de James estava na minha orelha novamente.

— Você se lembra do que eu te disse sobre mentir para mim — ele alertou suavemente. — Com essa são duas vezes.

Ele disse que me colocaria sobre seus joelhos.

— Ele é um pervertido maldito. — Pensei na minha bebedeira. *Oops*, falei em voz alta. Por sorte, apenas James ouviu. Ele riu, mostrando dentes brancos e retos. Ele não havia tomado como um insulto. Apenas assentiu para mim, fazendo um contato visual bem sólido. Ele concordava.

— Preciso ir ao banheiro — declarei quase gritando.

— Eu te ajudo a chegar lá, princesinha — James me disse. Stephan se levantou quando passamos, fazendo menção de ajudar. James o dispensou com um aceno. — Deixe-a comigo.

E ele estava em ação. Passou meu braço ao redor dele e sustentou a maior parte do meu peso ao me levar sem fazer esforço algum entre a multidão até os banheiros.

— Por que você está aqui? — perguntei sem rodeios.

— Bom, eu vim aqui porque quero muito te comer até nenhum de nós dois conseguir mais andar. Eu te quero tanto que nem consigo enxergar direito. Mas, como isso não vai acontecer agora, vou ficar para garantir que você consiga chegar ao seu quarto de hotel sã e salva.

— Por que isso não vai acontecer agora? — perguntei. Sabia que a pergunta era ruim, implicando que eu estava decepcionada por não acontecer, mas eu estava bêbada e curiosa demais para me importar.

Ele me olhou com as sobrancelhas erguidas.

— Não vou te tocar enquanto você não estiver em pleno controle das suas ações. Nunca. Eu não faço isso.

— Então você desistiu? — desafiei, mas saiu mais como um choramingo.

Ele me surpreendeu com um beijo no topo da cabeça.

— Longe disso. Eu ainda pretendo te foder até você perder a consciência. Só não esta noite, princesinha. E eu agradeceria se você pudesse se abster de ficar nessa condição novamente. — Seus braços e seu beijo tinham sido doces e macios, mas as palavras e o tom eram gélidos.

Que homem estranho, pensei. Como alguém podia soar tão frio e, ao mesmo tempo, me chamar de princesinha?

Parei de repente. Agora estávamos encostados na parede, perto do corredor que levava aos banheiros. Virei-me em seus braços, pressionando meu corpo junto ao dele. Ele sugou o ar com força diante do contato repentino. Olhei em seus olhos. Ele olhou de volta; seu olhar era duro.

— Sim? — ele perguntou em tom ríspido.

— Minha condição não é da sua conta, James. — Enfatizei seu nome. Era a primeira vez que eu o usava.

Seu olhar não vacilava.

— Pretendo que se torne da minha conta.

— Você disse que não quer me namorar — retruquei.

Ele suspirou.

— É verdade, mas quero outras coisas. Pelo menos a chance de falar com você sobre o que eu quero.

— Então fale.

— A gente vai conversar quando você estiver sóbria. E quando tivermos alguma privacidade verdadeira.

Sacudi o dedo para ele, depois me levantei na ponta dos pés para garantir que ele me ouvisse quando falei diretamente em seu rosto.

— Isso não parece conversar. — Minhas palavras saíram arrastadas, e ele se encolheu visivelmente.

James odiava o quanto eu estava bêbada, eu percebia. Ele tinha um problema sério com isso. Minha mente extremamente embriagada começou a bolar um plano bêbado para usar em meu benefício. Se ele não gostava de gente embriagada, eu lhe mostraria um pouco de comportamento bêbado que o assustaria e o afastaria de mim para sempre. Assenti para ele e me virei. No instante em que eu entrasse no banheiro, iria fazê-lo sair correndo às pressas.

Entrei. Era um sinal de quanto eu estava ébria o fato de ficar orgulhosa por conseguir usar o vaso com sucesso e sem me atrapalhar toda.

Estava lavando as mãos quando Melissa entrou com tudo pela porta, parecendo excitada.

— Quem é aquele homem lindo? — ela me perguntou sem fôlego. Estava no mais alto nível de animação desde que eu a tinha visto sem um homem que ela gostava no recinto. Claro, isso era porque ela acabara de conversar com um homem nesse exato momento.

Eu não queria perguntar com quem ela havia falado.

— Aquele é o Sr. Magnífico — respondi. Eu tinha escolhido um tom despreocupado, mas ouvi minha voz e sabia que ela tinha saído bêbada e arrastada.

Saí do banheiro antes que ela pudesse me perguntar mais alguma coisa. James pegou meu braço antes que eu sequer o localizasse.

— Alguma vez você já ficou tão bêbado que não conseguia nem se olhar nos olhos quando encontrava um espelho? — perguntei-lhe. Era uma pergunta séria. Eu estava bêbada desse jeito. Ele apenas ficou me olhando.

— Responda, James — tentei mandar.

— Não — ele disse imediatamente.

— Dança comigo — pedi. Hora da operação "Desastre". Ele detestava bebedeira. Eu ia lhe mostrar o que era bebedeira.

— Não — ele recusou com firmeza.

— Tá bom. Alguém vai dançar comigo. Espere para ver. — Sua mão apertou meu braço quando tentei sair andando.

— Não vai não. Se você tiver que dançar esta noite, vai ser sozinha.

Soltei uma exclamação perplexa. Fui distraída momentaneamente quando voltamos para o grande bar e descobrimos que havia consideravelmente menos pessoas do que quando tínhamos saído para o banheiro.

— Ca'conteceu com todo mundo? — perguntei. O arrastado na minha voz estava ficando cada vez mais pronunciado, mas eu parecia não conseguir controlar. Olhei para ele. James apenas deu de ombros. — É tão tarde assim? — ponderei, enfiando a mão na minha pequena bolsa para pegar o celular. — Cadê mo'telefone? — resmunguei.

— Você deixou no balcão do bar — ele me disse. Comecei a seguir naquela direção, mas ele me fez parar e segurou o telefone na minha cara. — Peguei pra você.

Apanhei o aparelho da mão dele com um olhar fulminante. Dei uma olhada no visor e apertei o botão para mostrar as horas.

— Son apenas oito'ras. Por que você acha que todo mundo está indo embora? Aconteceu alguma coisa? Tá fechando?

Sua única resposta foi dar de ombros. Suas mãos estavam nos bolsos. Eu o observei, de repente percebendo o quanto eu estava entediada e o quanto ele parecia indiferente. Lembrei-me do que ele havia dito sobre só ficar por perto para garantir que eu chegasse ao hotel sã e salva.

— Você não precisa ficar aqui. Está tudo bem.

Ele me puxou junto de seu corpo de repente. Fiquei rígida, mas ele apenas encostou minha bochecha em seu peito.

— Você é uma mulher enfurecedora — ele disse no meu cabelo. Tentei empurrá-lo por esse comentário, mas acho que eu não conseguiria afastá-lo. — Eu ficaria feliz de acompanhar você ao seu quarto, mas não vou deixá-la ficar aqui quando está se comportando desse jeito.

— Você não sabe nada sobre mim. Posso agir desse jeito o tempo todo — falei, mas as palavras foram abafadas por sua camisa.

Ele estava vestindo a camiseta mais macia que eu já tinha sentido. Sem que me desse conta, eu estava esfregando o rosto nela. Percebi que sequer tinha visto o que ele estava vestindo. Não era um terno e eu nem tivera a chance de dar uma boa olhada.

Recuei e olhei com fascínio para seu traje casual. A camiseta era azul-marinho, gola em V e um pequeno bolso sobre o lado esquerdo do peito. Bem sobre o mamilo, pensei. Era ajustada e mostrava os músculos definidos. E era tããão macia.

Comecei a passar as mãos sobre ela e ele não me parou. Estava de calça social cinza e tênis azul-marinho. Sério, dava vontade de comer.

— Em algum dia não muito distante, eu vou te amarrar e te provocar exatamente do jeito que você está me provocando agora, sem nenhuma esperança de alívio por pelo menos uma noite. — Sua voz era baixa e sincera. As palavras fizeram minhas mãos pararem imediatamente. Pelo visto, eu não estava fazendo um bom trabalho em assustá-lo. Ainda não.

Estalei os dedos para ele quando tive uma ideia. Eu estava mais firme nos meus pés agora, ao me afastar completamente de seus braços. Mais alguns minutos sem beber nada e eu melhoraria bem meu equilíbrio.

— Tenho uma surpresa para você — falei de um jeito ameaçador. Segui em direção ao DJ do karaokê.

Sussurrei meu pedido no ouvido do homem desconhecido e ele balançou a cabeça para concordar, ao mesmo tempo em que lançava um olhar para James.

Coloquei um dedo sobre seus lábios.

— Shhh. É surpresa para o Sr. Magnífico.

James me olhou, estoico, quando subi no palco minúsculo. Por incrível que parecesse, não havia ninguém na fila, assim, eu pude começar na mesma hora. Antes de eu ir ao banheiro, havia uma fila de pessoas esperando para se apresentar que quase chegava à porta. Agora, a casa estava ficando mais vazia a cada segundo.

Por mim tudo bem. Esse desastre de show particular era exclusivo para James Cavendish.

Foi mais forte do que eu. Desatei a rir quando os primeiros acordes de *S&M* começaram e eu vi James arregalar os olhos. Consegui manter o autocontrole por tempo suficiente para começar a cantar para ele, seguindo as palavras que apareciam na tela, disparando olhares atrevidos e até mesmo sacudindo um pouco o corpo no ritmo da batida. Cheguei até a me abaixar e jogar o cabelo durante uma pequena pausa na música. *Ai, meu Deus*, com isso eu quase caí do palco.

Ele se aproximou em resposta ao meu ato imprudente, como se fosse me segurar caso eu caísse mesmo.

Errei um pouco o tempo da letra quando Melissa foi se aproximando e começou a conversar com ele. *Por acaso ela precisava ficar assim tão perto?* Pelo visto, sim. Ainda por cima, ela pressionou o corpo um pouco demais nele enquanto falava em seu ouvido.

James também não pareceu se importar, agora mais falando com ela do que prestando atenção em mim. Parecia uma conversa muito séria para duas pessoas que tinham acabado de se conhecer. *Ou será que eles já se conheciam antes?*

Chega, decidi. Agora eu iria descobrir.

Quando desci do palco, pisando duro, a música ainda nem tinha acabado.

James abriu um pequeno sorriso assim que me aproximei. Melissa já não estava mais tocando-o, mas ainda estava perto demais para o meu gosto.

— Obrigado pela surpresa, Bianca. Não vou me esquecer disso enquanto eu viver. — Sua voz era calorosa e cheia de bom humor. *Droga*. Não tinha saído nada como eu pretendia.

— Vocês dois se conhecem? — perguntei de forma abrupta.

James pareceu um pouco surpreso.

— Acabamos de nos conhecer. Ela trabalha com você, não é?

— Sobre o que vocês estavam conversando? — perguntei, determinada.

— Ela me disse que era uma amiga próxima sua, por isso eu estava fazendo algumas perguntas a seu respeito.

Olhei para Melissa. Ela parecia um pouco irritada, mas quase nada desencorajada. Se tivesse qualquer pista de que James valia a pena, ela *realmente* partiria para cima dele com tudo.

Fiquei cogitando a ideia de contar a ela, pois poderia resolver toda a nossa situação. Por motivos que eu não estava a fim de analisar, decidi quase imediatamente não fazer isso.

Ele me estudou por um breve momento e sua expressão aliviou. Melissa pegou minha mão de repente, toda amiguinha novamente.

— Venha, queridinha — ela disse de um jeito afetuoso, levando-me de volta para o DJ.

6
Sr. Perverso

Não precisei ficar me perguntando muito o que ela tinha em mente. Ela nos levou para fazer um dueto de uma versão de *Back That Thing Up* num piscar de olhos.

Tentei fazer o rap da letra vagamente obscena enquanto a observava com fascínio. Logo ela virou a bunda para o público e começou a fazer uma dança bem impressionante.

Eu era mais bem servida no quesito busto do que ela, e os meus seios eram muito naturais, mas ela tinha muuuuuito mais quadril. Eu precisava admitir que era um bom quadril. E ela sabia muito bem disso.

Melissa lançava sorrisos sobre os ombros para a multidão ao descer quase até o chão. Sim, ela estava mostrando o que tinha, como dizia a música.

Eu estava fazendo o rap: "Me chama de papai quando você mostrar o que tem aí atrás", quando Stephan cruzou o olhar comigo da plateia. Ele havia deixado seu lugar no bar, onde estava em uma conversa compenetrada com Melvin, desde que eu havia saído do banheiro.

Ah, droga. Eu os havia interrompido com minhas peripécias. Ele finalmente teve a chance de fazer sua jogada e eu o havia distraído. Senti culpa na hora.

Ele estava arregalando os olhos para mim. Eu percebia que ele estava pronto para me carregar para o hotel. Stephan não aprovaria a operação "Desastre", disso eu tinha certeza. Ele agia como meu irmão mais velho e protetor havia tempo demais para simplesmente ficar observando sem fazer nada enquanto eu passava vergonha embriagada.

Fiquei aliviada quando ele não subiu imediatamente para me tirar do palco, porém meu alívio durou pouco, pois ele estava tendo uma conversa muito sincera com James. Este ouvia com atenção, e assentiu para concordar.

Fui distraída pela letra da música na tela, que ficou bem rápida por um momento. Substituí todas as palavras que eu não conseguia dizer e que começassem com N pela palavra "garota". Achei que cabia muito bem na música e me elogiei mentalmente quando a música acabou.

Melissa riu quando me abraçou assim que terminamos. Estava sem fôlego de tanto sacudir os quadris. Será que ela de repente gostava de mim? Ou era algum tipo de show para James? Com o que eu já sabia de Melissa, suspeitava da segunda opção, mas não me importei muito naquele momento.

Eu me aproximei dos dois homens altos que pareciam estar numa conversa séria que eu sabia com certeza que era a meu respeito.

James lançou um olhar arregalado para mim. Ele parecia chocado com alguma coisa.

Fui andando até Stephan, arrastando as pernas, e trombei em seu ombro com o meu.

— O que você está falando pra ele? — perguntei, meu tom irritado. — Vá se sentar de volta no bar, Stephan. Estou ótima.

Stephan se inclinou em mim. Ele parecia visivelmente chateado, e eu fiquei logo em alerta. Que diabos estava acontecendo com esses dois?

Ele me abraçou e falou no meu ouvido.

— Por favor, não fique brava comigo. Eu sei que não cabe a mim me intrometer, mas eu tinha que ver que tipo de cara ele era. Acho que ele vai te tratar bem. E se ele não tratar, eu disse que ia quebrar a cara bilionária dele.

Enruguei o nariz para ele.

— Foi por isso que você pensou que eu ficaria brava com você?

Ele não parecia nem um pouco menos chateado, portanto eu sabia que não era isso. Ele não conseguia me olhar nos olhos e estava tremendo um pouco. Ele odiava quando eu ficava zangada com ele. Stephan tinha sérios problemas com pessoas ficando bravas com ele e ainda mais se essa pessoa fosse eu. Problemas que provinham de coisas realmente horríveis que tinham lhe acontecido quando ele era criança. Eu era sua única família havia anos, por isso ele temia minha raiva. Ele tinha esse medo irracional de que, se algum dia me deixasse realmente brava com ele, eu o abandonaria, como a família dele o tinha abandonado. Eu lhe disse muitas vezes que isso nunca aconteceria, mas ele ainda não sabia como lidar com nenhum tipo de conflito.

Ele estava sacudindo a cabeça, e eu percebia o pânico que eu temia em seus olhos. Me ajudou bastante a ficar um pouco mais sóbria.

— O que foi? — perguntei-lhe.

— Eu falei pra ele que você é virgem — ele sussurrou no meu ouvido. Fiquei dura. — Eu só não queria que ele te machucasse. Ou... que tivesse a impressão errada a seu respeito pela forma como você estava agindo. Por favor, não fique brava.

Não consegui evitar. Fiquei irada na mesma hora. Empurrei-o para trás e apontei o dedo para ele.

— Volta. Pra. Sua. Cadeira.

Ele obedeceu, andando com uma imitação muito boa do Charlie Brown, e voltou para Melvin. Acho que eu havia arruinado sua noite, mas ele não tinha o direito de sair dando informações pessoais minhas. Especialmente para o Sr. Magnífico.

Virei-me de volta para James com um olhar fulminante.

— Então você já acabou? Agora pode ver que não vai acontecer. Meu cartão V deve ser mais do que o suficiente para fazer alguém como você sair correndo. — *Talvez Stephan tenha conseguido encontrar uma solução definitiva melhor para esse estranho problema,* percebi no instante em que falei.

O choque havia desaparecido há muito de seu rosto. Agora a expressão de James era cuidadosamente vazia. Porém, o vazio não chegava a seus olhos. Estes estavam tão intensos como sempre.

— Venha aqui — ele me disse.

Alguns passos nos separavam. Cobri a distância entre nós antes de pensar em desafiá-lo. Ele enredou a mão muito, muito cuidadosamente no meu cabelo, puxando minha cabeça de leve para trás. Ele se inclinou no meu ouvido.

— Vou arruinar você — ele sussurrou. — Vou ser o seu primeiro e vou te foder tão completamente que também vou ser o seu último. Você não vai querer nenhum outro homem depois que eu tiver posto minhas mãos em você. Em cada centímetro do seu corpo. — Um estremecimento percorreu meu corpo todo em resposta a essas palavras sussurradas roucamente.

Franzi a testa. De alguma forma, ele havia intuído que eu era virgem antes mesmo de Stephan ter lhe contado? Era por isso que ele estava me perseguindo? Será que ele tinha algum fetiche esquisito?

— Então você prefere as virgens? — sussurrei a pergunta de volta para ele.

Suas sobrancelhas se ergueram em surpresa.

— Eu nunca estive com uma, então não. Mas não posso dizer que a ideia me desagrada. Aliás, adoro o fato de ser seu primeiro.

Eu nem me preocupei em lhe dizer que ele estava supondo coisas demais. Senti-me muito cansada de repente. Cansada o suficiente para desmaiar. E tínhamos que estar acordados às cinco da manhã para nos aprontarmos para o voo matinal.

— Estou pronta para ir embora — falei para ele. Seu rosto se iluminou na hora.

— Que bom. Vamos falar para o Stephan.

Stephan nem me olhou enquanto nos aproximávamos.

— Bianca está encerrando a noite — James lhe disse. — Vou acompanhá-la até o quarto dela. Para que horas devo arrumar o despertador? — Revirei os olhos. Lá ia James falando sobre mim na minha frente outra vez.

— Cinco — Stephan e eu respondemos ao mesmo tempo. Os homens se cumprimentaram cordialmente, mas Stephan não me olhou em nenhum momento.

Eu sabia que ele ficaria incomodado a noite toda se eu não lhe dissesse que o perdoava. Fui até ele e o beijei de leve na testa.

— Não estou brava com você — falei, e ele ficou surpreso por ser verdade. Ele não tinha o direito de fazer aquilo, mas eu sabia que só estava tentando me proteger. Essa era sua tarefa havia anos, uma que ele levava muito a sério.

Ele fungou de leve e eu fiquei chocada ao ver uma lágrima escorrer por seu rosto quando ele baixou os olhos para olhar seu colo.

— Obrigado — ele disse, e eu ouvi alívio em sua voz. Ele estava tão aliviado que estava chorando, coisa que ele nunca fazia. Esse era o tamanho do impacto que minha raiva exercia sobre ele.

— Por favor, não precisa disso — eu lhe falei. Partia meu coração vê-lo desse jeito.

Ele ergueu a cabeça e parecia melhor.

— Estou bem. É sério. Vá dormir um pouco, vejo você pela manhã. — Ele sorriu e acenou para se despedir de mim. Sorri também e fomos embora.

James segurou meu braço durante a curta caminhada de volta ao hotel. Sua pegada era firme na parte de trás do meu braço, logo acima do cotovelo. Ele parecia gostar desse ponto.

— Stephan e eu conversamos bastante. Ele sabe que eu nunca me aproveitaria enquanto você não está em pleno uso das suas faculdades. — James parecia sentir a necessidade de explicar isso para mim. — Se eu não soubesse a verdade, pensaria que ele era seu irmão mais velho — continuou. — Quanto tempo faz que vocês são próximos? —perguntou.

Olhei-o de soslaio. Ele estava sondando informações a meu respeito, eu percebia. Eu não jogava esse jogo. Ainda mais quando não sabia praticamente nada sobre ele.

— Há muito tempo — respondi vagamente. Isso era o melhor que ele receberia de mim. Eu já havia recuperado um bom tanto da minha sobriedade, por isso, não cairia nessa de entregar informações por acidente. Ainda mais porque eu planejava nunca mais beber na vida. Eu já estava constrangidíssima por algumas das minhas peripécias naquela noite e nem estava totalmente sóbria ainda.

— Você precisa tomar pílula. — Ele mudou de assunto abruptamente. Sua voz era autoritária.

Lancei-lhe outro olhar de soslaio. Esse era quase fulminante.

— Meu corpo é problema meu — eu lhe disse em tom rígido.

— Quando estivermos transando, também vai ser problema meu. E você precisa começar. Pode levar meses até fazer efeito.

Meu olhar se tornou fulminante.

— Para sua informação, eu já tomo pílula. Tenho menstruação complicada e ajuda a deixar mais fraca. Na verdade, tomo desde que era adolescente… por motivos pessoais. — Motivos que eu nunca lhe diria. Como o fato de que Stephan e eu vivíamos em um prédio abandonado com um monte de sem-tetos e eu morria de medo de ser estuprada e engravidar. Eu não conseguia dormir de medo. Uma visita a um posto de saúde público havia me dado bastante paz de espírito. Pelo menos sobre o aspecto da gravidez. — Mas você é ultrajante, sabia disso? Eu nunca concordaria em fazer sexo com você.

— Quais motivos pessoais? — ele perguntou. Claro que ele se concentraria no ponto que eu menos queria discutir.

— Prefiro manter em segredo essas questões. — Mostrei a língua para ele.

Sua mão apertou meu braço em sinal de alerta.

— Você é exasperadora.

— Me deixa bombardear você com um monte de perguntas pessoais pra você ver se gosta — disparei de volta.

— Pode tentar. Acredito que a troca pode valer a pena para mim.

Fiquei em silêncio depois disso.

Seguimos para o hotel sem trocarmos uma palavra. Cumprimentei a garota da recepção com um aceno de cabeça assim que passamos. Seu nome era Sarah e ela conhecia Stephan e eu. Tínhamos até saído com ela algumas vezes. Ela arregalou os olhos para mim. Provavelmente pensava que eu e Stephan éramos um casal, como tantas outras pessoas.

— Oi, Sarah — falei, sem parar.

— Oi, Bianca — ela respondeu.

— A segurança aqui é deplorável — disse James, quando as portas do elevador se fecharam atrás de nós. Ele estava balançando a cabeça de um lado para o outro, consternado.

Dei uma risadinha.

— O que você esperava? É um hotel de tripulação no centro de Manhattan. A segurança não é deplorável, é inexistente. — Ri mais alto. Os ricos eram engraçados.

Ele deu-me um olhar ranzinza.

— É terrível. Qualquer um pode entrar aqui.

Eu só continuava rindo.

— É para isso que servem os cadeados e a polícia. Se você acha que é ruim, deveria ver alguns dos outros lugares em que eu e Stephan já ficamos. — *Merda.* Eu não pretendia dizer isso em voz alta.

Seus olhos intensos analisaram meu rosto.

— Onde? O que você quer dizer? Vocês ainda ficam nesses lugares?

Dei de ombros, tentando não tocar em nada desse assunto.

— Hum, na verdade não. Acho que esse é o nosso hotel de tripulação menos seguro no momento. — O pensamento me fez rir de novo.

Ele estendeu a mão para pedir o cartão do quarto e eu lhe entreguei sem falar nada.

— Eu preferiria que você ficasse em um lugar mais seguro quando visitasse a cidade. Vou cuidar disso — ele me disse, para meu choque.

Sacudi a cabeça.

— Não. Não. Não — eu respondi claramente. — Não sei o que você pensa que está rolando aqui, mas não vai assumir o controle da minha vida. Você pode tirar essa ideia da cabeça agora mesmo.

Sua boca se tornou uma linha rígida.

— Bom, vamos falar sobre isso quando você estiver sóbria.

Ele era louco, decidi.

— Você pode falar o quanto quiser. Isso não vai rolar.

Ele notou a porta aberta que conectava nossos quartos assim que entrou. Deu-me um olhar questionador e atravessou a porta como se tivesse o direito de vasculhar o lugar.

— O quarto de Stephan? — ele perguntou de lá do outro quarto.

— É — respondi.

Ele voltou, fechou e trancou a porta sem nem perguntar. Eu simplesmente fui para a cama e deitei, fechando os olhos.

— Preciso programar meu despertador — eu disse a mim mesma em voz alta, estendendo a mão para procurar minha bolsinha. Eu a havia largado no chão em algum lugar entre a porta e a minha cama.

— Está comigo — James me disse, e eu o ouvi se movimentar pelo espaço.

Ouvi o barulhinho que significava que meu celular tinha sido conectado ao carregador.

— Obrigada — murmurei, de olhos ainda fechados. — Você pode ir agora. Eu vou acordar na hora. Nunca me atrasei para o trabalho. Não vou começar esse hábito amanhã. Assim que minha cabeça parar de rodar, vou dormir pesado.

Ele não respondeu, e eu o ouvi caminhar pelo quarto. Ele entrou no banheiro e voltou apenas um instante depois. A cama se inclinou quando ele sentou ao meu lado. Senti o toque e o cheiro do lencinho removedor de maquiagem no meu rosto.

Fiquei tensa de surpresa. *O que ele está fazendo?* Com cuidado, ele limpou todo o meu rosto, até mesmo os cílios, para remover o rímel com cuidado.

— Você quase não usa maquiagem — ele disse para si mesmo. — Sua pele é linda. — Era um comentário tão doce da parte dele que eu nem tive que torcer o nariz.

— Olha só quem está falando, Sr. Magnífico — disse eu.

— Talvez eu vá simplesmente chamar você de Sra. Magnífica — ele me disse, inclinando-se para beijar a pontinha do meu nariz.

Senti-o levantar novamente e retornar um breve momento depois. Quando percebi seus dedos no botão do cós do meu short, abri os olhos bruscamente e minhas mãos se moveram para impedi-lo. A única luz no quarto vinha do banheiro, mas eu ainda conseguia delinear seu contorno.

— O que você está fazendo? — perguntei devagar.

Ele removeu minhas mãos, desabotoou meu short e o deslizou pelas minhas pernas num movimento rápido e suave.

— Cuidando de você — ele disse de forma inocente. — Eu falei para você e para o Stephan que era o que eu faria. Vou te preparar para a cama agora. E se começar a vomitar todo esse veneno que você bebeu esta noite, vou te levar para o banheiro e afastar seu cabelo do rosto. Fique parada. Vou conseguir trocar você mais depressa se parar de se mexer tanto.

De forma estranha, eu o obedeci, e ele tirou minhas roupas e me vestiu com a camisola de algodão que eu havia trazido para dormir.

Ele tirou meu sutiã como um profissional, sem nunca tocar nada além das minhas costas e meus ombros. Ele mal me mexeu ao fazer isso. Foi bem impressionante. Ele inclusive dobrou meu short com cuidado e pendurou minha blusa, como se fizesse isso todo dia. Ele me arrumou na cama com cuidado.

Que bilionário estranho, pensei comigo mesma.

Quando terminou, veio e se sustentou acima de mim. Ele me olhava, mãos nos bolsos, parecendo não ter certeza sobre o que fazer em seguida.

Era uma visão estranha dele.

— Você pode dormir aqui — eu lhe disse. — Se aguentar a falta de segurança. — Não pude evitar a brincadeira.

Ele sugou o ar com força.

— Você se importa se eu dormir só de cueca? É muito mais confortável e eu juro que não vou tentar nada esta noite. Esta noite.

Eu me importava? Eu estava morrendo de vontade de ver o corpo dele. Só precisava saber se ele era bronzeado por inteiro.

— Tudo bem — eu disse numa voz sem fôlego.

Ele não hesitou depois disso. Tirou os sapatos, as meias, a camisa e a calça rapidamente. Eu queria com fervor que as luzes estivessem acesas, e nunca tirei meus olhos dele. Ele deslizou para o outro lado da cama, deitando de costas por cima da colcha.

— Vá dormir — ele me disse.

— Você é bronzeado assim no corpo todo? — perguntei, quase dormindo. Se ele me respondeu, eu nunca cheguei a ouvir; peguei no sono direto.

7
Sr. Temperamental

O som do meu despertador me acordou do sono profundo. Eu nunca tinha dormido tão pesado assim, e despertar ao lado dele era algo a que eu não estava acostumada. Eu sabia instantaneamente que seria uma manhã difícil, a julgar pelo latejar nas minhas têmporas.

O relógio mostrava cinco da manhã, mas meu corpo ainda pensava que eram duas. Uma escala de vinte e quatro horas nunca era tempo suficiente para se ajustar ao fuso-horário.

Não me surpreendeu descobrir que James já tinha ido embora, embora eu ficasse estranhamente desapontada.

Já que não havia mais nenhum efeito residual do álcool correndo pelo meu corpo, eu sabia que tinha um problema: estava começando a gostar daquele maldito pervertido rico.

Fui direto para o chuveiro, prendendo meu cabelo e o mantendo cuidadosamente seco. Não haveria tempo para secá-lo se eu o lavasse.

Vesti a camisola de novo sobre a pele levemente úmida, planejando continuar com ela até ser hora de vestir as roupas de trabalho. Eu estava tão acostumada a compartilhar quartos interligados com Stephan que sempre me lembrava de ficar pelo menos parcialmente decente enquanto me preparava para o trabalho.

A porta do meu banheiro estava um pouco entreaberta, por isso, quando a porta do quarto estalou para abrir e depois para fechar, eu paralisei em alerta. Espiei pela porta, tanto surpresa quando aliviada ao ver que era James.

Ele se uniu a mim no banheiro sem nem perguntar. Nem mesmo Stephan tinha tantas liberdades comigo, por isso fui pega desprevenida quando ele entrou comigo no banheiro de forma tão casual depois de eu ter tomado banho.

Ele me entregou um copo de café com dois comprimidos brancos e colocou duas garrafas de água sobre o balcão.

— O remédio é para a ressaca — ele me disse. — E a água vai ajudar. Você está desidratada.

Tomei os comprimidos e bebi a maior parte da primeira garrafa no processo. Um longo gole do café e eu me senti quase humana novamente.

Vi que ele havia trocado de roupa. Estava de terno outra vez, parecendo renovado e bem descansado.

— Você voltou para a sua casa? — Eu conhecia pouco dele, mas sabia que seu endereço principal era em Nova York. Meus olhos se voltaram para seu terno impecável. Era cinza-claro; a camisa e a gravata hoje eram azuis. Eu não tive a chance de dar uma boa olhada nele sem roupa. *Droga.*

Enquanto eu o olhava, meus olhos se moveram para os dele através do espelho. Nós dois estávamos de frente para o reflexo, e seus adoráveis olhos azul-turquesa estavam colados no meu corpo com uma intensidade que fez meus olhos seguirem os seus.

O tecido fino da camisola combinado com a pele levemente úmida haviam, não surpreendentemente, deixado meu traje noturno transparente. *Eu também poderia estar pelada*, pensei, um pouco atônita.

E ele estava bebendo a visão do meu corpo avidamente, como se nunca tivesse visto nada tão apetitoso na vida. Era uma sensação intoxicante poder causar esse olhar.

Ele parou diretamente atrás de mim, seus olhos fixos no meu busto. Meus seios pareciam pesados e eu queria demais que ele os tocasse.

Inconscientemente, arqueei um pouco as costas, meus ombros foram para trás e meu peito, para frente, deixando meus mamilos visíveis no tecido da camisola. Estavam rígidos e firmes, ficando cada vez mais enquanto eu os observava.

— Não quero atrasar você para o trabalho — ele murmurou. — Mas preciso fazer uma coisa.

Ele se pressionou nas minhas costas. A ereção dura e pesada tocou minha coluna. Suas mãos cobriram meus seios, por fim, e eu gemi, arqueando as costas. Ele os estimulou firmemente e meus olhos se fecharam.

— Olhe pra mim — ele disse de repente e eu obedeci automaticamente, encontrando seus olhos intensos no espelho.

— Eu gosto dessa camisola — ele disse quase para si mesmo, ainda me tocando. — Abra mais as pernas — falou, e elas simplesmente se abriram, como se meu corpo e a boca dele tivessem algum tipo de acordo do qual eu ainda não tinha conhecimento.

Uma das mãos ficou manipulando meu seio e puxando o mamilo de um jeito perfeito, enquanto a outra desceu pelas minhas costelas, barriga e continuou entre minhas pernas.

Por instinto, elas começaram a se fechar contra a invasão.

— Abra mais — ele mandou, e elas simplesmente obedeceram. — Quero dar prazer a cada centímetro do seu corpo, mas, por enquanto, só vou fazer você gozar. Eu só preciso te tocar. Encoste a cabeça no meu ombro.

Ele rapidamente encontrou e massageou meu clitóris com o polegar, enquanto o indicador e o dedo médio brincavam na minha entrada, de um jeito provocador.

Ele sugou o ar bruscamente quando me sentiu.

— Deus, uma virgem molhada. Você é demais pra mim, Bianca.

Ele deslizou um dedo dentro de mim lentamente e gemeu. O encaixe era dolorosamente apertado. Às vezes, eu me masturbava com os dedos, mas isso era algo muito maior, mais áspero e muito mais talentoso. Ele sabia como me tocar com muito mais habilidade do que eu. O pensamento era um pouco intimidador, mas minha mente logo voltou para as sensações que eu experimentava naquele momento.

Ele introduziu o dedo totalmente e começou a sair e entrar, o indicador buscando aquele ponto certo dentro de mim. Seu polegar nunca parava de circundar meu clitóris e a outra mão ainda massageava meu seio macio com habilidade perfeita. Ele fazia várias coisas ao mesmo tempo muito bem.

Enquanto me acariciava, a ereção roçou minhas costas com uma pressão cada vez maior. Ele deslizou um segundo dedo e eu me senti impossivelmente preenchida. Soltei um grito, esfregando-me nele.

Ele parou de repente.

— Me peça — ele mandou e eu não interpretei errado o significado.

— Por favor. — Não hesitei.

— Diga "por favor, Sr. Cavendish, me faça gozar".

— Por favor, Sr. Cavendish, me faça gozar.

Ele pinçou meu mamilo duro ao mesmo tempo em que estimulou o ponto perfeito com mais força. Gozei em segundos, antes que eu sequer realmente soubesse que estava acontecendo.

Eu nunca soube que um orgasmo pudesse ser desse jeito, uma erupção tão veloz. Ou tão poderosa. Senti que pudesse ter me perdido por um momento.

Nós dois estávamos ofegando pesado quando voltei a mim. Ele captou meu olhar no espelho ao tirar os dedos de dentro de mim. Eu observei, absolutamente hipnotizada, ele os levar à boca e lamber.

Quando terminamos, ele agarrou meu queixo, virou minha cabeça e me deu um beijo profundo.

— Você é a coisa mais perfeita que eu já vi na minha vida — ele murmurou na minha boca.

Tentei tocar sua ereção ainda pesada, mas ele segurou minha mão sabendo onde ela queria chegar.

— Não temos tempo. Vista-se. — Agora ele soava quase irritado.

Ele aparentemente estava frustrado e mal-humorado por causa disso.

Eu me vesti em tempo recorde, no meu *tailleur* cortado para parecer um terno masculino, com gravatinha e tudo.

James me observava o tempo todo, sem me dar um segundo de privacidade. Eu estava com pressa demais para me preocupar.

— Esse é o uniforme de comissária mais sexy que eu já vi. Devia ser ilegal. Vou ter que fazer algumas coisas ilegais com você com essa gravatinha provocante — disse ele, seu tom sério. Eu apenas ri.

— Posso fazer meu cabelo e a maquiagem dentro da van. Stephan vai me ajudar. — Lambi o lábio inferior e acenei para sua ainda visível e óbvia ereção. — Ainda tenho dez minutos de sobra. Tem que haver alguma coisa que eu possa fazer por você. Não gosto da sensação de ter te deixado insatisfeito.

Ele sorriu para mim, e eu fiquei desconfortável.

— Você é perfeita demais. Mas isso não vai acontecer esta manhã. Não vou gozar de novo até me enterrar dentro de você. Preferivelmente por dias.

Aproximei-me dele um passo, lambendo os lábios de novo. Por impulso, eu me ajoelhei na frente dele.

— Você poderia se enterrar em outro lugar — eu disse. Minha voz se tornou ofegante.

Meu rosto estava a meros centímetros de sua virilha, mas contive o ímpeto de tocá-lo, apenas ergui os olhos para ele.

Ele agarrou meus cabelos de um jeito um pouco brusco.

— Você já fez isso antes? — ele perguntou, sua voz instável.

Neguei com a cabeça, lambendo os lábios novamente.

— Como te disse, eu não namoro. Não faço nada dessas coisas. Não sei o que deu em mim, mas você devia aceitar minha oferta antes que eu mude de ideia.

Ele havia desabotoado a calça e estava com a ereção para fora tão depressa que eu pisquei diante da visão. Ele era... espetacular. E estava bem na minha cara.

Não foi dificuldade nenhuma tomá-lo na boca e começar a chupar, faminta. O exato oposto disso. Eu nunca quis nada com tanta vontade na minha vida. Embora não conseguisse encaixar muito mais do que a cabeça além dos meus dentes.

— Use suas mãos na base — disse. Ele me mostrou, usando a umidade que minha boca havia espalhado na ponta do membro para lubrificar minhas mãos. Ele as posicionou num movimento giratório na base.

— Mais forte — ele mandou. — Coloque os lábios sobre os dentes e sugue com mais força — ele ofegou. — Isso, foi perfeito, Bianca.

Alguns momentos intoxicantes depois, ele me alertou:

— Vou gozar.

Suas duas mãos agarraram meus cabelos com força.

— Se você não quer que eu goze na sua boca, tem que se afastar agora. — Sua voz estava absolutamente crua de necessidade, e eu adorava. Eu poderia ficar viciada nessa sensação. Nesse ato.

Em vez de recuar, suguei mais, engolindo por instinto quando a essência cálida disparou no fundo da minha garganta.

Ele recuou e me deixou. Suas mãos eram duras no meu cabelo, quase a ponto de doer, mas, perdida no momento, eu adorei.

Por fim, ele me deixou, olhando para o relógio.

— Você está atrasada. Conversamos depois. Não quero que se meta em confusão. Já vi o quanto sua ética no trabalho é importante para você.

Eu apenas assenti, já apressada.

Peguei minhas bolsas e meu copo de café meio cheio, a caminho da saída, sem me despedir. Francamente, eu não sabia o que dizer. Eu nunca havia feito coisas tão íntimas na minha vida inteira e nunca havia concordado em dar meu telefone ao Sr. Magnífico.

Era como se eu não fosse mais eu mesma quando estava na órbita dele. Ele simplesmente assumia o controle. E, até o momento, eu estava beirando o zero em resistir a ele. Quando ele me tocava, eu perdia todo o controle e ele assumia tudo. Era bom demais me entregar. Aliás, era mais do que bom. Era tão perfeito para mim que eu nem sabia como resistir.

8
Sr. Perseguidor

Senti uma enorme onda de alívio quando notei, ao descer para o saguão com cinco minutos de atraso, que Stephan e eu éramos os únicos da tripulação prontos até o momento.

Eu nunca tinha me atrasado antes, nem mesmo cinco minutos, mas desta vez isso não contaria contra mim. Se tivéssemos um atraso da tripulação, o culpado seria o último a chegar, não eu, já que fui a segunda a aparecer.

Stephan deu um sorriso hesitante assim que me viu.

— Bom dia, princesinha.

— Bom dia. Como foi o resto da sua noite? — perguntei. Eu tinha esperanças de que tivesse terminado bem para ele.

Stephan sorriu.

— Foi ótima. Voltamos pra casa do Melvin e conversamos por horas. Ainda estamos indo com calma, mas agora nos entendemos.

Retribuí o sorriso.

— Que bom! Acho que vamos ficar em Nova York por um tempo, hein?

Ele suspirou.

— Espero que sim. E como foi com o Sr. Magnífico? — Stephan me perguntou, sorrindo. — Você está parecendo muito mais alegre esta manhã do que eu pensei ser possível, considerando o estado com que você deixou o bar ontem. Imagino que ele manteve a promessa de ser um perfeito cavalheiro? — Essa última parte ele falou como uma pergunta.

Concordei com cautela.

— Sim, ele foi um perfeito cavalheiro ontem à noite. Na verdade, ele foi muito gentil. Chegou até a limpar minha maquiagem. E me trouxe café e aspirina hoje de manhã.

Algo chamou a atenção de Stephan atrás de mim, e eu me virei, esperando que fosse alguém atrasado da tripulação. Não deveria me surpreender que fosse James. Afinal, eu o *tinha* deixado para trás no meu quarto. Ele teria que passar pelo saguão para ir embora. Mesmo assim, foi um pequeno choque vê-lo tão cedo, depois do que eu tinha acabado de fazer.

Sem que eu pudesse controlar, meus olhos viajaram para a área do corpo dele à qual eu tinha acabado de dar uma atenção especial. Lambi o lábio inferior. Seus olhos azuis estavam sem dúvida vivos quando ele me olhou também, caminhando a passos largos em minha direção.

Ele acenou com a cabeça de modo educado para Stephan. Ambos murmuraram bom dia. De forma possessiva, a mão quente de James pousou na minha nuca. Baixei os olhos de novo. Seus dedos apertaram mais minha nuca, e meus olhos dispararam de volta para ele.

— Nossa princesinha dá trabalho, Stephan — ele disse de um jeito indiferente.

Meu amigo riu.

— Isso é verdade.

— Mas dá trabalho de um jeito perfeito — James murmurou para mim.

Stephan o ouviu e soltou uma gargalhada.

— Bom, nessa parte eu realmente não sei, mas vou acreditar na sua palavra.

— Você me acompanha até a porta, por favor? — James me pediu, educado.

Eu fui. Ele tirou a mão do meu pescoço quando alcançamos a saída.

— Vou te amarrar na minha cama e invadir seu hímen. Parece que não consigo pensar em mais nada — ele disse baixinho. — Me avise quando eu puder ver você de novo.

Engoli em seco.

— Não tenho certeza. Amanhã tenho um expediente de doze horas. Vamos fazer escala em Washington.

— E quanto a hoje?

Só consegui piscar.

— Tenho um voo de volta para Las Vegas.

Ele apenas fez que sim, balançando a cabeça, como se fosse algo útil, e saiu.

Os outros comissários desceram pouco depois, a começar por Brenda. Ela se atrasou dez minutos completos em relação ao nosso horário previsto; Melissa e Jake desceram alguns minutos depois disso.

Esperamos por mais dez minutos, e então Stephan ligou para a sede.

— Sim, estou só confirmando que vamos dividir o micro-ônibus para o aeroporto com nossos pilotos esta manhã — ele murmurou no celular. — Certo, obrigado.

Os pilotos de aparência desgrenhada, pelos quais estávamos aguardando, apareceram quando ele estava desligando. Já tínhamos colocado nossas malas no transporte, então nos acomodamos enquanto eles guardavam as bagagens deles.

Fomos andando às pressas pelo aeroporto. A tripulação toda se esforçava para não se atrasar.

Stephan havia prendido meu cabelo em uma trança impecável dentro do micro-ônibus, enquanto eu aplicava um mínimo de maquiagem cada vez que parávamos nos faróis vermelhos. Não havia a menor possibilidade de eu conseguir me maquiar com o motorista costurando pelo trânsito como um louco. Mesmo depois de anos de escalas em Nova York, eu ainda tinha que me acostumar àquela coisa louca que os nova-iorquinos chamavam de "dirigir".

Chegamos ao portão de embarque em tempo recorde, e uma agente do portão, exasperada, nos levou até a ponte. A mulher era rechonchuda, estava na meia-idade e parecia toda afobada.

— Vocês estão em cima da hora — ela nos repreendeu. — Se este voo atrasar, vou colocar no relatório que o motivo foi a tripulação.

Stephan lhe desferiu seu sorriso mais encantador.

— Querida, então não vamos prolongar o atraso. Pode relatar o que quiser. Hoje estamos com a equipe A. Não precisamos de nenhum tempo de preparação.

Ela sorriu de volta, imediatamente aliviada pela atitude de Stephan.

— Isso é o que eu gosto de ouvir. Algumas tripulações precisam de meia hora para ficarem prontas.

Stephan lançou um olhar significativo para o capitão.

— Bem, não somos assim, certo, capitão? — ele incitou. Alguns pilotos também levavam uma eternidade no procedimento de preparação.

O capitão Peter confirmou, sorrindo.

— Como ele disse, hoje estamos com nossa equipe A. Então, manda bala.

Era uma pequena aposta. Se tivéssemos azar a ponto de enfrentarmos problemas mecânicos, teríamos um avião cheio de passageiros por causa do atraso. Mas nossa esperança era ter sorte. Era isso, ou uma notificação.

— Vou iniciar o serviço de bebidas de pré-embarque pra você e pedir para o Jake cuidar da porta, assim você pode fazer o inventário da cozinha. Os fornecedores dos alimentos já devem ter vindo e ido embora, a essa altura. Tomara que tenham deixado tudo o que vamos precisar. — Stephan checava o carrinho de bebidas enquanto ia falando e tirando copos.

— Quer levar uma bandeja de champanhe com suco de laranja? — eu perguntei. — Geralmente fazem sucesso de manhã, ainda mais neste voo, e vai nos economizar tempo, pois temos vinte e um passageiros aqui na frente.

Ele concordou, distraído, fuçando aqui e acolá. Stephan nunca encontrava nada na cozinha, e eu não sabia por que ele ainda continuava insistindo.

Abri uma gaveta cheia de garrafas de água e apontei:

— Só leve isso aqui para eles. Eu cuido do resto da preparação do drinque enquanto você cuida disso.

Eu já estava tirando a rolha do champanhe quando ele voltou para a cabine.

Seria uma manhã movimentada. Era apenas um pressentimento. Se bem que eu gostava quando era assim. Manter-me ocupada nunca era algo ruim, na minha opinião.

Eu tinha uma bandeja de champanhe com suco de laranja pronta assim que ele voltou, alguns minutos depois. Stephan voltou para a cabine imediatamente.

Eu havia contado todas as bebidas de que precisávamos, então comecei a contar as refeições e a preparar os cardápios. Entreguei-os a para que Stephan distribuísse, e ele me trouxe uma lista de pedidos de bebidas. Nenhuma taça restou na bandeja.

— Vou ficar bem depois que você entregar esses menus — falei. — Preciso preparar outra bandeja de drinques?

— Não, você já fez a quantidade exata. E tem uma surpresa na poltrona 2D, princesinha. — Ele sorriu para mim e voltou depressa para a cabine.

Eu não prestei atenção totalmente, pois estava preparando as bebidas às pressas. O serviço de pré-embarque podia ser complicado quando estávamos sob tamanha pressão de tempo.

Saí da cozinha com a primeira rodada de pedidos de bebidas. Comecei pelos fundos e fui em direção à frente, pois Stephan havia anotado nessa sequência. Provavelmente a mesma ordem de embarque. Os agentes dos portões às vezes gostavam de confundir as coisas, e só Deus sabia por quê.

Servi as bebidas rapidamente. Naquele dia, havia um grupo espalhafatoso e barulhento de nova-iorquinos na frente. Apenas sorri para eles. Alguns homens estavam quase gritando com os outros, discutindo sobre algum time esportivo. Contei cinco sujeitos juntos, o que poderia se tornar um problema, ou talvez eu fosse precisar pedir silêncio em tom firme se eles continuassem.

Quando me viram, eles se calaram de repente.

— Oi, docinho. Você é um colírio para os olhos — me disse o mais barulhento dos passageiros, depois de eles terem me encarado de forma grosseira por alguns instantes enquanto eu servia suas bebidas. Ergui os olhos e dei um sorriso gentil. Neutro. O cara tinha talvez quarenta e tanto anos, seu cabelo era escuro e a pele, morena. Parecia um nova-iorquino típico, dos pés à cabeça.

— Bom dia — murmurei, a caminho da cozinha para a próxima rodada.

Depois disso, eu só precisava preparar mais alguns coquetéis. As águas e o champanhe com suco de laranja tinham sido suficientes para a maioria dos passageiros.

Servi a pequena rodada seguinte e fui recolhendo na minha bandeja os copos já vazios, ao refazer o caminho de volta para a cozinha, certificando-me de que ninguém precisava de mais nada.

Então, paralisei. Minha compostura indiferente vacilou por um segundo quando vi o homem que ocupava o assento 2D. Fiquei surpresa por não tê-lo notado antes. Pela forma como meu corpo reagiu instantaneamente, parecia que tinha detectado sua presença.

Desta vez, eu me recuperei mais depressa após tê-lo visto, do que da última vez em que ele ocupara aquele assento. Minha esperança era de que isso significasse que eu estava me acostumando com ele.

Ele não pode continuar me afetando assim toda vez que eu o vejo, falei para mim mesma. Eu sabia que era apenas meu pensamento desejando algo muito distante da realidade.

— Deseja mais alguma coisa, Sr. Cavendish? — perguntei em um tom indiferente. Ele já estava com uma das garrafas de água que Stephan lhe havia trazido. Parecia que ele só bebia água. — Posso pendurar seu paletó?

Seu rosto se mostrava tenso, mas ele permaneceu em silêncio enquanto levantava e tirava o paletó. O assento ao seu lado era o único vago na primeira classe, e eu imaginei que ele o havia comprado para conseguir algum tipo de privacidade.

Lembrei-me de tê-lo ouvido por acaso comentar com o CEO da nossa companhia, no voo fretado quando o vi pela primeira vez, que ele não costumava pegar voos comerciais. *Por que motivo ele faria isso?* Ele tinha um jato particular. Por que, de repente, estava fazendo voos tão frequentes com a nossa empresa? Imaginei ser mais provável que ele estivesse nos dando apoio financeiro de alguma forma.

Quando endireitou o corpo no corredor, subitamente ele estava a poucos centímetros de mim.

Respirei fundo, inalando seu cheiro. O aroma era maravilhoso, com apenas um toque de colônia picante unido ao seu cheiro natural.

— Por que você não me disse que ia pegar este voo? — murmurei em tom baixo ao pegar o paletó.

— Foi uma decisão de última hora. Até hoje de manhã, eu não sabia que tinha assuntos urgentes que precisavam da minha atenção em Las Vegas — ele respondeu em outro murmúrio, com a voz macia, porém o semblante ainda era duro e tenso.

Tentei decifrar seu rosto brevemente, mas logo precisei seguir em frente. No momento, não havia tempo para descobrir o que o Sr. Magnífico estava aprontando.

Mal eu tinha recolhido os copos e já era hora da demonstração de segurança. De propósito, evitei olhar para James e, com isso, consegui manter a postura profissional de costume.

O grupo de nova-iorquinos fez alguns comentários atrevidos a meu respeito em voz alta o suficiente para que eu ouvisse ao passar por eles, durante o procedimento de verificação dos cintos de segurança. Ignorei-os sem me preocupar. Não era nada incomum. Na verdade, já era de se esperar, em particular, neste voo.

Era sábado de manhã, portanto, comum que houvesse um grupo de homens nova-iorquinos das antigas a bordo. Estavam seguindo para Vegas, tinham pago um adicional para ficarem na primeira classe e já estavam começando a festa. Eram asquerosos e grosseiros, mas também eram figuras comuns nos voos do JFK.

Fiz uma pausa breve diante de James. Seus punhos estavam cerrados, o rosto duro estava virado para a janelinha. Ele parecia bem fora do sério.

— Posso ajudá-lo com alguma coisa, Sr. Cavendish? — perguntei discretamente. Eu nem conseguia imaginar o que o havia deixado agitado assim.

Ele negou com um movimento leve da cabeça. Porém, rapidamente se contradisse:

— Diga ao Stephan que eu quero falar com ele assim que estiver disponível — falou sucintamente.

— Tuuuudo bem — respondi, confusa, e continuei pelo corredor.

9
Sr. Irritado

— O que foi que aconteceu? — perguntei a Stephan, quando nos sentamos e afivelamos os cintos de segurança. Ele e James haviam trocado um olhar breve, porém intenso, antes que Stephan viesse se sentar ao meu lado.

Ele apenas negou com a cabeça e olhou pela janela.

Dei uma cotovelada em suas costelas.

— Ai — ele reclamou, disparando-me um olhar surpreso. — Qual é o seu problema?

Arregalei os olhos com incredulidade.

— O meu? E o seu? Como o Sr. Magnífico ali te trouxe pro time dele tão rápido? Você deveria me ajudar a evitar esse tipo de cara, mas em vez disso está ajudando-o. E agora não está querendo falar sobre as conversas que vocês dois andam tendo.

Stephan suspirou.

— Era sobre aquele grupo barulhento nas filas cinco e seis. Eles estão falando sem parar sobre você, e o James não está encarando nada disso muito bem. Assim que alcançarmos os dez mil pés de altura, preciso trocar uma palavrinha com eles. — Ele sorriu de repente. — Ou então eu acho que o Sr. Magnífico pode começar a trocar uns socos.

Revirei os olhos e, em seguida, lancei um olhar exasperado para James, que estava bem na linha da minha visão. Ele, porém, continuava olhando pela janela, olhos vítreos, punhos cerrados com força. Agora parecia ainda mais perturbado.

— É só o pessoal comum a caminho de Vegas — falei para Stephan. — O tipo de passageiro que temos quase todas as semanas. Até agora eles foram fáceis de ignorar. Não os aborreça sem necessidade.

Foi a vez de Stephan me lançar um olhar exasperado.

— Acho que você não ouviu a pior parte do que eles estão dizendo. James me contou, e não foi bonito. Estão sendo bem obscenos, usando um monte de palavreado vulgar em voz alta, a ponto de perturbar o resto da cabine. Vou precisar fazer alguma coisa a respeito, é melhor cortar o mal pela raiz. E olhe só pro James. Ele está muito irritado. Melhor encher o saco de alguns imbecis a ter uma briga generalizada em nossas mãos.

Olhei para James. Observei-o com atenção. Sua raiva parecia estar crescendo segundo a segundo.

Seus olhos se arregalaram de repente e nos miraram. Suas mãos pareciam prestes a abrir o cinto de segurança, como se ele pretendesse se levantar.

— Ai, merda — Stephan murmurou com a voz trêmula.

James parecia ter retomado o autocontrole, soltando cuidadosamente o cinto de segurança e relaxando as mãos. Ele fechou os olhos e começou a mover os lábios.

— Ele está contando até dez — falei com jeito estúpido. — Você consegue ouvir o que eles estão dizendo que o está deixando tão aborrecido? Não consigo ouvir nada.

— Estou ouvindo a voz deles, mas não entendo direito o que estão dizendo — respondeu Stephan, monitorando James com atenção.

Stephan parecia dolorosamente tenso. Eu sabia que ele odiava brigar mais do que praticamente qualquer outra coisa no mundo. Eu também o tinha visto brigar muitas vezes; embora já fizesse anos. E ele era excepcional numa boa briga. Qualquer coisa que acontecesse, ele conseguiria se virar, eu sabia, mas ele odiaria. Stephan repudiava violência de todo tipo.

James abriu os olhos de repente, parecendo ainda mais furioso do que eu já o tinha visto até então. Ao que parecia, contar até dez não havia funcionado. Suas mãos dispararam novamente para o cinto de segurança e eu vi, horrorizada, quando ele disparou do assento e foi até os arruaceiros rapidamente, ecoando violência em cada passo rápido seu.

— Caralho! — xingou Stephan. — Fique aqui. Por favor — ele suplicou, ao ir atrás de James num piscar de olhos.

O momento foi muito tenso. James estava inclinado, perto de falar com o homem que tinha se dirigido a mim um pouco antes, mas eu não conseguia ver seu rosto nem ouvir o que ele estava dizendo.

Stephan estava apontando para um dos outros homens e sua voz se elevou, embora eu não conseguisse discernir as palavras por causa do ruído dos motores do avião. Fiquei surpresa por Stephan não ter sequer se dado ao trabalho de olhar para James, ou tentar fazê-lo retornar ao assento.

Merda, pensei. Isso provavelmente significava que o temperamento de Stephan também estava inflamado. Seria uma briga daquelas se ele começasse a disparar socos.

Vi que o homem que Stephan estava fazendo menção de enfrentar ergueu as mãos como se para se render. O fato, porém, pareceu não acalmar Stephan, que tinha acabado de se voltar para outro sujeito, ao qual James estava dedicando atenção especial. Presumi que ele ainda estava falando com o cara, mesmo que eu não pudesse ouvi-los.

Ele falava baixo, enquanto Stephan, por outro lado, falava cada vez mais alto.

— Não estou brincando. Mais uma palavra de qualquer um dos senhores e nós vamos fazer um desvio da rota. Haverá autoridades esperando pelos senhores no portão de desembarque. — Com isso, Stephan voltou com tudo para o assento ao meu lado. Ele não havia se incomodado em pedir para James retornar ao seu lugar.

Alguns momentos tensos depois, James endireitou a postura e voltou andando duro para seu assento. Ele não me olhou, apenas se sentou, afivelou o cinto e fechou os olhos.

Senti um alívio tão grande que quase fiquei envergonhada. Perceber que, embora realmente quisesse socar alguém, ele conseguia se controlar era algo que eu praticamente tinha necessidade de ver. Apesar das demais informações que eu não sabia a seu respeito, pelo menos vi que ele podia praticar o autocontrole.

Violência descontrolada e agressão eram os monstros da minha infância, e eu me senti quase lânguida de alívio ao ver que não encontraria isso em James. Não da forma como eu temia. A forma como sempre temi, apesar de uma boa quantidade de tempo e terapia.

– O que aconteceu? O que eles estavam falando que precisaria envolver as autoridades? – perguntei a Stephan, por fim.

Ele apenas sacudiu a cabeça.

– Eu te conto depois. Por favor, só me dê um minuto para me acalmar. – Sua voz era uma súplica, por isso deixei o assunto de lado. Se ele disse que me contaria depois, eu sabia que contaria.

Eu estava em pé no segundo em que o sinal sonoro duplo apitou, indicando que estávamos a dez mil pés de altura. Comecei minha rotina usual, preparando a cozinha para o serviço de café da manhã. Eu gostava da rotina, gostava de rotinas em geral. De alguma forma, elas me acalmavam.

O caos da minha adolescência me fazia ansiar por estabilidade na vida adulta. Então, mesmo com todas as viagens, minha vida seguia um cronograma e uma rotina dos quais eu gostava. O serviço de café da manhã aos sábados, na partida de Nova York, era parte disso.

Nossa companhia aérea tinha orgulho do serviço de primeira classe, portanto, o café da manhã era bem completo. Eu ficaria ocupada até o pouso. Como a primeira classe estava cheia, Stephan ficou na frente comigo.

Eu trabalhava na cozinha e ele servia. Para mim, o acordo era bom, ainda mais hoje, com um James volátil e alguns homens aparentemente degenerados na cabine.

Stephan e eu nem chegamos a nos falar durante a primeira hora enquanto trabalhávamos. Ele estava ranzinza e, na realidade, não precisávamos de palavras para nos comunicarmos.

Depois de todos esses anos, trabalhávamos juntos sem esforço. Ele pegava os pedidos dos passageiros; eu os lia e os preparava. Enquanto ele servia, eu trabalhava no passo seguinte. Éramos rápidos e eficientes mesmo sem nos falar.

Eu adorava essa parte do trabalho. Nem sabia direito por quê. Era a sensação de ocupação, a rotina familiar da cozinha, garantir que todos sentissem ter recebido um serviço excepcional e que tínhamos feito um bom trabalho. Acho que eu tinha passado uma grande parte da minha vida me sentindo inútil e perdida, e agora, este trabalho, num bom dia, me dava a sensação de ter algum valor. Quando eu pensava dessa forma, até parecia patético, mas não tornava menos verdadeiro.

Eu observava tudo o que servia para James, é claro. Ele bebia exclusivamente água, pelo menos que eu tivesse visto. Nada de gelo, apenas uma garrafinha e um copo. Comecei a colocar uma fatia de limão em seu copo e ele não reclamou, por isso continuei a fazê-lo.

No café da manhã, ele pediu a única coisa saudável que servíamos no primeiro voo do dia. Era iogurte grego com mirtilos frescos e nozes-pecã cruas. Eu não ficava surpresa por ele ser o único. Geralmente, ninguém escolhia essa opção, então Stephan e eu frequentemente tomávamos nós mesmos o iogurte no café da manhã. Eu poderia ter suposto, pelo que tinha visto de seu corpo, que James comia alimentos saudáveis, mas isso agora confirmava.

Será que algum dia eu conseguiria ficar à vontade nua com alguém tão lindo e de corpo tão impecável? Eu não sabia como. Tentava ficar em forma, mas às vezes comia *junk food*, e, provavelmente, não malhava com tanta frequência quanto poderia.

Eu achava que minhas coxas eram grossas demais, e que meus tornozelos eram muito finos, como gravetos. E meus braços eram finos, mas meus quadris eram meio amplos. Já meus ombros eram muito largos, de acordo com meu olhar crítico. Como todas as mulheres, eu tinha problemas com imagem corporal. Será que James notaria quando eu ficasse nua com ele? Tentei não me ater demais a esse pensamento, mas sempre acabava voltando à mesma coisa. Eu sentia alívio quando ficávamos ocupados demais a ponto de eu não ter tempo para pensar nesse assunto.

Já estávamos com duas horas e meia sólidas de voo quando Stephan teve oportunidade de ir à cabine principal ver como estavam as coisas.

— Volto em alguns minutos. A Brenda está assando os biscoitos lá agora. Vou trazer alguns para adicionar ao serviço de queijo — Stephan me disse, ao desligar o telefone interno.

Fiz que sim, sem prestar atenção. Estava preparando nosso carrinho de três andares para o serviço de queijo. Não havia nada com que Stephan pudesse me ajudar na primeira classe por pelo menos dez minutos, de forma que o momento escolhido por ele tinha sido perfeito.

Ouvi a porta do banheiro se abrir do outro lado da cortina. Então, posicionei o carrinho para garantir que o passageiro pudesse voltar para o assento antes que eu me preparasse para sair.

Levei um susto quando James entrou na cozinha fechada. Ele parecia muito mais calmo do que antes.

Ofereci um sorrisinho.

– Oi – cumprimentei, observando-o com cuidado, tentando ler o seu humor.

Ele me deu um pequeno sorriso também e em seguida manobrou o carrinho para mim, vendo que eu estava sustentando seu peso. Ele o usou para bloquear o corredor completamente, logo além das cortinas da cozinha, e ficou do lado de dentro, oculto de quem pudesse ver lá fora.

– Oh! – exclamei baixinho, observando-o reorganizar a cozinha, tentando entender o que ele pretendia. Ele estava criando um momento de privacidade para... alguma coisa.

Apenas fiquei olhando-o, hipnotizada.

James acionou facilmente o freio do carrinho com a ponta do sapato, como se fizesse isso todos os dias. Ele respirou fundo, de costas para mim por um longo momento.

Num movimento abrupto, ele se virou e veio andando em minha direção. Agarrou minha trança e puxou minha cabeça para trás. James me beijou. Foi quente, raivoso e faminto.

Involuntariamente, eu derreti na hora, unindo meu corpo ao máximo do dele.

James me empurrou contra o balcão e me levantou sobre o pequeno espaço disponível ali. Eu mal cabia. E ele não parou de me beijar.

Murmurei um protesto, ao sentir seus dedos subirem minha saia justa pelas pernas. Ele colocou minhas coxas à mostra num piscar de olhos, e eu puxei a saia de volta, ofegante.

— O que você está fazendo? — perguntei, um pouco em pânico com seu propósito.

— Shh — ele fez, e começou a me beijar outra vez. Suas mãos retomaram o propósito impaciente de subir minha saia. — Eu preciso fazer isso.

Suas palavras não serviram para me tranquilizar, mas ele parou abruptamente quando suas mãos tinham levantado minha saia o bastante para expor as cintas-ligas e o elástico das meias. Ele empurrou mais a saia de modo brusco.

Falou um palavrão quando viu minha calcinha minúscula de renda verde-limão.

— Era com esse tipo de calcinha que você estava ontem à noite também, não era? Só que ontem era azul.

Eu apenas fiz que sim, me sentindo um pouco desorientada.

— É a lingerie mais confortável que eu já vesti. Não consigo usar nada diferente desde que a descobri.

— Porra, eu adoro — ele respondeu, o que me fez sorrir.

Então, ele me surpreendeu de novo ao se ajoelhar na minha frente em um movimento fluido. Ele me entregou um tecido. Um lenço das antigas, eu observei.

— Coloque isso na boca e morda. Tente não fazer muito barulho. — Obedeci sem hesitar. Todo o meu corpo vibrava na expectativa do que ele iria fazer. — Agarre meu cabelo — ele pediu. Minhas mãos o acariciaram avidamente. Era perfeito, claro, macio como seda e tão suave e grosso quanto. Vi todos os diferentes tons de castanho-claro e loiro-escuro iluminados pelo sol que brilhava através da pequena janela na porta do avião, à nossa esquerda. As pessoas pagavam uma fortuna por reflexos com nem metade da beleza que tinha seu tom mutável de dourado.

Minha mente ficou vazia, e minha cabeça tombou para trás de repente.

Ele havia puxado minha calcinha de lado e enterrado seu rosto no meu núcleo.

Eu me vi perdida instantaneamente na onda chocante de sensações provocadas por sua língua habilidosa, que lambia meu âmago com um propósito determinado.

Seus dedos magistrais foram introduzidos dentro de mim, um deles estimulando aquele ponto perfeito. Gemi no lenço entre meus dentes, mas não foi suficiente para abafar o ruído agudo.

Quase que com pressa demais, sua língua foi parar no meu clitóris. Ele sugou, forte, e eu gozei sem aviso. Eu não fazia ideia de que poderia acontecer tão depressa, mesmo com o nosso episódio anterior no banheiro do hotel.

Ele continuou aconchegado em mim, mesmo quando fiquei imóvel depois que as ondas residuais poderosas do prazer diminuíram. Senti sua cabeça recuar e o olhei. Ele havia apoiado o queixo no tecido da minha saia, logo acima da pélvis.

— Mais um — ele ordenou e voltou a seus cuidados deliciosos.

Gritei no tecido quando gozei mais uma vez, tão surpresa por esse orgasmo quanto pelo último. Ele havia conseguido provocá-lo ainda mais depressa, como se sua língua tivesse acabado de encontrar e pressionado o botão do meu clímax. Ou talvez o último já tenha me deixado no ponto. Eu não tinha experiência suficiente para ter certeza. Eu não sabia que meu corpo poderia ser manipulado como um instrumento, até que James pôs suas mãos em mim.

Ele me lambeu mais algumas vezes depois que os tremores passaram.

— Eu poderia te devorar o dia todo — ele me disse quando se levantou. Então, tirou o lenço da minha boca e o passou entre minhas coxas para absorver o excesso de umidade. — Adoro te ver molhada desse jeito — ele murmurou, afundando para me beijar. Sua língua invadiu minha boca, percorreu-a, e eu fiquei um pouco escandalizada ao perceber que estava sentindo meu próprio gosto de um jeito que nunca havia imaginado.

Suguei sua língua e ele gemeu. Eu sabia que ele definitivamente estava gostando da sensação, por isso suguei mais forte.

Ele me beijou por muito tempo, recuando para me tirar do balcão. Ele pareceu não fazer esforço nenhum para me levantar. Eu adorei a sensação, adorei me sentir pequena e feminina comparada à sua força.

James, então, enfiou o lenço sujo no bolso e começou a arrumar minhas roupas com uma eficiência da mais impessoal.

Ele estava puxando minha saia de volta quando Stephan entrou de repente pela cortina, perplexo e depois chocado com o que viu.

Devia ser óbvio pela forma como James estava baixando minha saia que tínhamos feito algo íntimo demais para a cozinha de uma aeronave.

Os olhos chocados de Stephan voaram para o meu rosto. Depois, ele corou de uma forma que eu nunca o tinha visto corar antes.

— Esse barulho foi você? Esse grito abafado? — ele perguntou devagar.

Eu sabia que tinha ficado tão cor-de-rosa quanto ele, mas balancei a cabeça em sinal afirmativo. Não havia sentido em negar.

Stephan ainda estava muito corado quando deu um olhar de censura para James.

— Sério, James? Num voo matinal? Com um grupo de pervertidos a alguns passos daqui?

Pelo visto, Stephan estava colocando toda a responsabilidade desse episódio constrangedor exclusivamente nos ombros do Sr. Magnífico.

James pareceu um pouco envergonhado pelo comentário. Sua aparência era quase infantil. Era difícil conciliar esse olhar com o James que eu conhecia.

Eu apenas pisquei para ambos, sem saber o que fazer. Eu nunca tinha feito parte de nada que sequer se aproximasse de uma situação como aquela.

Stephan apontou para a direção geral do assento de James.

— Acho que você deveria ir se sentar agora.

James atendeu ao pedido sem nem mesmo uma palavra ou um olhar.

10
Sr. Pervertido

O resto do voo passou meio que num borrão para mim. Fizemos o serviço de queijos e vinhos, e eu deliberadamente evitei contato visual, sabendo que eu morreria de vergonha se ele me olhasse esquisito.

Eu queria apenas fingir que ninguém tinha nos ouvido na cozinha, e que eles não tinha tomado aqueles barulhos pelo que eles realmente eram. Contanto que não olhasse para ninguém diretamente, eu poderia simplesmente continuar tentando me convencer de que era esse o caso.

Especialmente, eu evitava olhar para James enquanto o servíamos. Eu havia retomado minha postura profissional como uma armadura depois da nossa cena sórdida, mas sabia que bastaria um olhar para ele e tudo poderia cair por terra.

Por um azar do destino, meu lado do carrinho estava alinhado para servi-lo. Perguntei-lhe calmamente o que ele desejava sem nunca olhá-lo diretamente.

Ele me disse que aceitaria uma fatia de brie e algumas uvas. Fiz o pequeno prato em sua mesa retrátil. O olhar que me encontrou nesse ato me fez congelar por um longo instante.

Notei várias coisas de uma só vez. Ele havia arregaçado as mangas da camisa social, revelando antebraços bronzeados, e tinha os dois pulsos para cima, numa pose relaxada. Com a luz do sol fluindo por sua janela, percebi pequenas linhas brancas de cicatrizes fininhas ao redor deles. Fiquei instantaneamente curiosa sobre as marcas, mas não foram *elas* que captaram minha atenção num breve olhar.

Ele havia removido a gravata, de modo que a garganta bronzeada e um pedacinho de seu peito agora estavam à mostra. A visão de sua pele macia e dourada me deixou louca. Era como se eu sentisse falta dela, especialmente pelo fato de como eu a via pouco, considerando o que tínhamos acabado de fazer um com o outro.

A visão de James desse jeito era incrivelmente sexy. Aquilo me parecia quase íntimo demais para um traje de voo. Era ridículo, claro. Não havia nenhuma regra especial sobre ele mostrar pele em público, só porque a sua era muito mais bonita do que a de todo mundo.

Sua mão direita foi para o meu joelho, logo ao lado da mesa retrátil. Mas a esquerda estava sobre a mesa, como se para mostrar o objeto embolado em sua mão como um troféu.

Era o lenço que ele havia usado em mim na cozinha. Sua mão o agarrava como se por reflexo, como se o fizesse relaxar.

Eu me forcei a desviar os olhos. E não olhei mais.

Ocorreu-me o pensamento muito vívido de que ele estava em um patamar acima do meu. Era experiente demais. E rico. E pervertido. E eu me encontrava perto demais do polo oposto de tudo isso, o máximo que alguém poderia chegar. O pensamento me fez cair na real.

Em algum ponto no caminho, eu havia decidido que faria sexo com ele. Porém, tinha que me lembrar de que não iria muito mais longe do que isso. Era óbvio que ele gostava da perseguição. Eu cederia. Ele me comeria por alguns dias memoráveis, se eu tivesse sorte, e depois cada um seguiria seu próprio caminho. Era certo que eu não queria nada mais do que isso.

Relacionamentos me aterrorizavam até as profundezas do meu ser. Por isso, quem poderia ser melhor candidato para eu me livrar da minha virgindade? Aos vinte e três anos, não era nada a não ser um fardo. Eu só não havia me importado com isso antes porque ninguém havia me provocado interesse suficiente a ponto de eu tentar ir além de alguns poucos encontros.

Masturbação e alguma dose meio sórdida de pornografia haviam curado raras vontades que andei sentindo. E com certeza eu nunca havia sentido esse tipo de atração avassaladora antes.

Então eu faria. Eu transaria com ele. Iria satisfazer minha curiosidade e depois voltaria para a minha vida normal.

Consegui não olhar para James de novo até estarmos de volta em nossos assentos para o pouso.

Ele sorriu para mim quando, enfim, nossos olhares se cruzaram. Era um sorriso íntimo, diferente de tudo o que eu tinha recebido. Não consegui encontrar o desejo de retribuí-lo nem de fazer nada além de ficar encarando-o como uma boba, tentando não olhar para o que continuava amassado entre seus dedos.

Não cheguei nem perto de abafar o suspiro que escapou de mim quando ele levou o lenço ao rosto e inalou fundo. Seus olhos se fecharam como se ele estivesse saboreando o aroma.

— Que diabos? — Stephan murmurou a pergunta ao meu lado.

Não respondi. Na realidade, nem tive certeza se tinha sido dirigida a mim ou a James.

Olhei pela janela às pressas, corando do topo da cabeça até a ponta dos pés. *Sim*, pensei com meus botões, um pouco atônita. *Ele está a mundos de distância de mim, mas vou até o fim disso, de qualquer forma.*

De alguma forma, no curso do voo, eu tinha conseguido esquecer tudo sobre a quase briga por minha causa. O anúncio de Stephan, enquanto taxiávamos a aeronave até o portão de desembarque, foi o que me lembrou daquele evento tenso.

— Senhoras e senhores, precisamos que todos permaneçam sentados enquanto nos dirigimos ao portão. Nossa aeronave será inspecionada pelas autoridades, portanto precisamos que todos tenham paciência por apenas alguns minutos. Faremos um novo anúncio quando pudermos efetuar o desembarque. Mais uma vez, por favor, permaneçam em seus lugares quando chegarmos ao portão de desembarque.

Ai, merda, pensei, perplexa.

Lancei um olhar arregalado para Stephan.

— O que eles fizeram para receber o tratamento da realeza? — perguntei. Parecia um pouco excessivo envolver a polícia por causa do pouco que eu tinha ouvido.

Ele sacudiu a cabeça.

— Explico tudo mais tarde. James e eu teremos que falar com a polícia por causa do relatório deles, e talvez também qualquer outro passageiro da primeira classe que admita ter ouvido alguma coisa. A papelada do voo também vai ser uma merda. Mas as coisas que eles estavam falando são ilegais e eu simplesmente acho que eles também precisam receber uma advertência, caso realmente queiram fazer o que estão falando que querem. Pode ser que sejam apenas um punhado de imbecis falando merda, mas eu não sentiria que havia feito a coisa certa se não tomasse todas as providências para que fossem desencorajados a agir dessa forma. E, no pior dos mundos, se eles realmente acabarem fazendo alguma coisa horrível a alguma pobre menina, esse incidente poderia ajudar a incriminá-los.

Fiquei apenas olhando fixo para ele. Eu realmente não estava entendendo nada.

— Você *suuuper* vai me dizer tudo o que aconteceu lá.

Ele assentiu.

— Eu conto. Mais tarde.

O desembarque não teve nada de dramático depois disso. Stephan conversou com a polícia enquanto eu atendia aos chamados que começaram a pipocar segundos depois de termos chegado ao portão.

Após uma breve conversa, os homens foram acompanhados para fora da aeronave e pareceram cooperar mecanicamente com os dois policiais que os retiraram dali. James foi imediatamente depois deles. Para dar o nosso lado da história, eu presumi. O casal sentado atrás dele foi em seguida, e também os dois homens do outro lado do corredor. Pelo mesmo motivo, eu imaginei.

Fiquei presa na cozinha dos fundos quando os passageiros foram autorizados a desembarcar segundos depois.

Brenda e Melissa, que usavam os assentos da tripulação na cozinha dos fundos, me bombardearam com perguntas enquanto eu esperava com certa impaciência o avião esvaziar.

— O que aconteceu lá na frente? — Brenda me perguntou, de olhos arregalados.

— Foi James Cavendish quem eu vi ali seguindo a polícia com aqueles homens? — perguntou Melissa, sua expressão quase predadora. Ela estava com aquele olhar afiado como laser que tinha quando estava a fim de um cara. Eu já o tinha visto vezes demais, considerando que nos conhecíamos há tão pouco tempo.

Então ela descobriu o nome dele, pensei, um pouco desconfortável com a ideia. Era provável que soubesse mais sobre ele do que eu até o momento. Eu fazia de tudo para evitar todas as redes sociais. Nem mesmo tinha televisão. Só sabia que ele vinha de uma família rica, dona de uma rede gigantesca de hotéis presentes no mundo todo. Nem sequer tinha pesquisado o nome dele na internet para descobrir alguma coisa. Eu imaginava que, àquela altura, Melissa não poderia afirmar o mesmo.

— Sim, era ele — respondi à primeira pergunta, curiosa para ver a reação dela.

Ela me observou atentamente.

— Eu nem sabia que ele estava neste voo. Você tem que me avisar quando encontra os ricos e bonitões, Bianca. Achei que a gente era amiga. — Sua voz era toda de uma doçura ofendida, uma espécie nova e estranha de afetação para ela.

Fiquei apenas encarando-a por um longo instante, sem saber o que dizer.

— Sei que vocês duas não estão no mercado, mas é bom eu dizer mesmo assim: aquele lá é meu. — Ela deu uma risadinha quando falou isso, tão sincera que eu não consegui compreender se ela estava brincando. De qualquer modo, foi nessa hora que eu soube que ela era louca.

Sacudi a cabeça, alarmada ao sentir uma hostilidade por ela que eu não queria investigar com mais atenção.

— As coisas não funcionam assim — falei.

Ela riu de novo.

— Não importa. Eu não estava muito preocupada com isso. Os homens querem quem eles querem, e eu digo que sou exatamente o tipo dele. Vou conseguir o telefone desse cara antes de voltarmos para a companhia.

Brenda e eu trocamos um olhar, e ela saltou direto para a sua própria linha de questionamento.

— Por que chamaram a polícia? Eu vi uma confusão quando decolamos, mas não entendi o que aconteceu, e depois pareceu que não tinha mais problemas.

Brenda parecia ter adotado a habilidade de simplesmente ignorar Melissa quando ela dava uma de louca. Fiz uma nota mental para usar os mesmos métodos.

Contei para elas o que eu sabia, mas deixei de fora a participação específica de James. Melissa se concentrou no assunto que lhe interessava.

— Por que o James os acompanhou quando saíram?

Ela estava mesmo já o chamando pelo primeiro nome depois de conversar brevemente com ele? Será que eu estava perdendo alguma coisa?

— Ele e alguns outros passageiros da primeira classe ouviram bastante o que eles estavam conversando, eu imagino.

Fui salva de ter que responder a alguma outra pergunta quando Stephan entrou na cozinha.

Ele olhou para as outras duas mulheres e disse:

— Meninas, o último passageiro já desembarcou. A Bianca e eu precisamos falar com a polícia e escrever relatórios de incidentes, mas vocês, como não estavam envolvidas, podem sair. A gente se vê amanhã logo cedo.

Brenda sorriu, já pegando suas malas e se despedindo, antes de sair correndo para desembarcar. Nosso ônibus de funcionários passava de vinte em vinte minutos. Percebi, ao dar uma olhada no relógio, que ela teria que chegar até o ponto em três minutos ou esperar mais vinte pelo próximo.

Meu relógio era metálico e simples, com um visor azul-escuro. Estava meio desgastado pelo uso, notei pela primeira vez. Havia durado dois anos e, agora, com tantos arranhões, parecia que eu precisava comprar um substituto. Relógios em boas condições eram uma exigência do nosso emprego, por isso eu teria que encarar a necessidade e sair às compras, para variar.

Havia seis meses que eu andava com um orçamento superapertado. Seria a primeira vez nesse período que eu sairia para comprar qualquer coisa que não fosse comida. *Merda.* Isso me causou um pensamento incômodo.

Olhei para Stephan, que estava de olho em Melissa. Eu percebia que ele estava se perguntando por que ela não havia saído ainda. Ela apenas sorriu.

— Vou ficar mais um pouco para me certificar de que vocês estão realmente longe daqueles marginais. — De um jeito esquisito, ela passou um braço em volta dos meus ombros. Era *especialmente* esquisito, considerando que ela era quinze centímetros mais baixa do que eu, mesmo com os saltos ultra altos.

Stephan e eu nos entreolhamos.

— Ela passou por um grande transtorno, coitadinha, com aqueles homens falando coisas horríveis sobre ela — comentou Melissa, com uma voz que demonstrava uma falsa compaixão.

Eu a ignorei e continuei falando com Stephan.

— Esqueci de pagar pelas minhas bebidas ontem à noite. Me desculpa. Estou devendo quanto?

Ultimamente, ele andava economizando como eu, e pela mesma razão, então eu sabia que ele não poderia arcar com os custos de pagar as minhas bebidas em um bar.

Nós dois tínhamos guardado dinheiro das nossas muitas horas extras ao longo dos últimos quatro anos. Tínhamos pegado nossa poupança e encontrado duas casas quase novas, que tinham voltado ao mercado depois de os antigos donos não terem conseguido pagar a hipoteca. Ficavam uma ao lado da outra. Nós dois tínhamos conseguido comprar as casinhas e agora éramos proprietários orgulhosos de imóveis. E vizinhos.

Havíamos fantasiado com algo assim ainda enquanto éramos adolescentes sem-teto. Conversávamos sobre isso o tempo todo, como algum dia deixaríamos de morar na rua. Tínhamos jurado que sempre viveríamos um do lado do outro. E estávamos falando sério.

Trabalhamos e economizamos. Foi um dos dias mais felizes da minha vida quando nos mudamos do nosso pequeno apartamento alugado para nossas casinhas lado a lado.

Ele sorriu para mim. Era um sorriso enigmático.

— Não deve nada. James pagou pelo bar todo naquela noite. Foi por isso que esvaziou tão rápido. Ele pagou todas as nossas bebidas, e o Melvin disse que a gorjeta que ele recebeu naquela noite foi o equivalente a um mês inteiro de salário normal. E tudo graças a você, princesinha.

Eu o encarei, petrificada e sem fala, sentindo minha mente toda agitada.

— Por que graças a ela? — Melissa perguntou em tom afiado. — O que está acontecendo entre vocês dois? Quase parece que você vendeu sua namorada pra ele.

Stephan olhou para ela, e seus olhos eram os mais frios que eu já tinha visto. Eu nunca recebi esse olhar gélido antes. Melissa encarou de forma melhor do que eu o teria feito.

— Bianca é a pessoa mais importante no mundo pra mim — Stephan disse com ar superior. — Ela é minha melhor amiga e minha única família. Porém, não é minha namorada. E sorte a dela, porque James Cavendish está louco por ela. Tão louco, na verdade, que alugou o bar inteiro naquela noite. Tudo isso para pedir seu telefone e sair com ela.

Foi então a vez de Melissa ficar perplexa, mas se recuperou quase imediatamente. Ela me desferiu um olhar malicioso enquanto me media dos pés à cabeça de um jeito ofensivo.

— Aposto que você entendeu mal. O Stephan só pensa que você é especial porque são melhores amigos desde sempre. — E com essa afirmação acalentadora, ela saiu da cozinha pisando duro.

Stephan e eu nos entreolhamos de um jeito que comunicava nossa opinião sobre a pequena ruiva caçadora de recompensas.

A confusão que esperava por nós do lado de fora do avião foi resolvida mais depressa do que eu achei que seria possível.

Os linguarudos estavam presos em algum lugar do aeroporto, passando por um extenso interrogatório. Provavelmente, as autoridades estavam deixando-os apavorados, pensei. Um policial esperava por nós quando desembarcamos e me entrevistou brevemente sobre o que eu tinha visto e ouvido.

Minha parte foi curta, mas pude ouvir o depoimento de Stephan em primeira mão, por isso tive uma ideia bem clara do que havia se passado.

Começou como uma conversa obscena entre os homens, embora essa parte Stephan tivesse ouvido de segunda mão através de James. Comentários sobre o meu corpo, coisas que eles gostariam de fazer comigo, descrições de coisas nojentas com todas as letras, mas nada que costumasse ser caso de polícia.

E depois, na decolagem, um deles, pelo visto, começou a falar mais alto e dizer coisas explícitas, como drogas que ele trazia com ele para pessoas como eu, e que eles me seguiriam na saída do aeroporto para me pagar uma bebida. E colocariam droga nela. Então, me pegariam a sós no quarto de hotel.

Isso encorajou os demais a acrescentar o que cada um faria comigo quando eu estivesse drogada e inconsciente, e foi então que eu tive uma visão bem clara do motivo de a polícia ter sido chamada.

Eu duvidava que os homens seriam presos, a menos que as drogas das quais eles falavam estivessem realmente em suas bagagens. Pensei ser mais provável que só perdessem algumas horas de suas férias preciosas e que levariam uma advertência assustadora da polícia.

Stephan terminou de contar sua versão dos eventos de forma breve e sem embelezamento desnecessário.

O policial assentia e escrevia enquanto ele falava. Assim que Stephan terminou, eu vi James se aproximar com outro policial. Nenhum deles estava lá quando o avião pousou.

Quantos policiais ao todo foram envolvidos nessa palhaçada?, eu me perguntei, um pouco perplexa.

Fiquei um pouco tensa quando notei que Melissa vinha ao lado dele, tocando seu braço de um jeito amigável demais, tagarelando sobre sabe-se lá o quê. Tentei ignorá-la.

James parecia estoico e enigmático enquanto o trio se aproximava de nós. Notei que estava apenas de camisa, ainda sem gravata e sem paletó.

– A gente deixou o paletó dele no avião? – perguntei a Stephan. Ele piscou algumas vezes.

– Acho que sim – respondeu.

– Eu vou buscar – falei e fui às pressas fazer isso.

O avião estava deserto quando voltei a bordo e fiquei aliviada que outra tripulação ainda não o houvesse assumido.

Peguei uma caneta e um pedaço de papel timbrado do hotel da minha bagagem de mão e anotei meu nome e telefone. Coloquei o papelzinho no bolso do paletó de James.

Eu já tinha feito uma barbaridade de coisas até o momento com ele, então parecia até bobo não dar meu telefone também.

11
Sr. Feiticeiro

Os policiais estavam distraídos, mas James, Stephan e Melissa estavam conversando. James ergueu os olhos quando me viu, direcionando a mim todo o poder de seu olhar intenso.

Stephan escrevia furiosamente. Estava elaborando o relatório de incidentes, eu tinha certeza.

Entreguei o paletó a James sem falar nada.

— Eu preciso fazer outro relatório ou posso simplesmente acrescentar ao seu e assinar? — perguntei a Stephan, referindo-me à sua papelada.

— Podemos dividir esse aqui — ele me respondeu sem nem me olhar. — Quase terminei. Anotei a maior parte durante o voo. Só deixei o final em branco porque não tinha certeza se aqueles cabeças de vento iam fazer algo mais que eu precisasse acrescentar depois.

— Tá — respondi, esperando em uma espécie de silêncio estranho. Nem mesmo Melissa estava tagarelando, e James simplesmente continuava a me encarar sem uma palavra sequer, como se esperasse que eu fizesse alguma coisa.

Por fim, depois de me observar em silêncio por longos minutos significativos, ele disse:

— Posso falar com você por um instante? Preciso ir embora logo.

Assenti e me afastei dos outros em silêncio. Eu meio que esperava que Melissa fosse nos seguir, mas ela não fez isso, apenas ficou nos observando com um olhar estranho.

— Tenho que trabalhar até a noite, mas quero ver você. Vou mandar um motorista te buscar às seis. Me dê seu telefone e endereço.

Ele havia sacado o celular, à espera. Apenas olhei para ele por um momento. Isso não funcionaria de jeito nenhum.

— Coloquei meu telefone no bolso do paletó — comecei. — E pode deixar que eu vou para a sua casa. Qual é o seu endereço?

Ele definitivamente parecia querer discutir, mas eu achei que não queria desafiar a sorte, por isso me deu seu endereço de modo tenso.

— Vou tentar terminar meu trabalho mais cedo, se você quiser — ele me disse, enquanto eu programava seu endereço no GPS do celular.

Nada mal, pensei. Só vinte minutos de distância da minha casa. Mais conveniente, impossível.

— Não precisa se apressar por minha causa. Vou pra casa dormir por duas horas e depois tenho alguns assuntos para resolver. — Passei a mão pelo relógio, sem pensar. — Preciso substituir essa coisa velha antes de receber uma notificação por usar uma monstruosidade. Acabei de me dar conta do quanto está feio.

Eu tinha esquecido de com quem eu estava falando, e fiquei toda vermelha. Eu me sentia bem desleixada na presença dele. Com certeza, não precisava ficar alardeando para ele o quanto eu era pobre.

Sua mão serpenteou até meu pulso para que ele visse meu relógio. Seus dedos o circularam enquanto ele o examinava.

— Você é tão delicada — murmurou.

Mal o ouvi falando. Meus olhos estavam focados em suas clavículas bronzeadas que ainda despontavam da camisa impecável.

— Não sei por que, mas a mera visão da sua pele não me parece apropriado em público. Sua garganta parece tão nua. — Eu não pretendia expressar o pensamento em voz alta, por isso corei na hora.

Ele apenas ergueu os olhos, sem mexer a cabeça. Havia um sorriso perverso em seu rosto.

— Você só acha isso porque as coisas que quer que eu faça com você não são apropriadas em público.

— Quero ver seu corpo — eu falei. Parecia que não conseguia me controlar. Eu andava pensando nisso quase constantemente desde que o tinha conhecido.

Seu sorriso desapareceu e ele endireitou as costas ao se aproximar um passo de mim.

— Você vai ver. Esta noite. E eu vou ver e tocar cada centímetro seu.

Recuei um passo, tentando me livrar do feitiço estranho que ele parecia estar jogando em mim. *Não aqui. Não agora.*

— Vejo você hoje à noite — falei, voltando para junto de Stephan. Qualquer coisa que precisássemos dizer poderíamos discutir mais tarde, quando não estivéssemos em público e eu não estivesse mais de uniforme.

James levou minha dispensa na esportiva. Despediu-se dos demais comissários com um aceno de cabeça e depois saiu a passos largos rumo ao terminal.

Acrescentei ao relatório de Stephan um pequeno parágrafo sobre o que eu tinha ouvido e assinei. Seguimos para o ponto de ônibus.

Melissa ainda estava atrás da gente, eu notei, mas nenhum de nós falou. Ela parecia emburrada e estranha, mas francamente? Eu não sabia o motivo e não estava nem aí.

Deixamos nossa papelada na sede da empresa e Stephan nos levou para casa.

A gente se revezava para dirigir até o trabalho. Quase sempre, podíamos pegar carona um com o outro e isso economizava dinheiro para os dois que poderíamos usar para outras coisas. *Como relógios*, pensei, suspirando. Eu não estava mesmo a fim de fazer uma visita ao shopping.

— Preciso resolver umas coisas na rua depois de tirar um cochilo — falei para Stephan, enquanto ele dava marcha à ré no carro.

— Tudo bem, eu vou com você. Eu também preciso comprar algumas coisas. Aonde a gente vai?

— Preciso de um relógio. — Estendi o meu velho relógio. O visor estava até rachado. *Como foi que eu não notei antes? Será que tinha acabado de acontecer?* — E de algumas coisas do supermercado. E tinta, papel e tela.

Pintar era meu passatempo preferido, e eu tinha um quarto cheio de pinturas para provar isso. Eu andava experimentando com tinta a óleo recentemente, mas aquarela e tinta acrílica sempre tinham sido meus pontos fortes. Também eram mais acessíveis no geral. Eu precisava repor quase todos os meus materiais.

— Perfeito. Eu estava mesmo precisando de uma moldura para aquela paisagem de montanha que você fez pra mim. Vai para a minha sala de estar. É o meu quadro favorito de todos os tempos.

Sorri para ele com carinho.

— Você não precisa fazer isso. Não vou me sentir mal se você não o pendurar. Eu pinto coisas pra você porque eu gosto. Não precisa decorar sua casa inteira com as minhas porcarias só para me agradar.

Ele me deu um olhar perplexo.

— Você acha que foi por isso que eu cobri minha casa inteira com as suas pinturas? Pra te agradar?

Dei de ombros, sentindo-me autoconsciente. Eu não tinha feito faculdade de artes, não tinha nenhum tipo de treinamento, por isso eu sempre questionava se as pessoas eram sinceras quando elogiavam meu trabalho. Mesmo assim, Stephan não merecia que eu duvidasse do que ele me dizia.

— Eu adoro suas pinturas, Bianca. Toda vez que eu olho para qualquer uma das que você pendurou, eu sinto alegria. Elas ajudam a tornar minha casa um lar feliz e saudável para mim. Penso no lugar de onde viemos, em tudo que passamos, e nas coisas maravilhosas que você pode criar e que nunca deixam de me impressionar. Pelo contrário, me deixam esperançoso pelo futuro.

Fiquei um pouco corada, mas sorri.

— Pintei aquela paisagem de montanha porque me fazia pensar em você. Era tão forte, resoluta, linda. E todas as cores que eu usei ali eu escolhi observando você. Usei a cor do seu cabelo e da sua pele para as montanhas do deserto, e a dos seus olhos para o céu. É quase um retrato abstrato de você.

Ele riu, um som despreocupado e alegre.

Estou em um bom momento, pensei. Tínhamos passado por muita coisa e deixado muitos momentos ruins para trás. Ao longo dos anos, as sombras persistentes do nosso passado pareciam estar desvanecendo das nossas vidas, cada vez mais.

— Bom, agora eu a amo ainda mais — disse ele. — Você sabe o quanto eu adoro imagens minhas.

Dei risada, porque era uma grande verdade. Tanto a minha casa quanto a dele exibiam retratos de Stephan; alguns eram ideias dele. Ele gostava de posar para mim e era um ótimo modelo, esperando paciente durante as horas que eu precisava que ele ficasse.

Nossas casas ficavam a apenas quinze minutos do aeroporto, numa saída da 215 West. Era uma localização ideal, em um novo conjunto residencial, e ficava perto do trabalho.

Ver minha casinha ainda me fazia sorrir. Eu havia optado por manter a paisagem desértica que meu quintal exibia quando comprei a casa, imaginando que seria melhor se eu evitasse grama, já que Las Vegas ficava no deserto e eu estava constantemente fora da cidade.

Stephan havia se recusado teimosamente a se contentar com as rochas e os cactos. Em vez disso, plantou uma pequena fileira de flores ao longo das escadas que levavam à porta e um quadrado compacto de grama na frente da casa. Até o momento, ele estava ganhando a batalha contra o deserto: sua grama ainda estava verde e suas flores continuavam florindo quando chegamos e paramos o carro.

— Mando mensagem quando eu acordar — falei para ele, ao caminhar a pequena distância até a minha casa.

Inseri o código do alarme. Eu havia ostentado e comprado o melhor sistema de segurança que cabia no meu orçamento. Era importante que minha casa me passasse a sensação de ser um lugar seguro, por isso, a paz de espírito que o sistema me trazia valia muito bem o custo dele.

Destranquei a grade e depois as duas travas da porta. Fiz a mesma sequência do outro lado, inserindo o código no painel interno de segurança.

Eu tinha trinta segundos para colocar o código antes que um alarme automático disparasse, e a empresa de segurança me ligasse e comunicasse à delegacia também. Eu havia programado um tempo bem curto porque me fazia sentir mais segurança.

Segui para o meu quarto, satisfeita que a casa estivesse protegida para a minha soneca.

Os últimos dias tinham sido muito cansativos. Mal tirei a roupa e já estava deitada na cama, dormindo em um instante.

Acordei ainda meio zonza. Meus olhos turvos de sono levaram algum tempo para ler o relógio na cabeceira. Não podia estar certo, pensei. Mostrava três e quarenta e quatro da tarde. Eu havia caído na cama antes das dez, com a intenção de dormir por duas horas. *Droga.* Eu havia esquecido de programar o alarme.

Comecei a procurar o celular quase na mesma hora e mandei uma mensagem para Stephan.

Bianca: Desculpa. Dormi demais. Compras na segunda-feira?

Ele havia respondido assim que eu saí do banheiro.

Stephan: Não esquenta. Segunda está ótimo. Tem um encontro quente esta noite?

Bianca: Verei o James. Não é um encontro.

Stephan: Tá, boa sorte, Bi. Me avisa se precisar de alguma coisa. Te vejo de manhã.

Bianca: Ok. Vamos sair às 5:45 no meu carro, né?

Stephan: Sim.

Comecei a fazer minhas malas e depois minha pequena bolsa de voo para o bate e volta em Washington de manhã.

Um bate e volta era quando íamos para algum lugar, para nós

normalmente era na costa leste, e voltávamos logo em seguida. Era a melhor forma de trabalharmos muitas horas extras no nosso trabalho, mas poderia facilmente se tornar um dia de catorze horas ou mais, se tivéssemos até mesmo o menor dos atrasos. Esse bate e volta era uma parte da nossa rotina semanal, mas costumávamos pegar turnos extras nos nossos dias de folga para ganharmos horas extras.

Minha hipoteca era razoável e se encaixava no meu orçamento, mas eu estava tentando repor as economias que tinha esgotado quase inteiras quando paguei a entrada da casa, e depois os custos de algumas reformas e reparos.

Eu ficava muito nervosa de viver salário a salário, por isso rapidamente estava tentando corrigir a situação. Eu teria três dias de folga no total durante a semana, e planejava pegar horas extras em pelo menos um deles.

Pendurei as roupas de trabalho — que, fora do comum, eu havia jogado no chão — numa bolsa de lavagem a seco. Eu tinha muitos uniformes, mas pelo menos metade deles precisava de uma visita à lavanderia.

Juntei todos e os coloquei no carro, planejando parar no caminho da casa de James. Tínhamos uma pequena ajuda de custo da empresa para lavagem a seco. Eles queriam que sempre estivéssemos impecáveis no trabalho, mas o benefício não cobria nem a metade da despesa com lavanderia. Talvez fossem todas essas minhas horas que faziam minhas contas de lavagem irem às alturas...

Tomei banho e lavei o cabelo. Depilei praticamente meu corpo todo. Essas ações me deram uma sensação de expectativa que nunca tive antes. Eu sempre raspava as pernas, mas nunca tinha feito isso para um homem. Era estranho, muito diferente do meu normal.

Passei óleo e depois hidratante na pele, e deixei o cabelo secar ao natural. Eu poderia pintar lá fora enquanto ele estava molhado. Las Vegas no final da primavera era como um secador de cabelo natural.

Para pintar, coloquei um vestido fresquinho de algodão azul-petróleo, velho e folgado. Era confortável e eu não me importava se sujasse um pouquinho de tinta, por isso eu costumava usar esse e vários outros vestidos desgastados quando pintava.

Meu quintal dos fundos era pequeno, mas tinha muros altos, o que proporcionava um pouco de privacidade, por isso eu poderia usar o que quisesse. Estava sem calcinha e sem sutiã. Normalmente, eu ficava assim se estivesse só andando pela casa sozinha, mas hoje a sensação era diferente.

Peguei o cavalete e senti os seios roçando no tecido do vestido de um jeito completamente novo. Era como se James pudesse fazer as preliminares sem nem estar presente. Era como se eu estivesse me preparando para ele sem esforço nenhum da parte dele. Não era justo para ninguém ser tão perversamente atraente daquele jeito. Continuei visualizando na mente a forma como ele tinha me olhando quando colocou aquele lenço no rosto, inspirando-o com gosto. Estremeci só de pensar. Também continuei pensando sobre as ameaças que ele fez de me bater. Aliás, era nisso que eu mais pensava.

Será que ele vai fazer isso hoje? Será que vai me bater e depois tomar minha virgindade? E me amarrar? Em qual ordem? Apertei as pernas ao pensar nisso. Não saber tinha um grande efeito em mim, mesmo que também me assustasse.

Se eu fosse sincera comigo mesma, estar apavorada também me excitava. Eu sabia que James me levaria para lugares sombrios, mas eu encontraria prazer neles, e era o que eu queria.

Montei um quadro com papel de aquarela que eu tinha preparado antes de sair. Comecei a pintar com pouquíssima preparação, o que não era comum da minha parte. Normalmente, eu fazia muitos rascunhos e planejamentos, tirando fotos e pendurando-as em volta. Hoje, porém, eu apenas pintava. Eu sabia exatamente por onde começar.

Misturei um pouco de azul, um forte azul-celeste com um água-marinha aguado e depois coloquei um toque de verde. Não demorei muito para misturar exatamente do jeito que eu queria, um azul-turquesa vívido que eu moldei em um par de olhos que não saía da minha cabeça.

12
Sr. Dominador

Eu me deixei levar pela pintura e assim perdi a noção do tempo. Quando notei a hora, me xinguei em pensamento. Estava muito atrasada, o que nunca acontecia. E agora, já era a segunda vez em dois dias.

Isso não pode se tornar um hábito, pensei. Era um inferno nos meus nervos.

Eu sabia que não seria um encontro, mas mesmo assim precisava de um pouco de tempo para cuidar do cabelo e da maquiagem. Delineei os olhos com um tom marrom-claro, e depois apliquei duas camadas de rímel preto nos cílios. O efeito era dramático para só um pouco de maquiagem. Acrescentei uma sombra dourada clara nos olhos e pintei os lábios de vermelho-escuro.

Penteei os cabelos, e os deixei soltos e lisos.

Coloquei um vestido preto e curto salpicado de flores violetas. Era um pouco transparente, mas não o suficiente para precisar de alguma coisa por baixo; apenas o bastante para sugerir a silhueta. Era sem mangas, com um decote mais profundo do que eu geralmente preferia.

O sutiã de renda preta e fina que eu havia escolhido delineava claramente meus mamilos. Não era a combinação que eu teria escolhido em situações normais, mas parecia apropriado para uma noite como essa.

Encontrei uma das minhas calcinhas fio-dental rendadas que combinavam com as flores do vestido. Alguém provavelmente veria minha calcinha esta noite, então por que não vestir alguma coisa combinando?

Quando observei meu reflexo no espelho, ergui a mão e massageei o seio para fazer o mamilo aparecer claramente através do tecido fino.

O que estou fazendo?, eu me perguntei, subindo o vestido pelos quadris e enfiando um dedo na calcinha. *Estou atrasada*, pensei, mas, mesmo assim, comecei a me acariciar.

Meu telefone tocou e me despertou do estranho transe. Atendi com uma voz ofegante.

– Alô?

– Onde você está? – A voz de James me espetou do outro lado, sem preâmbulos. Soou dura, quase zangada.

Olhei no relógio. Eram 17h49. Era para eu estar na casa dele dali a 11 minutos.

– Eu estava saindo. Vou chegar aí em vinte minutos, se eu não errar o caminho.

– O que está acontecendo? Você está com a voz estranha. E vai se atrasar. Essa é uma das muitas razões pelas quais eu queria mandar um motorista.

– Chego já, já. – Eu havia começado a me tocar de novo, pois a voz dele estava me dando tesão, mesmo irritada, e talvez justamente por isso.

– O que você está fazendo? Por que parece estar sem fôlego? – ele perguntou. Sua voz mudou para um murmúrio.

Meu Deus, pensei, ele sabe o que eu estou fazendo.

– Nada – respondi, mas não parei.

– Você está se tocando? – O sussurro tinha uma sugestão de alguma coisa mais.

– Não – falei, porque simplesmente não poderia admitir, mesmo que não conseguisse parar. *O que aconteceu comigo desde que entrei na órbita deste homem?*

– Você se lembra do que eu falei que ia fazer se você mentisse para mim? Acredito que já foram três vezes. Não é para gozar. Sua buceta me pertence, e seu prazer também. Você não tem permissão para gozar, a menos que eu diga que pode.

Só gemi.

Desta vez, sua voz me falou com rispidez.

— Se você não entrar no carro neste segundo, eu vou aí e não vou te deixar gozar durante horas.

Eu estava obedecendo, soltando meu vestido, pegando minha bolsa, e seguindo depressa para a garagem em um segundo.

Ele não disse mais nenhuma palavra, só desligou na minha cara. Acionei o GPS do celular e comecei a dirigir.

Quase não tinha trânsito, por isso cheguei em quinze minutos cravados.

Assim que estacionei nos portões enormes que cercavam o complexo palaciano que ele chamava de casa, se abriram e depois se fecharam atrás de mim.

Eu adorava meu carro. Era um Civic 2008, um carro muito confiável, e eu tinha conseguido por um bom valor. Porém, ficava debaixo do sol de Las Vegas quando eu viajava a trabalho vários dias por semana, e a pintura preta havia desbotado. De repente, eu me tornei consciente de que um carro como o meu despontaria como um dedão machucado em um lugar como esse.

Tentei não me importar. Esse envolvimento seria breve e memorável, e eu não precisava perder um segundo que fosse preocupada com as diferenças drásticas entre os nossos estilos de vida.

Estacionei o mais perto que pude da porta entalhada de entrada na enorme pista circular que terminava na frente da casa. Não havia mais nenhum carro estacionado ali. Imaginei que estavam todos na enorme garagem adjacente, que parecia maior até do que minha casa inteira.

A porta da frente se abriu antes que eu subisse o primeiro dos degraus que levavam até ela. Paralisei no lugar quando vi James.

Ele estava sem camisa, vestindo apenas uma bermuda esportiva preta com listras brancas nas laterais. Seu torso era uma obra de arte, com a pele dourada segmentada pelos músculos firmes sobre cada centímetro de seu corpo comprido e esbelto. Não vi nenhuma sugestão de pelos ali, e tive uma intuição de que não fosse por terem sido depilados.

A bermuda se dependurava perigosamente nos quadris magros. Tanto eles quanto os músculos pélvicos sexy destacavam-se de forma muito marcante, moldados em um V definido. Eu queria lamber cada centímetro dele. O short era folgado e as sombras não estavam a meu favor, por isso eu não conseguia enxergar nada abaixo, a não ser joelhos, panturrilhas e pés. Até mesmo esses eram sexy de um jeito espetacular. Músculos longos e definidos percorriam as panturrilhas.

— Entre — ele disse, em forma de saudação, com a voz solene e áspera. Eu tinha ficado ali babando por uns belos cinco minutos.

Obedeci e passei por ele. James sugou o ar com força quando quase nos tocamos.

— Estou com o jantar pronto, mas isso vai ter que esperar. Você é uma bruxinha, sabia disso?

Eu não sabia, por isso apenas sacudi a cabeça, olhando pela entrada intimidadora da casa.

Esse não é meu lugar de jeito nenhuuuuum, foi meu primeiro pensamento quando dei uma olhada no chão de mármore, nas colunas claras e na escadaria dupla que levava ao segundo piso. Era decorada lindamente nas cores do deserto, com obras de artes e vasos pesados de aparência cara.

— Dei a noite de folga para todos os empregados, por isso estamos sozinhos — ele me disse, como se essa fosse a minha preocupação. O pensamento de seus empregados nem sequer havia me ocorrido.

Fui até uma das escadas e passei um dedo pela madeira escura e pesada do corrimão. A sala tinha um toque moderno sobre o tradicional do deserto. Era linda, tinha bom gosto, mas eu me senti oprimida.

Eu não gostava da ideia de estar com alguém rico desse jeito. Alguém com quem eu nada tinha em comum. Esqueci por um segundo o que eu estava fazendo ali.

James apareceu atrás de mim, sem tocar, mas perto demais, e foi quando eu me lembrei. Ah, sim, *isso*.

— Qual é o seu quarto? — perguntei sem rodeios. Talvez acabasse sendo mais intimidador do que o que eu tinha visto até o momento. Eu duvidava muito.

Sua mão forte caiu sobre a minha nuca, apertando e em seguida massageando. Inclinei-me para aumentar o contato. Mesmo seu toque mais simples era agradável.

Ele agarrou meu cabelo ali, puxando os fios em um rabo de cavalo. Usando-os como rédeas. Ou uma coleira. Ele me puxou, não de forma urgente, escada acima. Meu queixo empinou com o gesto. Era firme e controlador, mas sem dor. Por enquanto.

Passamos por oito portas no longo corredor até o quarto. O dele ficava no final; a porta já estava aberta.

Ele me levou até cruzarmos a porta e depois me deixou absorver toda a visão.

O quarto era colossal e com iluminação suave. As portas duplas se abriam para uma suíte bem iluminada do outro lado do quarto. As paredes eram de um tom cinza médio, as cores tinham como tema o deserto, à semelhança do resto que eu tinha visto da casa.

A cama era gigantesca. Eu nunca tinha visto uma cama assim. Só podia ter sido encomendada. Havia um enorme dossel de madeira escura e pesada, entalhada com detalhes e que quase atingia o teto alto.

Era coberta por uma treliça pesada feita da mesma madeira. Tinha um padrão esculpido para ser uma peça de arte. Era bela e assustadora. Uma cama feita de beleza e prazer. E de escravidão e dor.

Captei os pequenos detalhes mais alarmantes pouco a pouco, enquanto ia absorvendo a totalidade do enorme quarto. Havia restrições penduradas, atadas à parte superior da treliça. E mais haviam sido fixadas nos pilares laterais, caindo perfeitamente sobre os lençóis branquíssimos.

— São cordas? — perguntei com a voz ofegante. Havia algum tipo de rampa acolchoada no meio da cama, em um tom de bege-areia, que combinava com o tapete. Eu não sabia para que servia.

— Sim — respondeu ele, e não deu mais detalhes.

Meus olhos captaram o objeto que eles talvez estivessem evitando. Um chicote preto de equitação sobre a rampa.

— Isso é um chicote? — perguntei. Minha voz enroscou na garganta, mas eu sabia a resposta.

— É — respondeu ele, movendo-se pela primeira vez desde que tínhamos entrado no quarto, me empurrando para frente ainda sem soltar meu cabelo, até que eu estivesse vários passos mais perto da cama. — Tenho mais brinquedos que eu quero usar com você, mas não queria intimidá-la colocando-os à mostra.

Eu ri, e foi uma espécie desesperada de ruído. Era assim que ele estava tentando *não* me intimidar?

— Você precisa escolher uma palavra de segurança — ele me disse. Era uma ordem.

Respirei fundo.

— Imagino que você saiba que eu nunca fiz nada disso antes, não é? — Era uma pergunta.

— Sei — ele sussurrou, sua voz embargada e intensa.

Minha mente ficou vazia.

— Sotnos — falei, finalmente. Era como se minha mente tivesse trabalhado de forma independente do meu cérebro.

— Sotnos? — ele perguntou de um jeito malicioso. Ele imitou a entonação da palavra perfeitamente na primeira tentativa.

— Sim. — Eu não iria explicar por quê. Fiquei chocada comigo mesma por ter escolhido essa, embora fizesse uma espécie doentia de sentido. Mas eu certamente não iria explicar a ele.

James puxou meu cabelo, com força, inclinando minha cabeça para trás e para o lado até eu olhar para ele. Seu olhar era duro.

— Existem regras aqui. Aqui eu sou o mestre, e eu vou te punir quando você me desafiar. Vou ler suas reações e tentar não ir longe demais, mas, se eu for, ou se tiver alguma coisa com que você simplesmente não possa lidar, essa é a palavra que você deve usar.

— E fora daqui? Você não disse que iria me punir por ter mentido pra você? Mas não estávamos aqui dentro quando eu menti.

Ele sorriu para mim, e foi um sorriso perverso.

— Há exceções. Eu nunca vou mentir para você, e espero que você aprenda a fazer o mesmo. Diga o que significa sua palavra de segurança.

Teimosa, eu balancei a cabeça.

— Não.

— Você prefere levar mais chibatadas a me dizer o que significa?

Balancei a cabeça.

— Prefiro. — Tentei fazer minha voz soar decidida, mas eu não estava. Eu não tinha noção do quanto de força ele usaria para me bater, ou do quanto doeria, mas eu tinha passado meus anos de formação sendo condicionada à dor, e podia imaginar que eu tivesse uma maior tolerância a esse tipo de coisa do que a maioria.

Ele passou a língua pelos dentes. Era incrivelmente sexy observar a língua hábil percorrer os dentes brancos retos. Eu não tinha visto isso antes, mas os dentes do lado externo dos caninos eram um pouco pontudos, presas quase tênues, e os quatro dentes entre esses eram retinhos e perfeitos. Até mesmo seus dentes eram incrivelmente sexy.

Lógico que são, pensei, quase ressentida.

— Que tal uma troca? Existe algo que eu poderia dar em troca dessa informação? Algo que você queira saber sobre mim? Algo que você queira em geral? — Sua voz havia se transformado em veludo quando ele falou.

Nem me senti tentada. Eu não falaria sobre isso. Balancei a cabeça. Ele agarrou meu cabelo com força.

— Você está me deixando louco — ele disse baixinho e, em seguida, deu um puxão para me conduzir à cama. — Precisamos conversar. Precisamos decidir esse acordo, só que eu não posso esperar mais por isso. Nada jamais me fez sentir enlouquecido assim. Eu preciso marcar você. Preciso ser seu dono. Preciso punir você. Preciso te abrir e arrancar todos esses detalhes de você. E vou te fazer me contar o que essa palavra significa para você.

As duas últimas frases fizeram meu coração bater mais rápido. Isso nunca iria acontecer, mas eu não conseguia encontrar a voz para dizer em voz alta naquele momento. Eu tinha perdido o fôlego. Minha respiração ofegante saía de mim sem controle num ritmo duro de medo irracional e expectativa.

13
Sr. BDSM

— Levante os braços — ele me disse, quando estávamos a um mero passo da cama ameaçadora.

Eu levantei, e ele puxou meu vestido em um movimento suave. Ele respirou fundo e me envolveu lentamente. Eu mal o notei percorrer meu corpo. Estava muito ocupada bebendo a visão de seu corpo.

Seu torso deslumbrante estava ainda mais próximo agora, e a iluminação, muito melhor. Ele era ainda mais perfeito do que eu havia notado. Não tinha um grama de gordura. Tudo eram músculos rígidos em seu corpo alto.

Seu cabelo era da cor de caramelo na luz tênue e caía sobre o rosto impressionante de forma tentadora. Eu queria tocar seus cabelos, queria tocar *nele*, mas James disse que havia regras, e o pensamento me fez parar.

Ele se curvou em um movimento rápido quando tocou meu seio esquerdo, mordendo forte através do sutiã preto de renda.

Dei um gritinho em resposta, e ele recuou, continuando a me enlaçar. Ele fez o elástico da minha calcinha estalar quando chegou ao meu quadril.

— Você é demais — ele me disse, e parou nas minhas costas. — Uma virgem com o corpo mais sexy que eu já vi na vida. Perfeito pra caralho. — Enquanto ele falava, eu o senti se ajoelhar atrás de mim. Fiquei sem saber o que James estava fazendo por apenas um instante, então ele mordeu minha bunda com força.

Respirei em um soluço. Tinha doído. Olhei para trás. Ele estava beijando onde agora doía; os dentes impressos claramente na minha pele. Olhei para o mamilo que ele tinha mordido. Marcas de dentes estavam claramente ali também, embora ele não tivesse me mordido no local com a mesma força. Nem de perto.

— Quero cortar todas as suas roupas, mas adoro tudo o que te vejo usar, e não tenho ideia de onde você comprou, por isso não sei como substituir. — Ele tocou minha calcinha enquanto falava.

— As calcinhas são da Victoria's Secret. Assim como o sutiã — eu disse-lhe, apenas tentando ser útil.

Ele me deu um sorriso de aprovação que exibia todos os dentes, seguido por um tapa forte na minha bunda.

— Não se mexa — disse, indo até o criado-mudo mais próximo.

Meus olhos se arregalaram. Eu não sabia o que esperar quando ele disse que ia "cortar", mas a visão de uma faca naquele quarto de dor disparava um raio de pânico em mim.

Até onde ele iria? Até onde eu o deixaria ir?

Ele riu de um jeito malicioso diante da minha expressão.

— É só para cortar as roupas. Eu nunca iria cortar sua pele. O mero pensamento é repugnante para mim. Só quero te deixar um pouco vermelha.

Ele voltou, agarrou a frente do meu sutiã e o puxou na frente dos seios, cortando-o em um movimento único, diretamente entre as taças. Seu olhar estava colado nos meus mamilos pequenos e rosados, e eu os senti ficando impossivelmente mais rígidos a cada segundo. Ele beliscou um por um, de leve, depois mais forte e, por fim, deu um beliscão firme.

— Eles são muito sensíveis? Você prefere do primeiro jeito ou do último? — Beliscou-os ainda mais forte, e eu gemi. — Ou do quarto jeito? — ele perguntou.

Engoli em seco. Era uma resposta fácil para mim, eu só não conseguia pronunciar as palavras. Limpei a garganta.

— Do quarto.

— Ótimo. Tenho uma coisa para você. — Ele voltou para o criado-mudo, pegou algo dentro do móvel e apanhou algum tipo de corrente prateada fina.

Ele estava de volta na minha frente prendendo algum tipo de grampo nos meus dois mamilos antes mesmo de eu ter alguma ideia do que era aquilo.

— Grampos de mamilo. Estão apertando muito?

Balancei a cabeça, olhando para eles. Cada mamilo havia sido prensado por uma pequena presilha cor de pêssego, e havia uma corrente prateada entre elas. Ele passou a corrente em torno do meu pescoço e a prendeu ali. A visão da corrente fina, dos pequenos grampos famintos e a sensação, Deus, a sensação era tão erótica que eu tive que apertar as coxas para tentar conter o líquido que queria escorrer ali.

Ele cortou cada lado da minha calcinha, tirou e a colocou no bolso.

— Suba na cama — ordenou, sua voz baixa e rouca.

Foi o que eu fiz.

— Suba na rampa até seus joelhos a estarem tocando. Isso, bem assim.

Eu o senti subir logo atrás de mim. Assim que meus joelhos tocaram o objeto, sua mão aplicou uma pressão firme na minha nuca, me empurrando até que eu estar de bruços sobre a rampa. Meu rosto estava na ponta ampla do chicote que ele havia deixado ali. Minha cabeça estava baixa, minha bunda, empinada. *A posição perfeita para uma palmada,* pensei.

— Isso aqui não é o seu joelho — eu disse a ele.

Ele riu, e foi um barulho muito satisfeito.

— Não é. Meu colo não é um lugar seguro para você no momento. Mas vamos chegar lá, eu prometo. — Enquanto ele falava, eu o senti deslizar uma corda por cima do meu tornozelo. Ele apertou-a com força, mas não chegou a ser desconfortável.

— Quanto mais você resistir, mais ela vai apertar. Tenha isso em mente. — Ele prendeu meu outro tornozelo e meus pulsos com movimentos rápidos e econômicos.

James subiu de novo atrás de mim e da rampa. Ele se inclinou sobre meu corpo em seguida, seu torso pressionando em minhas costas e sua virilha encostada na minha bunda. Eu me contorci, mas sua mão dura me deu um tapa de leve.

— Fique quieta — ele me disse, puxando o chicote que estava debaixo da minha bochecha. Ergueu completamente o peso de cima de mim, e gemi com o vazio. Ele me deu um tapa com a mão também por isso.

Houve uma longa pausa enquanto eu o esperava, a respiração presa.

— Você tem algo a dizer antes de eu começar? — ele me perguntou.

— Desculpe, Sr. Cavendish — eu disse, em tom arrependido.

Instintivamente, arqueei as costas.

Ele fez um delicioso ruído baixo na garganta e começou a trabalhar. A primeira batida do couro foi mais surpreendente do que dolorosa, mas os golpes ficaram mais rápidos conforme ele entrava no ritmo. Como esperei, eu sentia a dor, mas minha reação a ela não era negativa. Gemi e me contorci, impotente, quando o chicote golpeou mais para baixo, mais perto do meu sexo. Ele começou a me bater mais forte e mais depressa.

De repente, ele parou. Eu tinha recebido apenas vinte chibatadas, distribuídas por toda a minha bunda e na parte posterior das coxas.

Arqueei o corpo e murmurei um protesto. Eu ouvia sua respiração, áspera e irregular, atrás de mim. Esfreguei os mamilos presos sobre o tecido macio da rampa, gostando do ardor duro que isso causava.

James permaneceu atrás de mim por um longo instante.

— Eu preciso parar por aqui. Não quero que você sinta muita dor para deitar de costas quanto eu te possuir. Porra! Estou vendo o líquido escorrer pelas suas pernas. — Senti seus dedos acariciando minhas coxas, deslizando na umidade que havia ali.

— Há algumas coisas a fazer antes de eu te foder. Tenho um exame de saúde sobre a mesa. Fiz os testes. Todos os resultados estão limpos. Quer ver? Estão à sua disposição. Quero enterrar meu pau em você sem nada, se você permitir. Você disse que toma pílula, não foi?

Afirmei com a cabeça.

— Tomo. Vou aceitar sua palavra. Se eu pensasse que você iria mentir sobre algo assim, não estaria permitindo que me amarrasse e arrancasse meu cartão V, estaria?

Ele riu, um som feliz, e eu o senti beijar minha bochecha por trás: um gesto surpreendentemente doce.

Ele tirou a rampa debaixo de mim sem nenhum aviso, jogando-a para fora da cama. Despenquei no colchão com um ruído suave dos lençóis.

James liberou meus tornozelos no instante seguinte, agarrando-os com as mãos. Ele me empurrou mais para cima na cama, e, em um movimento chocante, me virou de costas com apenas esse contato. Meus braços foram torcidos acima da cabeça, o que limitou ainda mais meus movimentos. Desta vez, quando ele amarrou minhas pernas, posicionou-as abertas. Se eu tinha achado que as amarras estavam apertadas antes, estava enganada. Agora em nem conseguia movê-las. Não poderia mais me contorcer.

Ele me estudou na minha nova posição, e eu o estudei também. Seu olhar se mostrava tão intenso que era fascinante. Seus olhos beberam cada centímetro do meu corpo, e então ele se inclinou para começar a me estimular com a boca. Começou com um beijo suave na boca. Em seguida, foi descendo e nem um centímetro da frente do meu corpo foi deixado intocado. Ele me beijou no queixo, no pescoço, na clavícula. Nenhum nervo do meu corpo estava seguro. E, durante todo esse tempo, eu não podia me mexer absolutamente nem um pouco.

Ele enterrou o rosto entre meus seios e parou em um rápido movimento de flexão de braços, segurando a correntinha entre eles nos dentes.

Gritei com a sensação dura, mas era um grito de prazer mais do que de dor. Ele continuou até meus mamilos serem puxados para cima, deixando a corrente esticada. Era uma sensação primorosamente angustiante. Ele, por fim, libertou a corrente, abrindo a boca, e isso foi tão devastador quanto antes: o fim da tortura me fez soltar um grito de súplica.

Na sequência, ele sugou cada seio, emitindo ruídos baixos e calmantes no fundo da garganta, ao cuidar deles.

Lambeu a parte de baixo dos meus seios pesados, até minhas costelas, o umbigo, acariciou os quadris, e parou no púbis depilado. O caminho mais ínfimo de pelos loiros aparados permanecia ali. Ele os tocou e olhou para mim.

— Perfeito — murmurou, com o semblante sério, e escondeu o rosto lá para fazer sua mágica.

Eu estava tão molhada e pronta que ele me fez gozar em questão de segundos. Dois dedos entraram na minha fenda e sua língua se concentrou no clitóris. Seu conhecimento desses dois botões perfeitos era incompreensível, e eu estava tão perdida no prazer que gritava sem me conter. James levantou a cabeça brevemente, e eu olhei pelo comprimento do meu corpo até chegar a ele: estava enquadrado perfeitamente entre os meus seios arfantes. Eu me sentia absolutamente drogada por suas ações.

Seus cabelos cor de caramelo caíam nos olhos.

— Mais uma vez — ele me disse, e fez aquilo de novo.

Endireitando-se, tirou a bermuda para enfim revelar seu corpo completamente nu para mim. Engoli em seco ao vê-lo. Foi quando eu comecei a implorar.

Seu membro duro como rocha parecia grande demais para caber dentro de mim, mas não me importei. Eu o *queria* dentro de mim. Se ele me fizesse esperar mais um segundo, eu achava que iria chorar.

— Não consigo aguentar mais — ele me disse com uma voz áspera. — Isso vai doer. Pelo que tenho ouvido, essa parte é inevitável.

Eu não me importava.

— Por favor, James. Por favor, por favor, por favor.

Ele não hesitou depois disso, abaixou-se em cima de mim e alinhou o pênis na minha fenda escorregadia. Músculos lisos definiam bem seus ombros largos enquanto ele se segurava sobre mim.

Uma obra de arte maravilhosa está prestes a me foder, eu pensei, zonza, fora de mim e excitada.

Ele estocou para dentro com um movimento duro e brutal, perfurando meu hímen sem se conter mais. Gritei com o choque. Eu me sentia tão incrivelmente completa. Ele não parou, penetrando rápido e forte, estabelecendo um ritmo inesgotável que fazia seu suor escorrer sobre mim em deliciosas trilhas. Aquela dor aguda e latejante inicial desapareceu conforme ele bombeava, e foi se transformando no mais puro prazer. O espaço vazio no meu núcleo foi preenchido a ponto de explodir com uma onda de sensações que eu nunca teria imaginado.

Não consegui conter os soluços que escaparam da minha garganta, nem as lágrimas que escorreram pelas laterais do meu rosto com a sensação deliciosa de ser tanto dominada como preenchida por esse homem.

Ele me observou durante todo o tempo com aqueles olhos azul-turquesa intensamente vívidos. Meus olhos começaram a se fechar com o prazer, mas ele soltou uma ordem dura para eu abri-los e olhá-lo.

Obedeci, embora a intimidade desse contato extra fosse quase demais para mim. Era difícil me lembrar que não deveríamos sentir nada um pelo outro quando ele me olhava como se eu fosse mais importante do que a sua próxima respiração.

Ele saiu quase inteiro de dentro de mim e me deixou suplicando que ficasse, antes que desse uma estocada com um grunhido. Se eu havia pensado que ele estava se deixando levar antes, agora ele estava me batendo contra o colchão de um jeito que eu pensava que poderia provocar uma marca permanente.

Ele estendeu a mão entre nós e começou a esfregar círculos ao redor do meu clitóris, sem abrandar o ritmo furioso.

— Goze, Bianca, agora — ele ordenou, e sua ordem funcionou como um gatilho. Gritei de prazer, e ele gritou meu nome quando me seguiu, enterrando-se ao máximo, enquanto tremores o sacudiam, e seu pescoço se arqueava com o prazer. Quando as ondas começaram a diminuir um pouco, ele segurou meu queixo e me olhou com uma quase raiva e um brilho certamente possessivo.

— Você é minha — ele me disse. Eu não tinha ideia de como responder a isso, mas não precisava. No instante seguinte, ele estava me beijando de forma apaixonada, desesperada.

Ele soltou meus pulsos e tornozelos e desprendeu os grampos dos mamilos mais depressa do que eu teria pensado ser possível. Ele me puxou contra si, alinhando-nos carne com carne, e começou a beijar minha boca outra vez, como se nunca fosse parar.

— Obrigado — ele me disse em voz baixa, apenas uma vez, quando recuperou o fôlego e, logo depois, começou a me beijar novamente.

14
Sr. Sensível

Algum tempo depois, ele parou de me beijar e puxou minha bochecha de encontro ao seu peito. Eu estava nas alturas com a percepção de que o sexo casual podia parecer tão íntimo. Senti-me tão protegida com ele acariciando minhas costas de modo reverente e sussurrando palavras doces para mim.

Ele me soltou.

— Não se mova — disse, sua voz quase um sussurro, como se tivesse medo de quebrar o momento com um ruído.

Eu o ouvi ligar a banheira, e não consegui pensar em nada que soasse mais perfeito do que um banho quente naquele momento.

Eu estava deitada de costas exatamente como ele havia me deixado, sentindo-me relaxada em todas as partes do meu corpo das quais eu conseguia lembrar. Eu me sentia… em paz. Era uma revelação.

Quando já estava ausente por vários minutos, abri os olhos para ver ao meu redor.

Ele estava ao pé da cama, me observando com os olhos incandescentes. Olhei para o meu corpo e percebi que havia sangue espalhado sobre os lençóis.

— Eu não sabia que iria sangrar tanto — falei, começando a me sentar.

— Não levante — ele me disse, e deitei de novo. Nós observávamos um ao outro. Vi que sua ereção estava tão dura como se ele nunca tivesse gozado.

Apontei para ela.

— Você consegue ir de novo? Isso é possível?

Ele sorriu e acariciou o pênis com uma das mãos, sem prestar atenção.

— Ah, consigo. Mas esta noite você está dolorida demais. Eu só estava apreciando a visão, incorporando esta imagem ao meu cérebro.

Ele veio para o meu lado e me ergueu até eu estar aconchegada em seu peito. Ele se levantou da cama com o meu peso nos braços. Não demonstrou nenhum esforço visível. Eu adorava isso, a força, e todas as coisas incríveis que ele poderia fazer com o seu corpo, aparentemente com a maior facilidade.

— Vamos tomar um banho e falar sobre o que faremos a respeito disso — disse ele, acariciando meu cabelo, como se o "isso" fosse eu.

James me fazia sorrir por algum motivo estranho, embora o pensamento de falar sobre qualquer coisa não tivesse o menor apelo para mim naquele momento.

Ele entrou na maior banheira que eu já tinha visto, ainda me segurando no colo.

O banheiro era um pedaço gigante de granito preto-esverdeado, até onde eu podia ver. A banheira era quadrada. Ele deslizou encostado em um dos lados, segurando-me na frente do corpo até que estivéssemos sentados juntos, meu corpo aconchegado na frente do seu.

Ele pegou um pouco de sabonete líquido de perfume divino de um *dispenser* embutido no granito e começou a passar a espuma vagarosamente ao longo de todo o meu corpo. Tinha o cheiro dele, e eu inspirei. Eu me sentia lânguida, relaxada no colo dele, sendo banhada.

— Adorei esse sabonete. Tem o seu cheiro — eu disse-lhe, com os olhos fechados de prazer.

Ele levou os lábios à minha orelha e mordeu o lóbulo de um jeito provocador.

— Agora você tem o meu cheiro. Adoro *isso*.

James me ensaboou em silêncio por alguns minutos, acariciando tanto quanto limpando. Ele sempre voltava para os meus seios, acariciando e apalpando por inteiro a carne macia.

— Precisamos conversar — ele disse.

Soltei um gemido, e desta vez não foi de prazer.

— Prefiro que você me bata de novo. Podemos fazer isso em vez de conversar? — Eu estava só mais ou menos brincando.

Ele fez um delicioso ruído de ronronar no meu pescoço.

— Não esta noite. Precisamos definir as regras. Se meu autocontrole não tivesse me abandonado esta noite, teríamos resolvido isso antes de eu sequer ter tocado em você.

Eu me encolhi ao ouvir sua terminologia. A palavra "resolvido" me deu uma sensação ruim. Não me parecia ter um bom presságio para a conversa que estava por vir.

— O que temos pra conversar? — perguntei, por fim.

Ele suspirou, e o movimento me deslocou onde eu estava apoiada com as costas em seu peito.

— Bem, acredito que eu gostaria de saber o que você espera do nosso acordo. O que é importante para você? — Enquanto falava, ele me virou para que pudesse ver meu rosto mais claramente, apoiando minha cabeça na dobra do cotovelo.

Torci o nariz para ele. O termo "acordo" era ainda pior do que o "resolvido".

— Na real, a única coisa que eu espero de você é um relacionamento sexual exclusivo enquanto estivermos... transando, mesmo se nos separarmos daqui a uma semana. E com 'nos separarmos' eu quero dizer com algum tipo de comunicação antes que você comece a ver qualquer outra pessoa, em termos sexuais ou o que for. E se isso for difícil pra você, só me avise para que eu possa pular fora dessa confusão agora mesmo.

Ele piscou para mim, parecendo atordoado, e eu pensei por um momento terrível que ele estivesse considerando um pedido grande demais. Eu estava a cerca de um segundo de dar o fora dali quando ele falou:

— Sim, claro. — Seu tom implicava que ele não tinha nem considerado algo diferente.

— E você quer "não namorar" — comentei. Eu sentia uma curiosidade ávida para saber o que isso significava para ele.

Ele assentiu, estudando meu rosto.

— Eu quero ver você, no entanto, com o máximo de frequência possível. Eu gostaria apenas que, de preferência, nossa relação se mantivesse particular. Assim, a maioria dos nossos encontros será ou em uma das minhas casas ou na sua. Eu não vou levá-la para um monte de lugares públicos. Quanto a isso, eu lamento.

Claro que lamenta, pensei, cínica.

Fiz o meu rosto ficar indecifrável, sentindo-me de repente um pouco frágil por razões que eu não estava disposta a examinar naquele momento.

— Parece bom. Já não é o suficiente para resolver as coisas por ora? Se nos separarmos dentro de uma semana, esta parece ser uma enorme conversa desnecessária, não? E se acabar se prolongando por duas ou três semanas, vamos ultrapassar esse obstáculo quando chegarmos a ele.

Seu rosto endureceu enquanto eu falava. Suas próprias perguntas pareciam ásperas.

— É isso que você acha? Que teremos chegado ao fim em uma semana? Ou duas ou três?

Dei de ombros, fechando os olhos como se eu pudesse cair a qualquer momento.

— Eu não quero *pensar* sobre isso. Não importa o quanto dure, se você apenas for honesto comigo quando já tiver chegado ao seu limite, e não apenas começar a ver outras pessoas sem me falar nada, já vai ser suficiente pra mim.

Ele voltou a me lavar e a me acariciar, passando shampoo e condicionador com ternura no meu cabelo, em silêncio por algum tempo.

— Eu daria qualquer coisa para saber o que está por trás dessa postura indiferente sua. E mataria para saber o que você está pensando — ele sussurrou no meu cabelo. — Tenho tanto medo de te ofender além de qualquer reparação, e que você decida nunca me contar. Que você simplesmente saia e nunca mais fale comigo novamente. Você faria isso?

Não abri os olhos em nenhum momento, apenas dei de ombros mais uma vez. Se bem que foi surpreendente para mim ver como ele percebeu isso a meu respeito, se me conhecia há tão pouco tempo.

— É possível. É difícil dizer sem entrar em detalhes.

Ele xingou em voz baixa.

— Preciso sentir mais segurança. Você me apavora.

Dei um sorriso irônico, com os olhos ainda fechados.

— Palavra errada, Sr. Magnífico. O termo que você está procurando é mais no controle, e não mais segurança. Mas eu gosto da minha vida. Não vou fazer um monte de concessões nesse quesito, por isso nem tente. Normalmente, eu passo um dia inteiro em Nova York por semana. Você vive lá, não é?

— Em geral, sim.

— Ok, bem, eu aviso quando estiver em Nova York, e talvez possamos nos encontrar em algum lugar particular.

Seus braços se apertaram ao meu redor.

— É disso que estou falando. Você fala assim porque eu, de alguma forma, ofendi você? Ou você é mesmo tão indiferente?

Senti uma forte vontade repentina de ir embora. Ele não era o tipo de pessoa que deixava um assunto passar até que estivesse satisfeito, e eu estava absolutamente farta de conversar sobre qualquer coisa que envolvesse minha indiferença ou a falta dela. Senti uma necessidade instantânea de ficar longe dele, longe daquele sentimento de intimidade. De repente, tudo aquilo era insuportável para mim.

— Preciso ir pra casa. Amanhã cedo eu trabalho. — Levantei e fiquei aliviada quando ele me deixou sair da banheira.

— Você já jantou? — ele me perguntou, sua voz dura e fria.

Pensei a respeito e minha mente se esvaziou. *Quando eu tinha comido pela última vez?* Lembrei-me de devorar uma barra de proteína enquanto pintava, mas tinha sido só isso desde meu iogurte no avião.

— Hum, acho que não — respondi por fim. — Mas posso comer alguma coisa mais tarde.

Suas narinas e seus olhos ficaram um pouco alterados.

— Por favor, pelo menos fique para jantar comigo. Vou me sentir um completo imbecil por você ter vindo aqui, nós termos feito tudo isso — ele acenou para o quarto — e você ir embora como se não pudesse nem mesmo compartilhar uma refeição comigo. Tenho um salmão preparado que só precisa de quinze minutos para assar.

Fiz que sim com a cabeça.

— Está bem — concordei depressa. Eu não queria sair correndo como uma pessoa dramática demais. Eu preferiria sair com alguma dignidade, após uma refeição civilizada.

Ele enrolou uma toalha em torno de mim, secou-se rapidamente e passou uma toalha ao redor dos seus quadris numa visão de dar água na boca. Desviei o olhar. Ele partiu para a cozinha como se tivesse medo de que eu fosse embora se demorasse demais para o salmão ficar pronto. Ele era habilidoso em ler minhas intenções...

Deslizei meu vestido de volta no corpo, sem nada mais por baixo. A falta de sutiã e calcinha tornava essa roupa um pouco obscena, mas eu não achava que isso importasse. Eu voltaria da casa de James diretamente para a minha garagem. E provavelmente poderia ir embora pelada numa boa.

Sequei o cabelo um pouco com a toalha, usei o vaso, o qual tinha seu próprio compartimento dentro do banheiro, e saí descalça do quarto.

Procurei e encontrei a cozinha, mas parei na sala de jantar intimidadora e me sentei ali.

A mesa estava posta de um jeito quase romântico, então considerei que era ali que iríamos comer. Eu preferia esperar sozinha em outro cômodo a provocar a tentação de James começar outra "conversa" comigo.

Ele se juntou a mim apenas um instante depois, carregando duas saladas de aparência deliciosa. Colocou-as em cada lugar correspondente na mesa e voltou às pressas para a cozinha. Retornou em seguida com dois copos de água com limão.

Pensei que ele poderia ter realmente esquecido que estava vestindo apenas uma toalha úmida. Para mim, era impossível esquecer uma coisa dessas. *Ser lindo desse jeito deveria ser crime.* Ele realmente era bronzeado em todos os lugares. Era uma visão inebriante.

Esperei educadamente que ele se sentasse à minha esquerda antes de comer. Era uma salada de folhas variadas com queijo feta e nozes-pecã. Eu não fazia ideia de qual era o molho de sabor suave, mas era bem gostoso.

— Está delicioso — falei depois de algumas porções.

Ele sorriu para mim. Era um sorriso cuidadoso. Ele ainda estava com aquele jeito de que temia me ofender.

— Na verdade, eu preparei uma refeição completa esta noite. Não é sempre que consigo, mas queria fazer para você. Mas não posso fingir que esta é uma ocorrência comum. Eu tenho uma excelente empregada aqui que normalmente faz a maioria das refeições nesta casa.

Balancei a cabeça de um jeito educado, tentando não parecer desconfortável com o lembrete casual do quanto ele era rico.

— Seus pais também vivem em Las Vegas? — ele me perguntou depois de terminar a salada.

Congelei, mas me recuperei depressa.

— Eles morreram — respondi, meu rosto e minha voz não demonstrando emoção.

Ele pareceu assustado.

— Sinto muito. Eu não sabia. O que aconteceu?

— Onde seus pais vivem? — perguntei de um jeito incisivo, em vez de responder.

Ele parecia desconfortável.

– Também morreram. Eu tinha treze anos. Em um acidente de carro.

Fiz uma careta.

– Desculpa. Eu não gosto de falar sobre os meus pais, mas não tive a intenção de ser insensível a respeito dos seus.

Ele estendeu a mão sobre a mesa e a colocou sobre a minha.

– Não se desculpe. Não foi insensível. Você também não sabia.

Dei-lhe um sorriso irônico.

– Eu deveria ter procurado na internet. Poderia ter nos poupado de pelo menos um momento constrangedor.

Ele também me mostrou um sorriso irônico.

– Mas isso não me ajudaria a aprender nada sobre você.

Voltamos a comer por um minuto, e o silêncio foi estranho.

– Quando é o seu aniversário? – ele perguntou de repente. Eu sabia o que ele estava fazendo. Sentia tanto medo de me ofender, de me assustar, que estava tentando encontrar coisas neutras para conversar. Ele não poderia saber que meu aniversário era outro assunto delicado.

– Outubro – respondi. – E o seu?

– Cinco de junho. Que dia de outubro?

Suspirei.

– Vinte e quatro. – Reprimi o impulso de dizer: 'Por que você se importa? Até lá não vai se lembrar nem do meu nome'. *Seria falta de educação*, falei para mim mesma. E ele parecia ser estranhamente sensível.

James balançou a cabeça, como se fazendo uma nota mental.

Fala sério.

O temporizador de forno disparou, e ele entrou na cozinha, aparentemente alheio ao fato de que a toalha molhada parecia correr perigo de cair a cada passo.

Obriguei-me a desviar o olhar.

Um instante depois, ele trouxe dois pratos impressionantes. Já havia servido a comida neles e organizado a refeição com o floreio de um chef.

Era uma montagem de aspargos, salmão recém-assado temperado à perfeição, e algum tipo de grão que eu nunca tinha visto antes.

Provei, depois apontei para o prato com o garfo.

— Eu nem sei o que é, mas é delicioso. Está tudo divino. Existe alguma coisa em que você seja ruim?

Ele sorriu, o primeiro sorriso autodepreciativo que eu tinha visto nele. Era cálido e muito charmoso.

— Estou aprendendo sobre você. Passando a noite com você. E o grão é quinoa.

Apenas continuei comendo e ignorei a primeira parte do que ele estava dizendo. Eu ainda sentia aquele formigamento sob a pele, a forte necessidade de me afastar da intimidade que tínhamos compartilhado.

— Ah, comprei um presente para você — ele me disse, sorrindo enquanto terminávamos nossa refeição. — Quer a sobremesa antes ou depois do presente?

Acenei para recusar.

— Oh, eu não aguento. Já estou satisfeita.

Ele pareceu decepcionado de verdade.

— Nem uma colherada? É só um creme leve com frutas frescas. A gente poderia dividir.

Sorri, encantada com sua necessidade infantil de me impressionar com sua culinária.

— Tudo bem, podemos dividir.

15
Sr. Insaciável

Logo ele estava de volta com a sobremesa servida em uma taça pesada de vidro, e levou a colher até minha boca para eu experimentar.

— Hummm — murmurei, sorrindo para ele, de boca ainda cheia.

Sem que eu esperasse, ele se abaixou e me beijou. Era tão diferente do tom da refeição que havíamos acabado de compartilhar que eu quase o empurrei, assustada. Em vez disso, me contive e me mantive imóvel, retribuindo o beijo com cautela.

Essa era a parte fácil entre nós, pensei. Nada de todo o resto fazia qualquer sentido para mim, mas essa parte era muito próxima de perfeita demais.

Ele estava me levantando sobre um espaço livre na enorme mesa preta antes que eu pudesse piscar. A toalha tinha ido embora, e meu vestido havia sido erguido em questão de segundos.

— Você está com muita dor? — Sua voz era um murmúrio áspero nos meus lábios.

— Eu nem posso imaginar estar com dor demais para isso — respondi, esticando a mão por seu corpo para agarrar a grossa ereção. Eu o acariciava com prazer, e ele bombeou na minha mão. Subi as mãos por seu tronco, pelos braços musculosos e depois até os ombros.

— Seu corpo é perfeito. Não posso acreditar que você realmente seja bronzeado em todos os lugares.

Ele sorriu, gostando da minha apreciação de seu corpo.

— Minha mãe era descendente de italianos e cherokees, embora ela já não tivesse nenhuma família aos dezoito anos. Foi um belo escândalo, para a família puramente inglesa do meu pai, quando eles se casaram. Meus parentes todos têm a pele branca e leitosa dos ingleses, como seria de esperar.

Eu ri.

— Leitosa? E quanto a mim? Sou leitosa?

Ele se curvou, aninhando-se no meu pescoço.

— Sua pele é a perfeição cremosa.

Enfim eu tinha a chance de tocá-lo, de acariciar suas costas, o abdome, de estudar seu corpo incrível com reverência enquanto passava as mãos sobre ele.

Ele agarrou uma das minhas mãos ocupadas, puxou-a até seus lábios e beijou meu pulso. Observou atentamente e viu a marca das cordas ali. Os fios formavam um padrão distinto, como se ele tivesse me carimbado temporariamente com a sua própria marca especial.

— Adoro ver isso em você — murmurou contra a minha pele com a voz carregada.

Ele abriu bem as minhas pernas e deitou-me de costas na mesa. Então, posicionou a ereção poderosa na minha entrada.

Estremeci quando ele parou, de olhos fechados.

— Olhe para mim — ordenou. Sua voz dominadora veio à tona outra vez. James havia se transformado em algo mais suave e mais charmoso imediatamente após a primeira vez que tínhamos transado. Eu senti falta da dominação. Eu o obedeci.

— Olhe para mim. Vou te punir cada vez que desviar os olhos quando eu estiver dentro de você.

Assenti.

— Peça-me — ele ordenou, sua mão se movendo para acariciar o pênis impressionante.

— Por favor, Sr. Cavendish, me foda. — Eu adorava dizer seu sobrenome, pronunciando as três sílabas como se fossem uma oração.

Ele gemeu e estocou. O primeiro impulso pesado fez meu interior dolorido latejar, mas não era desagradável. E quando ele recuou e mergulhou de novo, um som profundo saiu de sua garganta. Eu esqueci inteiramente a dor, o prazer pulsando através de todo o meu corpo e se concentrando no meu âmago.

Seu olhar era ardente.

— Dói? — perguntou, sem parar o ritmo punitivo.

— Está perfeito — respondi, minha voz grossa de paixão.

Ele me beijou com força. Meus olhos se fecharam por um breve instante, até que ele se afastou para me olhar novamente. Achei que não ia receber um castigo por isso, já que ele também tinha fechado os seus, mas na realidade eu não me importava naquele momento.

— Goze — ele ordenou, e, simples assim, uma paixão que a tudo consumia tomou conta de mim, meu núcleo estremeceu com um orgasmo intenso, e meus músculos internos o apertaram com uma força incrível.

Fiz um esforço consciente para manter os olhos fixos nele o tempo todo, e foi recompensado. Era primorosamente gratificante assistir seu rosto enquanto o fervor o invadia. Seu olhar penetrante se intensificou em mim. Aquilo tudo me deu uma sensação extraordinária, bem como estar no alvo daquele olhar. Eu me sentia como se fosse mais importante para ele do que o ar por um breve momento profundo. Eu me senti encantada naquele momento. Era intoxicante.

— Passe a noite aqui. Prometo que não vou deixar você perder a hora ou se atrasar para o trabalho — disse ele, pegando-me em um momento de fraqueza. — Só me diga para que horas eu preciso acertar o alarme.

Fechei os olhos, balançando a cabeça ligeiramente.

— Tudo bem.

Ele beijou minha bochecha da maneira mais doce.

— Obrigado.

Eu não sabia o que dizer, então não respondi. Ele ainda não tinha saído de dentro de mim, e não saiu agora, apenas me envolveu ao seu redor e me levantou. Prendi a respiração.

— Você ainda está tão duro — murmurei no seu pescoço.

— Uh-hum — ele murmurou também, mexendo-se dentro de mim.

— Você não poderia... não de novo? — questionei, surpresa.

Ele respondeu, afastando-se alguns centímetros de mim e estocando completamente mais uma vez.

Engoli em seco; ele riu suavemente.

— Eu nunca quis ninguém tanto na minha vida, Bianca. Eu poderia te foder até perder a consciência. Com certeza eu ficaria feliz em tentar.

Eu não respondi; não podia. Não consegui fazer nada além de gemer enquanto ele me balançava ao longo de seu comprimento e me levava até as escadas e de volta para seu quarto.

— Me avise se chegar ao seu limite. Você deve estar sensível e dolorida depois da primeira vez. Preciso ser atencioso e deixar seu corpo se recuperar. — Sua voz era áspera à medida que ele nos levava pelo corredor; cada passada era uma estocada mais pronunciada, quanto mais perto chegávamos de seu quarto.

— Por favor, não — eu disse em um meio soluço. Ele havia me levado perto demais do clímax novamente.

— Você quer que eu acabe com você assim, em pé e empalada no meu pau? — perguntou. Ele parou de andar e começou a bombear mais intensamente.

— S-sim, por favor. Oh, sim — respondi, agarrando-me a seus ombros.

Um de seus braços estava apoiado na diagonal nas minhas costas, segurando firme o topo do meu ombro; a outra mão segurava minha bunda com força, os arrepios provocados pelo contato aumentando o prazer. Seus joelhos estavam ligeiramente dobrados, suas pernas se afastaram e ele passou a bombear com mais força.

— Vamos, Bianca — ele me disse em tom carregado. E o fervor me dominou. Sua voz foi o gatilho, e meu corpo obedeceu, explodindo no orgasmo. Segurei seus ombros como se fosse uma tábua de salvação, surfando nas ondas deliciosas de prazer.

Ele pareceu surpreso com a própria libertação, e arregalou os olhos. Soltou um grito baixo.

— Caralho — disse ao se esvaziar dentro de mim.

Ele me deitou de leve na cama e saiu de dentro de mim no mesmo movimento. Ele caminhou pelo quarto.

Fechei os olhos. Eu sabia que, apesar do meu cochilo longo demais, eu ia apagar a qualquer segundo.

Recuperei a consciência por um momento, quando ele colocou um pano quente e molhado entre minhas pernas, para me limpar com suavidade.

— Obrigada — murmurei.

— Uh-hum. O prazer é meu — ele disse.

Ele saiu e voltou em seguida. Passou algum tipo de pomada nos meus pulsos e nos tornozelos, me virando sem esforço de bruços para massagear minha bunda e coxas. Passou um pouco entre minhas coxas com ternura por trás.

— Está doendo em algum outro lugar? — ele me perguntou.

— Não — respondi.

— Que horas você precisa acordar? — ele perguntou.

Fiz alguns cálculos cansados. Eu nem sabia que horas eram e não queria saber.

— Às quatro e meia — respondi. O sono me levou.

Acordei como se em uma neblina sensual, da maneira mais agradável que eu poderia ter imaginado.

Eu estava de costas sobre a cama macia, gloriosamente nua, de pernas abertas e com o homem mais lindo que eu já tinha visto lambendo meu sexo como se fosse uma sobremesa particularmente deliciosa. Agarrei seus cabelos dourados e sedosos.

— Oh, James — gemi, e ele ergueu os olhos, sorrindo.

Ele levantou e se ajoelhou entre minhas coxas. Levou uma das minhas pernas até seu ombro, alinhando-a em seu pescoço até que fizesse uma linha diagonal sobre seu peitoral. Sobre a outra perna, ele montou, alinhando o pênis insaciável na minha abertura já pronta.

— Me fale se isso for demais pra você, tudo bem? — Sua voz era suave, e suas palavras tinha uma nota de preocupação.

Será que o mestre dominador estava presente esta manhã?, eu me perguntei. Parecia que sua outra persona, o amante gentil, estava no controle naquele momento.

Confirmei com a cabeça, e ele estocou dentro de mim. A nova posição o fazia acariciar novas terminações nervosas que eu nem sabia que existiam. Sim, eu estava com dores, sensível, mas não ia fazê-lo parar. A dor era um pequeno impedimento para tamanho prazer.

Ele inclinou o peito para frente, e com isso afastou mais minhas pernas e se aproximou mais dos meus seios. Usando um movimento de torção dentro de mim, ele bombeou. *Ele está me comendo de lado*, pensei em meu torpor.

Um de seus hábeis dedos começou a estimular meu clitóris inchado, e eu me perdi.

Ele me levou para o chuveiro depois disso e nos lavou.

Sentia-me mole e não podia imaginar enfrentar um dia de trabalho de catorze horas depois de tal experiência. Expressei o pensamento em voz alta.

Eu estava apoiada de costas em seu corpo enquanto James enxaguava o condicionador do meu cabelo. Com as minhas palavras, ele paralisou.

— Então, não vá. Tire um dia de folga. Eu também posso reprogramar minha agenda. Poderíamos passar o dia na cama. Eu gostaria de ter certeza de que foi memorável para você.

Lancei-lhe um olhar perplexo e dei risada. *Ricos*... pensei, um pouco ressentida.

— Terei folga amanhã — expliquei. — Se eu tirar o dia de folga hoje, não receberei o pagamento. E uma falta tão em cima da hora poderia me causar problemas.

Seus braços ficaram rígidos, e ele esfregou o queixo no topo da minha cabeça carinhosamente.

— Você poderia se demitir. Venha trabalhar para mim. Eu seria um empregador generoso. Você poderia ser comissária de bordo no meu jato, aí teríamos todo o tempo que quiséssemos juntos. Ou, se você quiser mudar de carreira, eu poderia encontrar alguma outra coisa. Se você não tiver interesse na indústria hoteleira, tenho outras empresas nas quais você poderia trabalhar. Ou, caramba, só tire umas férias. Relaxe. Eu me sentiria mais do que satisfeito em bancar...

— Jamais mencione alguma coisa parecida pra mim outra vez, por favor, ou isso vai acabar neste exato momento — interrompi, meu tom gelado, meu rosto composto. Eu estava tremendo um pouco.

Quanta audácia, pensei. Eu trabalhava como um demônio desde que era adolescente, e ele tinha acabado de menosprezar cada minuto disso. Fiz um enorme esforço para não sair com tudo do chuveiro com o cabelo só meio enxaguado e simplesmente ir embora.

Suas mãos começaram a acariciar meus braços em um gesto reconfortante.

— Eu não quis te ofender. É muito difícil para mim ver você lutar tanto. Você pode entender?

Lutar?, pensei, um pouco descontrolada. Será que ele sabia o significado dessa palavra, se achava que a minha vida era uma luta? Mas então eu me lembrei do que ele tinha dito sobre os pais, sobre como eles morreram quando James tinha apenas treze anos. Ele não tinha levado a vida perfeita que eu imaginava. Era um sofrimento e uma luta superar a morte dos pais. Tínhamos pelo menos algo em comum. Isso tinha me enternecido um pouco em relação a ele, e me ajudou a lhe dar outra chance.

Balancei a cabeça ligeiramente.

— Bem, não se preocupe comigo. E não mencione nada disso para mim novamente. Quero dizer, isso pra mim é inadmissível.

Seu rosto ficou duro, mas ele confirmou com a cabeça.

Respirei algumas vezes de forma comedida para me acalmar, e depois me afastei dele, enxaguei o resto e saí do chuveiro.

— Preciso ir. Nem sei que horas são, mas tenho que me aprontar para o trabalho. — Enrolei uma de suas grandes toalhas macias ao meu redor.

— São quatro e quarenta. Acordei você um pouco mais cedo. Desculpe.

Ele com certeza não parecia nada arrependido, pensei, andando pelo quarto em busca do meu vestido. Estava todo amassado no chão. Apanhei-o timidamente, torcendo o nariz. Eu podia enxergar suas manchas a meio metro de distância, e não queria nem imaginar o cheiro.

Olhei de volta para o banheiro.

James estava apoiado na porta, inclinado no batente, com ar sereno, braços cruzados. Seu rosto era inexpressivo; seus olhos, indiferentes. Ele de repente parecia tão ameaçador quanto sua casa opulenta. Talvez eu tivesse abusado de sua hospitalidade.

— Você tem uma camiseta ou alguma coisa que eu poderia pegar emprestada? Não importa o que seja. Eu só preciso dirigir direto daqui até a minha garagem. E não vou usar isto aqui. — Larguei o vestido estragado de volta no chão.

Ele fez que sim, já indo em direção ao armário. Ele saiu com uma camiseta dobrada e uma cueca boxer preta.

— Será que isso aqui serve? — perguntou, a voz inexpressiva.

Afirmei com a cabeça, apanhei as roupas e fui para o banheiro. Eu me troquei e usei o banheiro em menos de um minuto, e em seguida saí.

— Você sabe onde eu deixei minha bolsa? — perguntei.

— Na entrada. Perto das escadas. No mesmo lugar que você deixou as sandálias — ele me disse sem hesitar. Eu nem sequer me lembrava de tê-las deixado lá.

R.K. Lilley

Balancei a cabeça como forma de agradecimento e saí de seu quarto às pressas. Peguei minhas sandálias e bolsa em tempo recorde. Eu o sentia seguindo cada passo meu.

— Hum, tchau — falei, sentindo-me muito desajeitada e fora do meu normal. Eu certamente nunca passei por nenhuma dessas cenas de despedida antes. Eu tinha certeza de que ele não poderia dizer o mesmo. Pelo menos, não era uma grande caminhada da vergonha, já que eu iria direto da sua porta da frente até a minha garagem.

Ele se aproximou de mim, mas não me tocou. Ele ainda usava apenas a toalha. Mantive os olhos firmes em seu rosto. Ele me entregou alguma coisa, e eu vi uma caixinha prateada. Pisquei. James envolveu minhas mãos no objeto.

— É um presente. Só uma coisa que imaginei que você gostaria. Pode abrir mais tarde.

Ele agarrou meus cabelos de repente e me deu um beijo forte na boca. Afastou-se quase imediatamente.

— Eu te ligo — disse ele.

Apenas balancei a cabeça e corri para o meu carro. Eu não tinha tempo para abrir o presente, nem para me preocupar com ele. Precisava correr para chegar ao trabalho a tempo.

Enquanto saía de seu terreno, eu me perguntei onde ele e eu estávamos. Tudo tinha acontecido tão depressa, com tantos altos e baixos, ambos temperamentais um com o outro. Ele disse que me ligaria, mas eu sabia por meio de um monte das minhas amigas que os homens diziam isso sempre, da boca para fora ou não. O pensamento de que eu nunca mais fosse ter notícias dele me deu um nó de náusea e tensão no estômago.

16
Sr. Incrível

Corri para casa e me vesti com pressa. Meu cabelo ainda estava úmido, e meu rosto, sem maquiagem, quando Stephan entrou pela porta da frente.

Ele gritou uma saudação e apareceu no meu quarto um instante depois. Eu sabia que eu estava uma confusão só.

— Teve uma boa noite? — ele me perguntou com um sorriso travesso.

— Foi memorável, disso você pode ter certeza. Não é justo que um homem tão perfeito possa estar solto por aí.

Ele riu.

— Deixa que hoje eu dirijo. Precisamos ir. Você pode fazer alguma coisa com seu cabelo e passar maquiagem no caminho.

Ele notou a caixa prateada que eu tinha jogado na cama.

— O que é aquilo? — ele perguntou, acenando para ela.

Fiz uma careta.

— Um presente do James. Não tive tempo de ver o que era.

Ele a apanhou e a jogou na minha bolsa de viagem, e depois a pendurou no ombro.

— Podemos ver o que é quando fizermos uma pausa. Vamos, Bi.

Trancei meu cabelo úmido enquanto Stephan nos levava para o trabalho. Passei a menor quantidade de maquiagem que consegui dentro do carro. E tive até um instante livre antes de começarmos o trabalho.

Percebi o quanto estava dolorida ao terminar minha maquiagem apressada. Cada balançada no assento me alertava de dores musculares em lugares inomináveis.

Bem, ele *havia* se oferecido para pegar leve. Agora eu percebia o motivo, embora não lamentasse o nosso entusiasmo. Eu também duvidava que ele lamentaria se ficasse sabendo que, cada vez que eu me mexia no assento, pensava nele.

As marcas em meus pulsos haviam desvanecido para um fraco tom cor-de-rosa. Meu velho relógio cobria a marca no pulso esquerdo, e eu não achei que as expostas no direito fossem suficientes para chamar a atenção. Mas, ainda assim, eram todas lembretes que James tinha deixado comigo.

Parte de mim pensava que eu não iria vê-lo nunca mais. Ele tinha sido intenso e apaixonado, mas talvez fosse assim com todas as amantes. Até onde eu sabia, ele já podia ter tido sua dose de mim. Eu me preparei para essa possibilidade.

Fizemos o check-in para a viagem e nos dirigimos ao ônibus da tripulação.

— Devo verificar rapidinho se podemos pegar um turno amanhã? — Stephan me perguntou enquanto esperávamos. — Por outro lado, também não me importaria de tirar o dia de folga. Temos trabalhado muito ultimamente, acho que *merecemos* uma folguinha. Você decide.

Fiz uma careta.

— Vamos ver como será o dia de hoje. Podemos deixar para checar isso na volta.

Ele apenas acenou com a cabeça. Nenhum de nós era muito falante na parte da manhã. E eu ainda não tinha tomado uma xícara de café. *Preciso remediar isso logo*, pensei.

Fiz café assim que entramos no avião e virei uma grande xícara rápido o bastante para queimar a língua. Mas ajudou. Senti como se pudesse sobreviver ao dia depois disso.

As primeiras horas do voo passaram num piscar de olhos. Fizemos um voo completo, e não tivemos chance de comer até estarmos a uma hora e meia de Washington.

Ninguém havia pedido o iogurte grego para o café da manhã, então nós dois o tomamos, em vez de optarmos pelas refeições da tripulação.

— Tá bom, abra essa caixa que o James te deu — disse Stephan imediatamente após ter acabado de comer. — Nós temos um minuto, e estou morrendo de curiosidade.

Eu tinha me esquecido completamente e estremeci quando ele me lembrou. Estava com medo de abrir. Achava meio constrangedor ganhar um presente de alguém que eu nem conhecia direito, e sem nenhum motivo especial.

É melhor apenas acabar com isso do que ficar enrolando, falei para mim mesma.

Quase pedi para Stephan abrir para mim, mas tive a súbita visão embaraçosa dele encontrando um par de prendedores de mamilo naquela caixinha. Eu poderia muito bem imaginar James fazendo esse tipo de coisa. Ou me dar algo ainda mais pervertido que eu sequer reconheceria. Na verdade, quanto mais eu pensava, mais achava que era provável ele ter me dado algum tipo de brinquedo sexual bizarro.

Não tivemos um encontro; tivemos uma sessão de sexo alucinante. Se ele estava me dando um presente que havia imaginado que eu gostaria, não teria alguma coisa a ver com o que ele gostava de fazer comigo?

Eu definitivamente precisava dar uma olhada rápida antes de Stephan. A imagem que eu tinha de repente pintado na minha cabeça seria uma vergonha se acontecesse.

Fui até minha bolsa, peguei a caixa e a abri lentamente, inclinada para mim, com um certo medo do que poderia encontrar ali.

Bem, com certeza não é nada de pervertido, pensei, atordoada. Era um belo relógio elegante. Parecia uma versão muito sofisticada desse meu que eu precisava substituir, de cor prata e ostentando um visor azul-turquesa clarinho. Era evidente que o visor deste era rodeado por diamantes. Até mesmo os marcadores de horas eram pequenos diamantes. Por um momento, eu tive esperança de que fossem apenas zircônia, mas então vi a etiqueta. Eu não sabia absolutamente nada sobre relógios caros, mas até eu reconhecia *essa* marca.

— Oh, Deus — falei, cobrindo a boca com a mão, em estado de choque.

Stephan pegou a caixa de mim e me lançou um olhar perplexo.

— Uau! — disse ele instantaneamente quando deu uma olhada no presente. — Puta merda, um Rolex? — Ele sorriu para mim. Eu sorri fracamente de volta, embora fosse com esforço. — Alguém está caidinho pela minha princesinha.

Eu não achava que fosse isso. De repente, tive o pensamento horrível de que se tratava de seu presente de despedida, seu gesto de "obrigado pelos bons momentos". *Será que ele tinha uma pilha desses relógios em algum lugar para todos os seus casos de uma noite só?*, me perguntei de um jeito mórbido. De repente, senti o estômago revirar.

— Preciso usar o banheiro — disse a Stephan, correndo para o toalete.

Joguei água no rosto, e depois tive que limpar cuidadosamente o rímel debaixo dos olhos.

Eu sabia que isso ia acontecer, mas pensei que ele ficaria interessado por pelo menos algumas noites memoráveis. De modo severo, eu disse a mim mesma que assim era melhor. Se já estava chateada desse jeito por ele me dispensar depois de uma só noite, nem podia imaginar o que uma semana ou um mês fariam. Mas eu iria devolver o maldito relógio. Era demais. Eu não tinha certeza de quanto custava um Rolex, mas estava muito certa de que não era algo que eu poderia ter comprado para mim.

Respirei fundo algumas vezes para me acalmar e voltei.

Quase ao mesmo tempo, Melissa apareceu através da cortina.

— O passageiro da 1A é um gato. Ele é musculoso como um jogador de futebol americano. Também está de Armani. Isso nunca é um mau sinal. — *Oh, Senhor*, pensei, mais irritada ao vê-la do que o habitual. Ela andava perambulando pela primeira classe outra vez.

Stephan estava com a caixa do Rolex aberta, e ainda o estava admirando como se não tivesse desviado os olhos dele desde que eu havia saído. Melissa mirou a joia imediatamente.

— O que você tem aí? — perguntou ela, curvando-se para bisbilhotar antes que qualquer um de nós pudesse responder. Ela arfou de forma mais dramática do que nós dois quando vimos o presente. — Onde você conseguiu isso? – ela perguntou a Stephan, elevando a voz.

Ele sorriu para ela e assumiu um ar claramente presunçoso.

– Pertence à Bianca. Foi o James que deu a ela. Ele está caidinho.

Ela apanhou o relógio da mão dele de repente; sua expressão era furiosa. Ela me lançou um olhar mordaz e, em seguida, estudou o relógio com atenção. Tirou-o da caixinha, olhou atrás e depois dos lados.

– Meu Deus, é verdadeiro. – Ela disse um palavrão. – É um President Datejust de platina. Puta merda. – Ela me lançou um olhar fulminante. – Você tem alguma ideia do quanto isso custa? Você sabe alguma coisa sobre Rolex? – Seu tom era condescendente, e eu meio que perdi a paciência. Eu estava arrancando meu relógio velho antes que pudesse pensar no que estava fazendo.

Apanhei o Rolex da mão dela e estendi o pulso e o relógio para Stephan colocá-lo em mim. Até onde eu sabia, James poderia ligar para Melissa esta noite mesmo, mas, enquanto isso, *eu* usaria o Rolex, e ela, não. Stephan prendeu-o no meu pulso, sem uma palavra, mas eu sabia que ele estava sorrindo.

– Eu não preciso saber muito – acenei meu pulso, agora pesado, para ela – para usar um desses.

Melissa me olhou de cima a baixo, fazendo cara feia.

– Eu não entendo – ela murmurou, saindo com tudo pela cortina. Talvez eu ficasse com ele, pensei, egoísta, se eu só precisasse acenar com a mão para fazer Melissa ir embora.

– Que vadia louca – Stephan disse baixinho.

Lancei-lhe um olhar de surpresa. Ele não costumava falar daquele jeito tão duro. Eu sabia que ele era superprotetor a meu respeito, e ela, pelo visto, tinha mexido tanto com ele quanto comigo.

Voltamos ao trabalho depois disso, e, felizmente, fiquei muito ocupada para pensar em James durante o voo.

Levei uma garrafa de água para o passageiro da 1A. O homem que

Melissa achava que era um gato era, de fato, muito educado e agradável. Ele havia comido tudo o que eu coloquei em sua frente, mas bebeu apenas a água. Para mim, ele tinha um ar de policial federal, embora não fosse. Ou, então, se fosse, não estava em serviço.

Ele parecia estar em alerta constante, olhando ao redor da cabine muitas vezes e me observando muito. No entanto, eu não tive a menor impressão de que ele estivesse interessado em mim a nível pessoal.

— Tem certeza de que não deseja um copo de gelo ou um limão com a água? — perguntei, sorrindo. Eu sempre fiquei mais à vontade com os homens que não se sentiam atraídos por mim.

Ele sorriu de volta.

— Está ótimo assim, mas obrigado.

Continuei pelo corredor, verificando todos os passageiros para me certificar de que não precisavam de nada. Eu sentia seus olhos em mim o tempo todo. Ele estava usando um pequeno laptop durante a maior parte do voo, mas parecia estar mais de olho na cabine do que na tela do computador.

Estranho, pensei, distraída.

Stephan e eu nos sentamos para o desembarque pouco tempo mais tarde. Nós dois estávamos olhando para o meu pulso.

— Eu sei que é vergonhoso para você falar sobre isso, mas ele foi bom pra você, na sua primeira vez? Doeu muito? — Stephan me surpreendeu com a pergunta. Mas seu tom era sério e preocupado, então eu senti a necessidade de responder.

Encontrei seu olhar preocupado.

— Doeu — respondi enfim, com cuidado. — Mas foi bom. Ele foi bom. Ele é incrível na cama, faz coisas… não são necessariamente as coisas normais. Coisas que eu adorei, embora eu não tenha certeza se deveria. — Fui deliberadamente vaga, mas ainda, de alguma forma, eu sentia que tinha revelado muito. Corei e olhei para baixo.

Ele acariciou minha mão.

— Provavelmente existe uma razão para você não ter sentido necessidade de se envolver com nenhum homem antes dele. Talvez as coisas que ele faz preencham alguma necessidade sua. Não há nada para se envergonhar. Somos todos moldados pela infância. Aceitar suas preferências não é o mesmo que ser vítima delas. Contanto que você goste do que ele faz e que você não sofra, eu digo que tem mais é que se divertir. Você merece.

Descansei a cabeça em seu ombro.

— Você sempre me faz sentir melhor — eu disse a ele. Com uma quantidade surpreendente de pânico, eu me perguntava se teria mesmo a oportunidade de me divertir dessa forma novamente.

— Falou e disse, princesinha.

17
Sr. Desesperado

Nós pousamos antes da hora. Enquanto o avião esvaziava, percebi que provavelmente conseguiríamos retornar a Las Vegas no horário previsto.

Porém, minhas esperanças tiveram curta duração. Fomos informados de que estávamos atrasados devido ao mau tempo por uma hora, pelo menos. Tempestades de trovões estavam encobrindo nossa rota para casa, embora o clima em Washington parecesse estar bom e calmo.

Os comissários da cabine principal decidiram se aventurar no aeroporto para matar o tempo. De uma hora para a outra, nos vimos com tempo demais de sobra, quando, logo antes, estávamos com pressa.

Declinei do convite de me juntar a eles. Eu só queria me sentar e dar uma olhada no celular com relativa privacidade. Os pilotos se juntaram aos demais comissários. Stephan ficou a bordo comigo, sentado no assento de primeira classe ao lado do que eu estava usando para descansar.

Eu estava com a bolsa de voo aberta no chão, na frente dos meus pés. Com receio, procurei pelo telefone e o liguei. Havia uma chamada não atendida, um correio de voz e duas mensagens de texto. Verifiquei a caixa postal primeiro.

Tive que me esforçar para continuar respirando quando a voz de James soou no meu ouvido.

"Oi", ele começou. Houve uma longa pausa antes de continuar. *"Eu não quero que você pense que sou um perseguidor nem nada, mas eu gostaria de ouvir sua voz se você tiver um tempinho para me ligar quando estiver em terra. Não consigo parar de pensar em você. Sei que está no meio de um voo e que o celular está desligado, mas mesmo assim eu não consegui deixar de ligar."*

"Quero te ver esta noite. Tenho certeza de que você está dolorida." Sua

voz ficou carregada de repente. *"Preciso beijar cada parte do seu corpo que eu deixei com dor."* Ele pigarreou. Minha mão estava tremendo. *"Espero que pense em mim toda vez que doer quando você se sentar. Estou sentindo sua falta."* A mensagem terminou, e eu baixei o telefone, trêmula. Pelo visto, ele ainda não tinha se cansado de mim, afinal de contas.

Minha sensação súbita e profunda de alívio era humilhante, mas impossível de ignorar.

Stephan estava curvado ao meu lado, escrevendo. Ele gostava de ficar em dia com sua papelada de voo.

— Tudo bem? — ele me perguntou sem olhar para cima.

— Sim — respondi com a voz baixa. Olhei o celular para verificar as mensagens. Também eram de James.

James: Como você está? Gostou do presente?

James: Pensando em você. Você foi incrível ontem à noite. Absolutamente perfeita. Não consigo parar de pensar nisso. Estou com dificuldade de trabalhar. Nunca fui distraído desse jeito na minha vida.

Eu estava lendo a segunda mensagem, talvez pela sexta vez, quando meu telefone tocou. Levei um susto. Quando vi que era James, minha mão foi parar no coração disparado. Respondi depois de um momento de indecisão angustiante.

— Alô — falei, minha voz ofegante.

— Bianca — James sussurrou, sua voz profunda soava muito contente. — Achei que não conseguiria falar com você. Como está se sentindo?

— Bem — respondi. Olhei para Stephan e depois me levantei para caminhar até os fundos do avião.

— Você está com dor? — ele perguntou.

— Estou bem dolorida — eu disse a ele e ouvi sua respiração parar.

— Posso ir à sua casa hoje à noite?

Suspirei com pesar.

— Estamos atrasados em Washington. Não dá pra saber a que horas eu vou chegar em casa, por isso hoje não é um bom dia. Tenho que fazer algumas coisas de manhã, mas devo estar livre à noite. A gente ia pegar uma escala bate e volta amanhã, mas acho que não vai ser possível com esse atraso.

— Apenas me ligue quando estiver de volta em Las Vegas. Posso ir mesmo se for tarde.

— Vou estar cansada e ranzinza.

— Vou mesmo assim. Ligue quando pousar em Las Vegas — disse ele, novamente com a voz carregada; uma ordem. — Que coisas você precisa fazer de manhã? Talvez eu possa ir junto.

— Coisas em público — falei, contrariada com sua insistência em nos encontrarmos apenas em particular.

Ele fez um som de "tsk tsk" pelo telefone.

— Meu motorista pode nos levar. Eu transformo o carro no meu escritório durante a manhã e trabalho um pouco enquanto você faz suas compras ou qualquer outra coisa que precise.

Bufei.

— É bobagem. É melhor eu ligar quando terminar. Vou com o Stephan.

— Ele pode ir. Tenho certeza de que não se importaria se a gente usasse o meu carro. Pergunte a ele. Gostou do presente?

Sua tática de mudar de assunto funcionou, e meus olhos dispararam para o relógio requintado no meu pulso.

— É lindo. Estou com o seu relógio em um pulso, e sua marca à mostra no outro — contei em voz baixa, pois sabia que isso o deixaria louco. O rosnado que chegou ao meu ouvido foi gratificante. — Mas não posso ficar com ele. Não sei nada sobre relógios, mas até eu sei que essa coisa é muito cara.

Seu tom de voz era firme e tinha um toque de comando quando ele respondeu:

— É um presente. Você precisa escolher suas batalhas, Bianca, e esta você não vai vencer. Não vou mais pedir para você trabalhar para mim ou me deixar sustentá-la, mas vou te dar tantos presentes quanto eu quiser. O preço do relógio não é nada para mim, mas ter escolhido algo que você ache lindo me deixa muito feliz.

Fiquei ruminando isso por um longo tempo. *Será que eu poderia apenas ceder?* Mentalmente, me preparei para fazer isso. Eu estava transando com um homem que tinha uma quantia obscena de dinheiro. Eu ia ter que ceder em algum momento. E depois eu devolveria tudo o que ele me desse quando a gente parasse de se ver. Esse pensamento fez a concessão mais fácil.

— Está bem. Obrigada. O visor é da cor dos seus olhos. Você fez de propósito, para eu pensar em você o tempo todo?

Ele riu, um som de alívio, de alegria.

— Vou usar todos os truques sujos que existirem para ficar na sua mente. Mas isso não me ocorreu, embora eu goste da ideia. Pense sobre olhar nos meus olhos quando eu te faço gozar todas as vezes que olhar as horas.

— Oh — suspirei, visualizando a imagem.

— Você está molhada? — ele perguntou. Seu tom mudou de lúdico para sério em um instante. Maldito manipulador.

— Estou, Sr. Cavendish.

— Está sozinha? — ele perguntou com voz autoritária.

Olhei para a frente do avião e, em seguida, fui para a cozinha dos fundos. Stephan não havia nem se mexido e não havia mais ninguém no avião.

— Mais ou menos. Estou na cozinha dos fundos, e Stephan está na primeira classe. Todos os outros saíram do avião para pegar comida.

— A cozinha tem cortina? — perguntou, quase de modo indiferente.

— Uh-hum. — Minha voz era um murmúrio necessitado.

— Feche-a atrás de você — ele pediu. Eu fechei. — Agora, levante a saia e acaricie de leve as pétalas do seu sexo. — Perdi o fôlego, mas usei a mão para obedecer. Eu estava dolorida, mas tão molhada de ouvir sua voz que mesmo assim era gostoso. — Agora, introduza dois dedos. — Atendi, ofegante. — Dói?

— Sim, ah, sim. Está bem machucado ainda.

— Ah, linda, eu queria te beijar. Acaricie de leve. Fique aquecida para mim. — Sua voz estava ficando mais e mais áspera, e eu me perguntava se ele estava se tocando também.

Resolvi perguntar.

— Estou — ele respondeu entre os dentes. — Mas não vou me fazer gozar. Vou guardar tudo para você. Vou esperar, mesmo se você precisar se resguardar por alguns dias. Agora pare de se tocar. Você goza fácil, e não quero que goze até me ver de novo.

Obedeci, fazendo um pequeno som de protesto no fundo da garganta.

— Preciso manter o meu pau fora de você por alguns dias enquanto você se recupera, mas existe um monte de outras coisas que ainda podemos fazer. Vou te devorar até você me implorar para eu parar. Tenho uma fantasia de gozar no meio dos seus peitos. Você não vai se arrepender se eu insistir em passar na sua casa hoje à noite, prometo.

Fiz um pouco de barulho no fundo da garganta. Se era um som de acordo ou de frustração, eu não sabia dizer.

— Que dia você volta para Nova York? — ele perguntou depois que minha respiração se acalmou. Ele falava de um jeito que parecia que não tínhamos conversado sobre nada momentos antes.

Filho da puta volátil, pensei.

— Quinta-feira à noite. Tenho três dias de folga depois de hoje, mas preciso pegar pelo menos mais um turno como este de hoje, provavelmente na quarta.

Ele fez um som de desaprovação, mas acabou dizendo:

— Então você tem dois dias de folga depois de hoje?

— Tenho. Quando você volta pra Nova York?

— Quinta-feira à noite.

— Oh. — Fiquei surpresa. — No meu voo?

— Sim. No voo noturno, correto?

— É, o mesmo da semana passada. Por quanto tempo você pode continuar fazendo isso? — perguntei, me referindo ao seu recente hábito de me seguir pelo país todo.

— Bem, tenho boas pessoas trabalhando para mim, então devo conseguir continuar por algum tempo. Posso fazer maravilhas com apenas um telefone e um computador hoje em dia. Existem algumas vantagens em ser o chefe. E tempos desesperados exigem medidas desesperadas.

— Tempos desesperados? — questionei.

— Ah, sim. Você me deixa absolutamente desesperado, Bianca. Eu nunca tinha perseguido uma mulher antes de te conhecer. Estou com uma calcinha rasgada sua no bolso neste momento.

Eu estava com medo até de perguntar sobre isso.

Ouvi vozes e olhei por entre as cortinas. A tripulação tinha retornado, carregando pacotes de comida e café.

— A tripulação voltou — eu disse a ele, reajustando a saia e, em seguida, arrumando a cortina do jeito que ela estava antes. — Agora eu tenho que ir.

Ele fez um som frustrado no meu ouvido.

— Ligue-me quando você voltar a Las Vegas — disse. E xingou. — A espera vai me deixar louco.

— Tchau — falei, desligando rapidamente assim que Brenda se aproximou da cozinha dos fundos. Ela pareceu surpresa ao me ver ali.

Ergui o telefone.

— Só fazendo uma ligação. Tenho uma tendência a andar enquanto falo no telefone.

Ela sorriu.

— Também faço isso. Acho que ainda dá tempo de você pegar algo pra comer no aeroporto, se você se apressar. Agora eles estimam o atraso em uma hora e meia.

Eu gemi.

Ela se sentou no assento da tripulação e pegou um sanduíche de dentro de um saco de papel, apontando para ele.

— Este lugar é bom. É bem na frente do portão.

Balancei a cabeça em sinal de agradecimento e comecei a caminhar para a frente do avião.

Meu telefone apitou com a chegada de mensagens de texto. Olhei para a tela e sentei em um dos assentos de passageiros na cabine principal para começar a ler.

James: Desligar na minha cara também vai render um castigo.

Bianca: Desculpe. Reação instintiva ao ver colegas de trabalho enquanto estou no meio de uma conversa indecente. Então você vai me punir esta noite, hein?

James: Não. Você se livrou até eu ter certeza de que se recuperou de tanto termos fodido forte ontem à noite. Gostou do chicote?

Bianca: Tenho uma preferência pelo chicote. Quantas chicotadas eu vou levar por desligar na sua cara?

James: 10.

Bianca: Adoro o chicote, mas quero que você use o que quiser em mim. Quero agradar você.

James: Você agrada. Não duvide. E eu vou usar o que eu quiser. Mal posso esperar para ter você no meu apartamento em Nova York. Tenho um parque de diversão para nós lá.

Bianca: Seu quarto em Las Vegas parecia um parque de diversões.

James: Foi só um aperitivo, princesinha.

Eu não sabia o que dizer depois disso, então coloquei o celular no bolso do colete e voltei para a frente do avião.

18
Sr. Possessivo

No fim das contas, não deixamos Washington até estarmos com um atraso de bem mais de três horas.

Em dado momento, Stephan e eu saímos do avião brevemente para buscar um sanduíche e uma xícara de um bom café. O café do avião era bebível, mas apenas se nada melhor estivesse disponível.

Eu vi o homem de poltrona 1A ainda fazendo hora perto do nosso portão. Acenei para ele com a cabeça de forma educada, mas achei estranho que ele ainda estivesse ali.

Nós estávamos atrasados, mas ele já tinha chegado ao seu destino.

O que ele está fazendo ainda aqui no portão, horas depois de ter aterrissado?

Ele estava conversando com um outro homem que era quase uma cópia idêntica dele. Eles tinham aproximadamente o mesmo tamanho, ambos de cabelo escuro, e até mesmo vestindo ternos e gravatas semelhantes. Eles me lembravam tanto de oficiais que eu até cutuquei Stephan com o cotovelo.

— Estamos com a polícia federal no nosso voo?

Ele seguiu meu olhar, avaliou os homens grandes e, em seguida, negou com a cabeça.

— Se for, ainda não me informaram sobre isso. E com o atraso, não posso imaginar que eu não ficasse sabendo até agora. Mas eles parecem mesmo policiais. Vai ver são apenas agentes do FBI em viagem, ou alguma coisa.

Fazia sentido, por isso desviei o foco daquele assunto.

No entanto, eu quase trombei com eles quando peguei meu pedido de sanduíche, já que estavam na fila atrás de mim e eu não sabia.

Acenei com a cabeça educadamente para eles ao passar, e ambos retribuíram o gesto, um deles com um celular no ouvido.

— Tudo bem, senhor, ela está bem. Sem problemas. Sim, senhor — ele dizia.

Voltamos à aeronave depois de pegarmos nossas guloseimas e termos passado por uma grande multidão inquieta. Atrasos nunca deixavam o voo agradável. Não havia nada que nenhum de nós pudesse fazer a respeito do clima, mas muitos dos passageiros se sentiam pessoalmente ofendidos pelo inconveniente, e os ânimos não estariam a nosso favor durante o longo voo para casa. Levei numa boa. Era tudo parte do trabalho.

Foi um alívio finalmente decolar e ter algo para fazer além de esperar e verificar se tinha chegado mensagem no meu telefone.

James não tinha me mandado mais nada. Por fim, cerca de uma hora antes da partida, eu apenas desliguei meu aparelho, assim eu parava de olhar.

As primeiras três horas foram um borrão em que me ocupei do serviço. O homem na poltrona 1A tinha sido substituído pelo outro com quem ele estava falando no aeroporto. Ele se comportava de uma maneira quase idêntica, até comendo do mesmo jeito, aceitando todas as comidas que estávamos servindo, mas bebendo apenas água. Uma vez, ele desviou e pediu um café puro, mas foi a única diferença entre um passageiro e outro.

Stephan também notou a troca estranha de agentes.

— O cara que estava na 1A agora está nos fundos do avião. E esse que está na frente estava atrás no último voo.

Arregalei os olhos para ele.

— Devemos nos preocupar?

Ele fez uma careta.

— É estranho. Mas eles foram muito calmos e bem-comportados até agora. Se isso mudar, eu falo com os pilotos. Quem sabe, talvez eles estivessem fazendo uma entrega em Washington. Ou buscando alguma coisa.

Tivemos uma pequena pausa, e depois nos ocupamos novamente. Eu estava terminando de prender meu último carrinho quando senti as rodas do avião descendo para fazer o pouso.

— Vamos, Bi — Stephan me disse, já de cinto de segurança. Sua voz tinha uma leve súplica. Ele sempre ficava nervoso por eu me sentar no último minuto. Stephan, o Sr. Segurança.

Eu havia lhe dito sobre o plano de James nos levar para fazermos compras na manhã seguinte. Ele pareceu animado com a ideia, o que foi um alívio. Se Stephan gostasse de James, tornaria tudo mais fácil. Não importava que o acordo pudesse durar pouco.

Tínhamos aterrissado e estávamos no ônibus da tripulação antes de eu me lembrar de ligar o celular.

Havia três chamadas perdidas e uma mensagem de texto. As chamadas tinham sido feitas em algum momento antes da decolagem; o texto, durante o longo voo.

James: Por que você desligou o telefone uma hora antes de o avião começar a taxiar?

Franzi a testa. Eu tinha feito isso para não sentir a tentação de olhar o celular a cada cinco segundos. A questão era: como ele sabia disso? Eu supunha que ele poderia ter rastreado o voo pela internet com bastante facilidade.

Perseguidor, pensei ao responder a mensagem.

Bianca: Pare de me perseguir. Espero que isso não vá acordar você, mas estamos de volta a Las Vegas.

Ele respondeu quase que instantaneamente.

James: Estou a caminho da sua casa. Eu disse para me mandar mensagem assim que chegasse a Vegas.

Bianca: Estou trabalhando. Você não pode mandar em mim no meu trabalho.

James: Você está redondamente enganada. Experimente. Vou bater em você na sua cozinha.

Guardei o celular. Isso não chegaria a lugar nenhum se eu precisava estar dentro de um ônibus cheio de colegas de trabalho. Ignorei os dois apitos seguintes que indicavam mensagens de texto.

Stephan nos levou para casa em um silêncio confortável.

— Amanhã vou dormir até tarde. Mande mensagem quando você quiser sair — ele me disse ao entrar com o carro em seu terreno.

— Claro que sim — respondi, saindo do carro.

Congelei quando me aproximei da minha casa. Um SUV preto estava estacionado em frente a ela, de motor ligado, fazendo um ruído suave. Um arrepio percorreu minha espinha

— Stephan — eu chamei, minha voz um pouco em pânico. Ouvi seus passos logo atrás de mim para me alcançar.

James saiu da parte de trás do SUV, e eu me senti quase fraca de alívio. Stephan soltou um belo palavrão atrás de mim.

— Deus, eu pensei por um segundo que... — A voz de Stephan sumiu.

Eu apenas balancei a cabeça, sem olhar para ele. Eu sei o que ele pensou, o que nós dois pensamos, por um instante terrível. Tentei não dar importância enquanto James se aproximava de nós.

— Tudo bem? — ele perguntou.

Nós dois apenas balançamos a cabeça.

Ele acenou para Stephan ao caminhar ao meu lado, colocando a mão firme na minha nuca.

Ele gosta desse lugar, pensei, inclinando-me um pouco em seu corpo. Ele me lançou um olhar quente em resposta.

— Boa noite, Stephan — ele cumprimentou em tom educado e já foi me levando dali.

— Boa noite — Stephan respondeu.

Entrei com ele na minha casa, digitei rápido o código de segurança e abri as fechaduras

— Legal. Gosto do seu sistema de segurança — disse James atrás de mim. Eu achei que ele aprovaria.

— Gosto de me sentir segura em casa — falei levemente.

Entramos e segui direto para o meu quarto, onde deixava a bolsa de viagem quando estava em casa.

— Gostei da sua casa — James falou da sala de estar que também funcionava como hall de entrada. Fui até ele depois de guardar a bolsa.

Sorri, embora não chegasse a atingir meus olhos, aceitando o elogio. Acho que para ele parecia um armário.

— É pequena, mas é minha.

Ele olhou para a coleção de aquarelas que eu tinha organizado em cima da lareira.

— São excelentes — elogiou, observando as pinturas atentamente.

— Obrigada — respondi, corando.

Eu jamais tinha exposto minhas pinturas por toda a casa pensando que alguém como *ele* fosse ver. As que ele estava observando eram uma coleção de paisagens desérticas que tinham foco nas cores. Havia várias e em tamanho pequeno o bastante para eu ter organizado todas mais ou menos como um mosaico. A maior parte das pinturas era de algumas das montanhas que cercavam o vale de Las Vegas. Eu tinha exagerado nas cores, tornando-as mais profundas e mais ricas, quase um caleidoscópio. Em outras, eu tinha pintado *closes* de plantas sozinhas com as mesmas cores fortes.

— Foi você quem pintou? — ele perguntou, parecendo surpreso.

Confirmei balançando a cabeça, caminhando até a mesa ao lado do sofá para endireitar alguns livros que estavam espalhados desordenadamente. Eu não tinha limpado a casa para receber visita, embora, vivendo sozinha, costumasse manter as coisas em ordem.

— Estou impressionado. Você tem mais?

Dei de ombros.

— É apenas um hobby. Você vai ver que a minha casa está cheia de pinturas. Sei que são amadoras e simples, mas é um jeito barato de decorar. E pintar é uma boa válvula de escape para eu aliviar o estresse.

— Eu não acho que são amadoras. Acho encantadoras. — Sua voz era calma, e eu queria acreditar nele, mas falei para mim mesma que ele estava apenas me elogiando para me agradar, dizendo coisas que não achava de verdade.

— Humm, obrigada — respondi, desconfortável. Eu não queria gostar dele mais do que já gostava.

— Posso ver mais? — ele perguntou, sorrindo para mim calorosamente.

— Estou exausta — respondi, hesitante em mostrar mais alguma coisa. Estava começando a me perguntar por que tinha aceitado com tanta facilidade que ele fosse passar a noite em minha casa. Isso já estava começando a parecer estranhamente íntimo demais para o meu gosto.

Ele franziu a testa.

— Claro. Desculpe. Posso ver amanhã de manhã. Vamos levar você para a cama.

Eu já estava indo para o meu quarto, desfazendo a gravata no caminho. Fui até o closet, tirei as roupas de trabalho e as pendurei ali.

Podia sentir James me observando pelas costas. Ele já tinha visto tudo, mas eu ainda sentia uma vergonha estranha.

Ignorei a sensação e tirei a roupa até ficar só de meias. Soltei a cinta-liga e deslizei as meias para baixo com cuidado. Eu odiava que elas desfiassem. Podia acabar saindo caro se eu não cuidasse bem delas.

James ainda estava completamente vestido, de braços cruzados, quando terminei.

Ele só estava me observando.

Senti-me terrivelmente estranha. Deveria vestir alguma coisa para ir para a cama? Ou era bobagem? Desabotoei o sutiã e o deixei cair ao chão. Agora eu usava apenas uma calcinha pequena de renda preta, e não conseguia ler o olhar direto de James.

Passei por ele, ainda não acostumada à sua passividade, e senti uma estranha vontade de fazê-lo entrar em ação.

Tirei meu novo relógio, os brincos e os coloquei em uma gaveta segura na penteadeira localizada ao lado do meu banheiro. Lavei o rosto e passei hidratante.

Ele continuou a me observar atentamente.

Escovei os dentes e subi na cama. Deitei-me de costas, e ele veio para ficar em cima de mim, ainda apenas olhando. Eu estava começando a ficar nervosa.

Apalpei os seios, apertando os mamilos. Fiquei vigiando seu rosto para ver se arrancava alguma reação. Ele sugou o ar ruidosamente. Tirou a camiseta de gola V escura com um movimento fluido.

— O que você quer fazer com eles? — perguntei, massageando os seios com força.

— Caralho! — ele xingou, abrindo as calças. — Continue fazendo isso.

Eu fiz, e ele estava nu em tempo recorde. Subiu em cima de mim, montando nas minhas costelas, e posicionou a ereção enorme e dura entre os meus seios. Suas mãos cobriram as minhas num movimento firme, e ele puxou meus seios ao redor do pau, bombeando entre eles uma, duas vezes. Engoli em seco. Eu nem sabia que as pessoas faziam isso, mas achei muito excitante.

Não existe um centímetro do meu corpo que ele não queira foder. Era um pensamento inebriante.

Ele recuou e se posicionou sobre o meu corpo. Eu protestei.

— Quieta — ele me disse, jogando minhas pernas sobre seus ombros, e enterrando o rosto entre as minhas coxas. Ele começou a lamber suavemente. Levantou a cabeça depois de apenas algumas passadas de sua língua, apoiando o rosto na minha pélvis. — Assim dói?

— Não — respondi sem fôlego.

Ele voltou ao trabalho, lambendo cada dobra até eu estar agarrada ao seu cabelo, no limite.

— Goze — ele falou no meu núcleo, acariciando meu clitóris com um dedo talentoso. Um toque suave, mas foi o suficiente. Eu gozei, gritando com a voz rouca. Ele tinha conseguido sintonizar meu corpo com o seu toque, como um instrumento. Era intoxicante e alarmante.

Ele esfregou a ereção pelo meu sexo com muito cuidado. Depois, veio cobrindo meu corpo de novo e pousou o membro agora úmido entre meus seios. Seu olhar era inescrutável.

— Vou foder todas as partes do seu corpo. Nenhuma parte sua vai permanecer intocada.

— A noite toda? — perguntei, rouca de paixão.

Ele riu e deu um sorriso perverso. *Homem caprichoso.*

— Não. Não tenho pressa. Pretendo ir com calma, violando cada centímetro seu. — Com esse pronunciamento sinistro, ele começou a bombear em ritmo constante.

Meus olhos percorreram seu belo corpo enquanto ele se movia. Seus músculos trabalhavam de forma extraordinária. Seu abdome flexionava com cada movimento, seus braços estufavam enquanto ele mantinha meus seios na posição para seu pau.

Eu não sabia onde colocar as mãos, por isso eu as passava por todo ele, me deleitando com sua pele firme com a ponta dos dedos.

— Olhe para mim — ele me disse quando meus olhos vagaram por tempo demais.

— Eu amo seu corpo.

Ele gozou no meu peito, nem mesmo tentando conter a semente quente que cobria meus seios em jorros. Ao terminar, ele desceu sobre meu corpo e se posicionou sobre meus quadris. Ficou olhando meus seios molhados e depois começou a espalhar o sêmen para cobrir todo o peito e as costelas.

— Hum... — ele murmurou, ainda esfregando. — Minha.

Não demorou para que o fluido pouco familiar começasse a se tornar pegajoso.

— Não se mexa. Hora de limpar você. — Ele se foi e depois voltou rapidamente com toalhas molhadas e mornas e, com elas, me limpou inteira.

Deve ter encontrado as toalhas de rosto debaixo da pia do meu banheiro, eu notei de um jeito meio desconectado do momento. Ele ficava à vontade na minha casa, mexendo nas minhas coisas sem pedir. Eu não tinha energia para me importar e, além do mais, sua eficiência era conveniente demais para que eu não apreciasse o momento.

Fechei os olhos, pronta para desmaiar.

Ele se deitou ao meu lado, puxou-me de volta para seu peito e passou um braço por cima de mim.

— Minha — ele sussurrou no meu ouvido. Eu flutuei num sono profundo e prazeroso.

19
Sr. Incansável

O dia estava claro quando acordei. Eu me espreguicei, sentindo-me dolorida, mas bem. Estava sozinha na cama, mas senti o cheiro do café.

Vesti a primeira coisa que vi no meu armário. Era uma camisola fina de algodão que eu usei na primeira noite que passei com James no hotel.

Segui lentamente até a cozinha. Estava vazia, por isso fui até a pequena sala de jantar adjacente. Eu me inclinei no vão da porta para absorver a visão que me receberia ali.

James não vestia nada a não ser uma confortável cueca boxer cinza-escura.

Até as cuecas parecem caras, pensei.

E segurava uma caneca de café em uma das mãos enquanto a outra percorria sem parar o cabelo cor de areia. Ele estava observando as pinturas que eu havia pendurado nas paredes. Observei suas costas impecáveis. Eram bronzeadas, claro. E os músculos definidos saltavam delas. Porém, de alguma forma, também eram elegantes, como o resto dele. Sua bunda parecia esculpida em pedra. Involuntariamente, senti vontade de mordê-la, mas contive o estranho ímpeto.

Lambi um dedo ao me aproximar dele, depois estrefeguei com força na pele de seu ombro.

Eu conhecia muitas garotas que faziam bronzeamento artificial com produtos em spray. Se essa cor fosse aplicada, um esfregãozinho revelaria o segredo. O adorável tom dourado não saiu.

James lançou-me um olhar surpreso por cima do ombro.

— Está se divertindo aí atrás? — perguntou.

Baixei a mão, sorrindo inocentemente para ele.

— Desculpe, me ignore.

Ele levou minhas ações estranhas na esportiva e se virou para continuar apreciando a parede.

Virou para me olhar, e seus olhos eram intensos.

— Você vende? — James indicou a parede de arte com um aceno.

Sacudi a cabeça.

— Não, é só um hobby.

Ele arqueou a sobrancelha para mim e ergueu a xícara.

— Fiz café.

Assenti.

— Obrigada.

Entrei na cozinha para pegar uma xícara para mim também. Ele foi atrás e beijou a lateral do meu pescoço.

— Como você está se sentindo? — ele murmurou na minha pele.

— Bem — respondi, tomando um longo gole do líquido escuro.

— Achei uma tortura me levantar da cama com você ali deitada ao lado. Eu queria que acordasse comigo dentro de você. Mas isso vai ter que esperar. Você ainda está machucada.

Esfreguei as costas contra seu peito.

— Como você sabe? — perguntei.

Ele ficou imóvel.

— Acho que não sei. — James suspirou, um som pesado, e depois se afastou. — Você vai me mostrar a casa? Quero ver tudo.

Dei de ombros. O pensamento me deixou autoconsciente. Eu adorava minha casa e era relativamente nova, em boas condições, mas comparada ao que ele estava acostumado parecia bem pobre. Ainda assim, eu mostrei as coisas.

A sala de jantar e a cozinha eram interligadas, assim como a sala de estar e o hall de entrada, por isso a visita foi curta. Minhas pinturas estavam penduradas em toda parte. Ele ia fazendo longas pausas para observar todas com atenção especial.

— Não sei se gosto da quantidade de quadros de outro homem que você tem pendurados pela casa — ele me disse com as sobrancelhas erguidas.

Fiquei vermelha, mas só porque tinha me lembrado da pintura que eu havia começado de James, que estava em um cavalete no meu quintal. Eu havia esquecido de trazer para dentro e fiquei preocupada brevemente que o clima a tivesse arruinado no dia em que passei fora. A vontade que eu tinha de que ele não a visse era quase mais forte do que meu desejo de que a imagem não tivesse sido arruinada.

Eu daria uma olhada depois, decidi rapidamente.

Quanto ao seu comentário sobre a porção de pinturas de Stephan pelas paredes, eu simplesmente ignorei. Não me preocuparia em responder a qualquer coisa sobre mim e Stephan. Ou ele estava brincando, ou estava com ciúmes. Nenhum dos dois importava. Se ele tinha um problema com Stephan, eu lhe mostraria o caminho da rua.

— Vocês dois são parentes de alguma forma? — James perguntou de repente, captando o jeito como eu havia ficado tensa.

— Não de sangue, mas ele é minha família. Minha única família. — Eu estava rígida enquanto observava seu rosto à procura de uma reação. Era um momento decisivo para nós.

Ele apenas assentiu, parecendo pensativo, mas me fazendo relaxar no mesmo instante.

— Eu gosto dele. Parece que protege você — James disse por fim.

Eu me senti tão aliviada que até me assustou. Não queria lhe mostrar o caminho da porta da pior maneira possível. *Esse* pensamento me fazia sentir um pouco de pânico.

— Você não faz ideia — falei.

Seu olhar se tornou afiado e ele ficou tenso.

— Do que você está falando? Eu gostaria de fazer uma ideia, por favor.

Apenas sacudi a cabeça, chutando-me em pensamento por ter dito algo de modo tão descuidado. A mera ideia de "não fazer ideia" deixaria um homem como ele louco, por isso eu encontrei uma resposta aceitável.

— Só que estamos juntos desde os catorze anos e ele sempre me protegeu, desde o dia em que nos conhecemos.

— Juntos? O que isso significa exatamente?

Dei de ombros.

— Sabe, inseparáveis. Melhores amigos.

Ele me pegou levemente pela nuca. Seu toque era suave, mas os olhos se mostravam duros e investigadores.

— O que eu teria de fazer para você se abrir para mim? — ele perguntou baixinho.

Eu não gostava dessa linha de conversa, e minha mente logo começou a trabalhar furiosamente para tentar sair dela.

— Imagino que você seja tão fechado quanto eu, Sr. Cavendish. Então me diga. O que faria você se abrir para alguém? — perguntei, pensando que a tática funcionaria bem.

Eu imaginava que a resposta de James seria a mesma minha: *nada*.

— Por você, eu faria uma troca de informações. Você diz alguma coisa e eu faço o mesmo. Parece justo?

Olhei-o de um jeito inquieto. Mesmo contra minha vontade, eu me sentia tentada. Com razão.

— Posso escolher as informações? — perguntei com cautela.

Ele deu de ombros.

— Aceito se for tudo o que eu puder ter. Vou fazer o mesmo. Eu começo. Meus pais morreram quando eu tinha treze anos. Fui deixado sob a guarda de um primo mais velho. Eu o detestava. Ele morreu um ano e meio depois, e foi um dos melhores dias da minha vida. Eu não gostei do meu guardião seguinte, minha tia Mildred, mas ela era uma santa comparada ao primeiro.

Meus olhos se arregalaram em choque. Era uma revelação estranhamente pessoal e aleatória para me fazer conhecer algo sobre ele. Eu sinceramente esperava que ele não tivesse expectativas iguais a meu respeito. Pensei muito sobre algo para lhe dizer que eu aguentasse revelar. Suspirei pesado quando me dei conta da melhor forma de distraí-lo.

— Comecei a pintar um quadro seu. Está no quintal. É constrangedor admitir, mas não consegui parar — falei. Era o menor dos males, de longe, dentre todas as coisas que surgiram na minha cabeça.

Ele sorriu e foi um sorriso de parar o coração.

— Então você pensa em mim, pelo menos um pouco, quando não estou te perseguindo incansavelmente. — Ele seguiu para o meu quarto, onde havia uma porta de vidro que deslizava e levava ao quintal.

— Um segundo. Preciso colocar o código — falei e rapidamente fiz isso.

— Por acaso eu mencionei que gosto do seu sistema de segurança? — James me disse quando me juntei a ele no meu quarto.

Ele abriu a grade de proteção que ficava do lado de fora da porta de vidro. Era feia, mas me fazia sentir segura, e as grades de barras tinham se tornado populares em Las Vegas devido aos excessivos arrombamentos, por isso era comum encontrá-las por aí. Não fazia minha casa se destacar. Eu havia posto grade na porta de vidro do quarto e também cobrindo todas as janelas.

— Que bom que agrado — eu disse, e ele me lançou um olhar sensual.

— Você não faz ideia, Bianca — ele repetiu minhas palavras anteriores, e contive o ímpeto de responder que eu gostaria de fazer ideia.

Ele foi direto ao cavalete sem nem perguntar. Eu apenas o segui. Era um preço muito pequeno a pagar pelo conhecimento que ele havia acabado de me dar. James era órfão como eu, e tinha passado por maus bocados. Não era sem-teto, mas talvez tivesse sido mais solitário. Não havia sido abençoado ao encontrar um Stephan, como eu tinha.

Ele estudou a pintura como fazia com quase tudo. Intensamente. Era apenas um esboço, só o rosto e parte do tronco, vestindo uma camiseta de gola V como ele usava às vezes. James fez um murmúrio de apreço no fundo da garganta.

— É muito bom. Você vai me dar de presente quando terminar?

Sacudi a cabeça.

— Eu ia pendurar no meu quarto para me masturbar olhando-a — falei, brincando apenas em parte.

Sua reação foi gratificante. Ele me lançou um olhar que era puro calor e contentamento.

— Se algum dia você quiser que eu pose, é só falar.

Meu rosto se iluminou com a oferta.

— Sim, eu quero. Tenho resultados muito melhores quando pinto com modelos.

Fiz um gesto para a visão das montanhas atrás da minha casa.

— É por isso que tenho tantos quadros delas. — Tentei conseguir a coragem de pedir para ele posar nu, mas não consegui.

— Você tem um quarto além do que vi. Mostre-me.

Enruguei o nariz para ele. Ele era incansável, percebi, prestes a explorar todos os detalhes da minha vida.

Ele tocou meu nariz com um dedo.

— É bonitinho quando você faz isso.

Meu nariz se enrugou ainda mais, mas depois eu tentei relaxá-lo. Ser chamada de bonitinha por ele não me agradava. Na verdade, me irritava.

Quantas meninas bonitinhas será que ele traça durante uma semana? Tantas quanto ele quiser, eu supunha.

— Meu quarto de hóspedes é minúsculo, e por enquanto serve só para guardar coisas. Basicamente, nele estão todas as pinturas que não tenho onde pôr.

Ele começou a se mover instantaneamente em resposta a isso.

— Eu adoraria vê-las.

Soltei um ruído de frustração, mas o homem sempre fazia o que queria.

Eu me inclinei no vão da porta enquanto ele remexia com rudeza no meu quarto de hóspedes. Havia uma pequena cama, mas até mesmo ela estava coberta de caixas e pinturas. O cômodo me deu vergonha. Eu precisava muito organizá-lo.

James soltou um som de prazer e tirou uma tela entre uma das muitas fileiras de pinturas apoiadas na parede.

Essa era outra razão pela qual eu fazia aquarelas. Elas ocupavam bem pouco espaço quando terminadas. Apenas uma folha de papel, a menos que eu emoldurasse, enquanto minhas numerosas pinturas de tinta acrílica e algumas a óleo estavam em telas que haviam dominado o quarto. Minhas aquarelas, muito mais numerosas, ocupavam apenas um pequeno baú no canto.

Era um autorretrato, eu vi, e ele o admirava. Eu me encolhi de leve. Autorretratos não eram meus favoritos. Normalmente, eu só fazia quando estava sem inspiração. Aquele eu tinha pintado há alguns anos.

Eu tinha usado uma foto que Stephan tirou de mim quando eu não estava olhando. Era meu semblante tranquilo e composto, e despertou meu interesse me pintar numa situação daquelas, tão enigmática. Eu tentava me comportar daquele jeito e sabia que as pessoas me enxergavam como inescrutável, mas eu raramente me sentia assim. Eu gostava que os outros me encarassem dessa forma, por isso tinha feito a pintura.

Nela, eu estava apoiada em um balcão do nosso apartamento antigo. Meus braços estavam encostados ali, minha cabeça, inclinada para cima ligeiramente. Meus olhos tinham um tom pálido e transparente de azul.

Estávamos dando uma festa no nosso pequeno apartamento, eu me lembrei. A foto havia sido a tentativa de Stephan de me colocar na diversão. Nem cheguei a notá-lo até que ele tivesse tirado várias fotos minhas. Usei a primeira delas para fazer a pintura.

— Quero essa — James me disse baixinho. — Posso comprar?

Olhei-o de um jeito bem direto.

— Isso é ridículo. Pode ficar com ela, se quiser. Eu nunca penduro autorretratos. Nem posso imaginar por que você iria querer ficar com isso. Onde penduraria coisas como essas?

Ele apenas sorriu.

— Plural. Isto é, você tem mais?

Revirei os olhos.

— Tenho. Estão aqui em algum lugar. Como você pode ver, não está nada organizado. Não sei dizer onde está nenhuma obra específica.

James começou a mexer entre minhas coisas com mais foco.

Suspirei, resignada a aceitar sua estranha vontade de vasculhar cada parte da minha casa.

— Vou fazer o café da manhã. Você pode ficar com os quadros que quiser, mas não os leve só para me agradar, por favor. — Saí antes que ele pudesse comentar.

20
Sr. Flexível

Fiz ovos com presunto. Eu precisava ir ao mercado, então era só o que tinha na geladeira no momento. Eu tinha que manter a cozinha limpa, comprando apenas o que pudesse usar na hora ou coisas que durassem semanas antes de estragar. Era uma das necessidades do meu emprego.

Fiz uma grande porção para James, e um prato mais razoável para mim. Eu sabia, da minha longa experiência com Stephan, que um homem do tamanho de James, não importava o quanto estivesse em forma, precisava de muita comida. Fiquei feliz em encontrar um pequeno pedaço de cheddar de sabor bem acentuado para colocar em cima. Tudo simples, mas gostoso.

Levei os pratos e garrafas de água gelada para o quarto de visitas.

James estava vasculhando a bagunça com a mesma concentração.

Vi que ele tinha encontrado mais quatro pinturas para acrescentar à sua coleção. A que estava por cima era uma pintura a óleo de um lírio. Achei uma escolha estranha para ele. Coloquei o prato em cima da cama sobre a qual ele estava debruçado, procurando.

Tentei não olhá-lo quando me sentei em outro ponto livre com o prato equilibrado no colo. Ele continuava só de cueca e era mais do que distrativo.

— Fiz ovos com presunto — anunciei por fim, ao ver que ele continuava vasculhando. — Não é nada chique, mas está esfriando.

Ele se virou, sentado de pernas cruzadas no chão e pegando o prato. Ele sorriu para mim de um jeito quase infantil.

— Para mim isso parece Natal. Não é sempre que eu encontro alguma coisa que eu quero e não tenho.

Posso realmente acreditar nisso, pensei. Apesar disso, o que eu não conseguia imaginar era por que ele iria querer minhas pinturas. Eu ainda desejava apenas pensar que ele estava querendo me agradar para me levar para a cama. O que, obviamente, já não era mais necessário a essa altura. Isso, eu achava, era o que me deixava tão confusa.

Ele limpou o prato muito depressa. Eu ainda não tinha terminado nem a metade do meu quando ele deu a última garfada.

— Estava uma delícia. Obrigado — disse ele, e em seguida voltou ao trabalho.

Terminei de comer e depois olhei as pinturas que ele havia escolhido até o momento. Três dos meus autorretratos e o lírio. Enquanto eu as observava, ele encontrou meu baú de aquarelas. Ele já foi abrindo como se tivesse todo o direito do mundo. Por algum motivo, eu nem tentei pará-lo.

Ele acrescentou mais duas pinturas à sua seleção quase imediatamente. Mais autorretratos, eu notei.

Comecei a ficar nervosa de vê-lo procurar dentro do baú. Estava me lembrando de um autorretrato um tanto constrangedor que eu tinha enterrado no fundo para esconder.

— Preciso sair para resolver umas coisas logo. Não tenho absolutamente nenhuma comida pro almoço, entããããão…

— Humm — ele resmungou, mas continuou vasculhando. Ele selecionou mais duas grandes aquarelas e as colocou sobre a pilha. Eram paisagens das montanhas de Las Vegas, parecidas com as que eu tinha na minha sala de estar. Na verdade, eu gostava mais delas do que das que acabaram ficando sobre a lareira, mas eram grandes demais para o mosaico.

Eu soube quando ele encontrou a pintura com a qual eu estava preocupada. Ele tirou uma pintura menor e parou, sugando o ar com força. James a observou por tanto tempo que eu fui até ele para ver se minha suspeita era verdadeira. Claro que era.

Tratava-se de um papel não muito pequeno. Meu único autorretrato nu. Olhando para ele naquele momento, não achei tão constrangedor quanto achei que seria. Pelo menos, era uma imagem melhor do que eu me lembrava.

Eu estava sentada em uma cadeira no meu quarto, na frente do espelho de corpo inteiro. Estava bem reta e tinha até mesmo feito o pincel na minha mão e o cavalete com a tela na qual eu trabalhava. Meus seios estavam inteiramente à mostra, embora minhas pernas estivessem fechadas com pudor. Digo, pudor para um nu. Apenas um toque discreto do que havia entre elas era revelado. Meu olhar era direto, embora os olhos estivessem bem abertos. Minha mão livre estava sobre a coxa, crispada. Meus pés descalços estavam arqueados, as unhas dos pés eram cor-de-rosa. O cabelo estava solto, embora não cobrisse nada.

— Maravilhoso — disse James, traçando um dedo sobre o papel. — Não sei onde pendurá-lo. Eu deveria era queimar para ninguém mais vê-lo, mas eu não poderia fazer isso. É perfeito demais.

Sua mão disparou para a minha perna onde eu estava, atrás dele. Dei um salto, assustada.

— Você é perfeita demais. Preciso viajar com esta aqui pessoalmente. Você tem uma pasta onde eu possa colocá-la?

Coloquei a mão no baú, mas James continuou com a sua mão na minha coxa, agarrando firme mesmo quando eu dei um passo à frente. Tirei dali uma pasta azul-marinho. Eu tinha pastas dessas em toda parte, pois eram úteis para guardar aquarelas.

— Aqui. Mas, se você pegar essa pintura, é justo que eu possa pintar um nu seu.

— Como quiser, princesinha — ele me disse, virando-se para plantar um beijo duro na minha barriga antes de esconder o nu na pasta.

— Vá tomar um banho. Eu vou cuidar para que essas pinturas sejam transportadas e emolduradas. — Ele estendeu a pasta. — Menos esta. Essa aqui eu vou carregar comigo. — E saiu do quarto a passos largos.

Involuntariamente, eu estava tremendo, mas segui para o chuveiro sem falar mais nada.

Fiquei lá por uns bons dez minutos antes que James aparecesse atrás de mim. Eu já tinha me lavado, mas ele me ensaboou de novo sem pedir, tocando meu corpo em toda parte. Sua ereção dura como pedra pressionava minhas costas. Mexi o corpo, esfregando-me nela, mas ele afastou meus quadris com delicadeza.

— Não até eu ter verificado se você está machucada — ele disse com aspereza. Mas continuou a me tocar, acariciando meus seios com cuidado por longos minutos. Tombei a cabeça para trás, e minha mente se descontrolou. — Eles também devem estar doloridos, mas não consigo manter minhas mãos longe. Meu autocontrole, pelo visto, vai pelos ares quando o assunto é você. Nunca tive esse problema antes. — Sua voz era áspera no meu ouvido, como se ele estivesse me contanto um segredo indecente. Isso me deixou com um tesão enorme.

Então, ele desligou a água. Em seguida, me enxugou, secou-se depressa e enrolou uma toalha ao redor da cintura.

— Fique de costas na cama — ele mandou.

Fui até a cama e senti sua enorme presença atrás de mim a cada passo. Deitei de costas e os cabelos molhados se espalharam atrás de mim como um leque.

Ele afastou minhas pernas ao puxar meus quadris até a beirada da cama. Ele era mais habilidoso do que bruto quando lidava comigo. James se ajoelhou entre minhas pernas usando um toque leve para me observar. Eu deveria ficar envergonhada, mas já tinha superado essa parte.

— Não me importa se doer — falei. E era verdade. Naquele momento, eu não me importava, embora, no dia anterior, no trabalho, eu estivesse extremamente dolorida.

— Quieta — ele me disse com a voz severa. — Meu controle está por um fio, mas você está muito ferida ainda. Eu tomei você com muita força na primeira noite e depois naquela manhã. Porra, não acredito que fiz tudo isso com uma virgem. Me sinto um cretino vendo toda essa pele rosada ferida. — Seus dedos ainda estavam tocando gentilmente as pétalas do meu sexo. — Mas minha vontade de foder você ainda é tão forte que nem consigo ver direito.

Eu me mexi de encontro a seus dedos.

— Então me fode. Por favor.

Ele deu uma palmada forte na lateral da minha bunda.

— Não faça isso. — Ele me encarou com olhos bonitos e perturbados.

— Vou precisar ter mais cuidado com você. Não percebi que você pudesse aguentar tanto sem protestar, por isso continuei. Porra! Eu não deveria ter continuado depois da primeira vez, mas vou me lembrar daquela noite enquanto eu viver. Foi perfeita.

Suas palavras estavam me deixando febril. Eu acariciava meus seios enquanto ele reclamava. Recebi um olhar duro. Duro, mas quente.

— Bom, vamos ter que fazer alguma coisa a respeito disso. — Um dedo errante encontrou minha bunda. Fiquei rígida na hora. Ele riu e recuou. — Isso não.

Sem outra palavra, ele enterrou o rosto entre minhas pernas com determinação, e me fez exclamar seu nome em um orgasmo em menos de um minuto. Depois, subiu sobre o meu corpo para me dar um beijo molhado. Passei as mãos em todos os lugares que eu consegui alcançar.

— Adoro seu corpo. Nunca tenho oportunidade de tocar você o suficiente. E quero fazer isso — murmurei na sua boca quando ele recuou.

James caiu de costas na cama quase na mesma hora, cedendo ao meu desejo. Ele dobrou os braços bronzeados e musculosos atrás da cabeça, sorrindo. Sem dúvida, esta manhã, ele era um amante todo cheio de ternura. Eu notava apenas vislumbres do seu lado dominador.

— Fique à vontade, amor.

Não hesitei, usando as duas mãos para acariciar seu abdome rígido. Esse abdome todo definido fazia Brad Pitt no auge parecer fichinha.

Beijei cada gomo conforme minhas mãos subiam, então, lambi. Ele sugou o ar com força. Passei para o peito. Seus pequenos mamilos me deixavam louca, um toque mais escuro do que sua pele perfeita. Eu acariciei e lambi até o pescoço. Tudo a respeito dele era tão longo... O braço, as pernas, o tronco.

Meu olhar foi descendo até sua ereção pulsante. Também era longa, muito dura e grossa. O que eu mais queria sentir era o gosto dela, mas sabia que minha exploração acabaria se eu sequer a tocasse. Voltei ao pescoço, passando para a linha definida entre os peitorais. Eu me aconcheguei ali e demorei um pouco.

Eu adorava esse ponto, me sentia quase confortada quando enterrava o rosto lá. Eu me deixei ficar assim por longos minutos. Depois, relutantemente, me afastei.

Suguei um mamilo e mordi de leve. Como ele não protestou, mordi mais forte, depois suguei.

Ele gemeu. Minhas mãos trilhavam seus braços enquanto eu passava de um mamilo ao outro. Ele era tão duro, mas sua pele era incrivelmente macia. Eu estava ficando tão excitada com isso que fui trilhando um caminho de beijos direto para o seu pau. Eu havia perdido o controle para ficar longe.

Apalpei o escroto e coloquei lábios molhados na cabeça do membro ao me acomodar para um ângulo melhor. Ele agarrou minhas coxas e me moveu até eu montar sobre seu rosto. Fiquei chocada quando sua língua começou a me lamber desse ângulo. Sua mão foi até a parte de trás da minha cabeça e levou minha boca para sua ereção.

Ele falou encostado em mim; sua voz era um ruído baixo que vibrou por meu corpo. Estremeci com a sensação e com suas palavras.

— Não goze até eu falar que pode. Quero que a gente chegue ao clímax ao mesmo tempo desse jeito.

Não respondi, não dava, pois eu o sugava na minha boca avidamente. Quanto mais ele lambia e se aconchegava em mim, mais furiosamente eu chupava. Eu bombeava seu membro duro com as duas mãos, como ele havia me mostrado, tomando o máximo dele que conseguia com a boca.

Uma vez que recuperei o fôlego e respirei na cabeça vermelha ao senti-lo sugar meu clitóris, seu pau ergueu-se furiosamente e eu o peguei de volta com a boca.

— Goze, Bianca — ele sussurrou no meu núcleo.

Nessa hora, eu gozei, chupando com força, cobrindo os dentes com os lábios. Ele se derramou na minha boca no mesmo momento e eu engoli, sentindo ondas de espasmo me percorrerem.

21
Sr. Mandão

James me virou de barriga para baixo, e seus dedos roçaram de leve minhas coxas e nádegas enquanto ele me observava.

— Aqui já se recuperou bem. Sua pele adora umas boas palmadas. — Sua mão vagou entre minhas pernas, acariciando delicadamente como um sussurro. — Você estaria em boa forma se eu não tivesse sido tão duro. O jeito que eu te comi na sua primeira vez... Não posso parar de pensar nisso, mas ainda não acredito que não tive mais autocontrole.

Fechei os olhos, apenas desfrutando de seu toque.

— Eu adorei. Não ia querer de nenhuma outra forma.

Ele afagou meu cabelo com essa resposta.

— Isso é porque você foi feita para mim. Mas eu ainda preciso te dar alguns dias para se recuperar, e isso eu lamento. — De repente, ele me deu uma palmada na bunda. — Vá se vestir, princesinha — falou e dirigiu-se à pequena mala que tinha trazido para passar a noite e que havia sido deixada ao lado da porta do quarto.

Ele mergulhou a mão dentro dela, tirou uma cueca boxer, depois passou para o meu closet. Eu não havia me dado conta de que ele tinha pendurado roupas ali. E muito mais do que o suficiente para passar uma noite, o que eu achei curioso. Talvez ele simplesmente gostasse de ter opções para escolher, ponderei.

James então deixou de olhar suas roupas e foi para as minhas, escolhendo um vestido branco de verão com girassóis.

— Vista isso — ele me disse, e eu não protestei. O vestido era bem confortável. Peguei um sutiã e uma calcinha da cômoda. Ele me seguiu para lá, vasculhando a gaveta sem perguntar. — Legal — disse. — Encomendei mais algumas dúzias de conjuntos. A última linha de defesa entre mim e o seu sexo está destinada a sofrer algumas baixas.

Dei risada com a imagem mental. *Homem estranho, controlador e engraçado*, pensei.

Fui até meu banheiro para me vestir; James causava distrações demais.

Depois que me troquei, mandei uma mensagem para Stephan dizendo que estávamos quase prontos, e que eu ia bater à porta dele quando fosse a hora.

Stephan estava sempre parecendo um modelo, mas nunca precisava de mais do que dez minutos para ficar pronto. Eu achava esse detalhe ao mesmo tempo conveniente e enfurecedor, dependendo da época do mês.

Sentei-me na frente da penteadeira e usei o secador de cabelo por mais ou menos um minuto. Eu deixaria secar ao natural pelo resto do tempo. Ficaria lisinho quando seco, por isso eu não me preocuparia. Apliquei só um leve toque de maquiagem.

James havia se vestido depressa e estava sentado na minha cama, me observando, de cabelo molhado. Ele vestia uma bermuda cargo azul-marinho que me deixava apreciar suas longas e musculosas panturrilhas. Estava combinada com uma camiseta cinza-clara de gola V justa o bastante para me distrair. Era o traje mais casual que eu já tinha visto nele.

Ele passou os dedos para pentear o cabelo e parecia pronto para sair.

Olhei feio para ele e disse:

— Não é certo alguém ficar tão lindo com tão pouco esforço.

Ele apenas sorriu.

Coloquei o relógio, embora eu não costumasse usar relógio em nenhum lugar que não fosse no trabalho, onde era exigido. Achei que agradaria James. E estava certa. Ele afagou meus ombros, os olhos cálidos ao me observar no espelho. Acomodei o corpo na carícia, fechando os olhos. Suas mãos eram mágicas, sem dúvida. Ele parou e me colocou de pé, puxando minhas mãos.

— Vamos.

Uma limusine SUV estava estacionada do lado de fora. Disparei um olhar para ele.

— Não é meio grande para rodar na cidade? — perguntei.

Ele deu de ombros.

— Preciso trabalhar um pouco quando vocês entrarem nas lojas. Achei que seria mais confortável.

Ele me puxou pela mão, me levando para a casa de Stephan. Ele bateu, e Stephan abriu a porta quase imediatamente.

Meu amigo sorriu para nós ao sair e trancar. Estava vestindo uma bermuda cargo xadrez e uma polo azul-clara. Hoje era o garoto Abercrombie em toda a sua glória.

Stephan beijou minha bochecha como forma de cumprimento.

— Bom dia, linda. Você está radiante hoje.

Eu corei.

James apertou minha mão.

Seguimos primeiro para minha loja favorita de artigos para artes. Era do outro lado da cidade, então eu completava meus estoques de materiais quando ia lá, já que não era sempre. James estava praticamente colado ao meu lado na limusine, com um braço ao redor dos meus ombros. Stephan escolheu um assento que ficava de lado no carro, e ali ficou confortavelmente.

— Eu poderia me acostumar com isso. Obrigado por levar a gente, James — Stephan falou com um sorriso feliz.

James respondeu com um aceno da cabeça de forma cordial enquanto uma de suas mãos acariciava meus cabelos. Foi um pouco estranho no começo, mas eu me obriguei a relaxar com seu toque. Não era que eu não gostasse. Aliás, minha relutância tinha mais a ver com gostar demais.

O telefone de Stephan apitou com uma mensagem, e ele o pegou, murmurando:

— Desculpe.

Ele deu um gritinho quando leu a mensagem.

— Legal. O Damien e o Murphy pegaram uma linha que espelha todas as nossas viagens à Nova York este mês. Eu sabia que eles estavam tentando isso já há alguns meses, mas nunca dava certo. O período novo começa esta semana, então, eles vão estar com a gente na escala deste fim de semana.

Sorri.

— Legal — disse eu.

James me olhou com uma cara interrogativa. Tentei traduzir o jargão de comissários para ele em linguagem corrente.

— O Damien e o Murphy são nossos amigos pilotos que sempre voam juntos. Eles receberam um novo cronograma e vamos fazer várias das nossas escalas em Nova York junto com eles.

— A Melissa vai *amar* o Damien — Stephan murmurou, escrevendo uma mensagem freneticamente.

— E não vamos ter que ver mais ela dar em cima daquele piloto casado — eu disse, observando James com atenção. Eu não queria que ele ficasse de fora da conversa.

— Por que ela vai amar o Damien? — James perguntou a Stephan, a voz inflexível.

— Bom, ele é um capitão, então, tem um salário decente. Além disso, é gato. Tem um sotaque australiano e parece o Colin Farrell. — Enquanto falava, nem por um momento Stephan tirou os olhos do celular. *Ele está tuitando sobre isso? Vai saber.*

Dei risada.

— É verdade, eu nunca tinha pensado nisso.

— Melissa vai ficar no pé dele como uma cadela no cio.

Empalideci um pouco ao ouvir o palavreado de Stephan. Não era o jeito dele, mas eu sabia por que ele tinha tamanha aversão a ela. Ela havia despertado o lado protetor de Stephan pela forma como me tratava.

Olhei para James. Seus olhos eram frios; algo o havia aborrecido. *Era porque Melissa daria em cima de Damien? Ele estava interessado nela? Será que ela havia dado o número de telefone para ele como tinha falado?* Eu não queria perguntar, então desviei o olhar.

Estávamos virando na Ramrod Street quando eu expliquei para James.

— Pode ser que a gente demore um pouco aqui. Eles têm uma seção onde podemos construir nossas próprias molduras, e Stephan precisa enquadrar uma pintura.

James apenas assentiu e tirou o laptop da pasta. Então perguntou:

— Você tem uma lista de compras do supermercado?

— Tenho.

Ele estendeu a mão.

— Vou dar ao Clark. Ele pode ir ao mercado aqui do lado. Stephan, se você também tiver uma lista, deixe-a comigo. Eu cuido disso.

Comecei a protestar, mas James apenas estendeu a mão.

— Você vai cozinhar para mim nos próximos dias. Acho justo. Stephan, você vem jantar com a gente hoje à noite?

Stephan aceitou o convite alegremente. Lancei um olhar cálido para meu amigo. James sabia me agradar, disso eu tinha certeza.

— Vocês dois gostam de sushi? — James perguntou.

Nós dois fizemos que sim.

— Ótimo. Tem um restaurante muito bom a uns cinco minutos daqui. Vamos parar lá quando vocês tiverem terminado. — Com isso, ele retornou a atenção para o laptop e dispensou a gente. Saímos da limusine sorrindo um para o outro.

— Seu namorado é mandão — Stephan disse para me provocar.

Fiz uma careta.

— Ele não é meu namorado. Só nos conhecemos há alguns dias. E eu não acho que ele é do tipo que namora.

Ele ergueu uma sobrancelha.

— Então, que tipo ele é?

Acenei para a limusine.

— O tipo que faz essas coisas. Acho que ele busca freneticamente relacionamentos discretos e físicos.

Stephan enrugou a testa para mim de um jeito meio perturbado.

— E o que você acha disso?

Dei de ombros.

— Não tenho certeza. Não quero pensar muito a respeito. A ideia de algo permanente me deixa apavorada, então talvez isso seja o ideal para mim.

Ele pegou minha mão, parecendo triste.

— Não vá sofrer, princesinha.

Dei de ombros.

— Viver dói. Contanto que não nos mate, temos que suportar.

Ele engoliu em seco, concordando com a cabeça. Eu sabia que ele queria dizer mais, mas segurou a língua para impedir que os humores ficassem sombrios, como poderia acontecer.

Parei na calçada antes de entrar na loja e olhei para ele bem nos olhos.

— Acho que ele é bom para mim, de certa forma. Parece que não consigo resistir e tenho que enfrentar meus medos quando estou com ele. É libertador, mesmo que um pouco apavorante.

Parei e respirei fundo algumas vezes.

— Acho que eu vou. Vou à polícia. Eu preciso contar o que vi — falei baixinho, me referindo ao incidente que já tinha uma década, mas que ainda me atormentava.

Seu olhar procurou o meu. Ele sabia do que eu estava falando, mas queria saber o porquê.

— Eu preciso do fechamento. Está sempre em algum lugar no fundo dos meus pensamentos. E estou cansada de viver com medo. Se eu der o depoimento, talvez aquele monstro vá parar atrás das grades, onde ele não pode pôr as mãos em mim. E algum tipo de justiça pode me trazer algo semelhante à paz.

Ele assentiu.

— Então me conte quando. Vou estar lá com você.

— Logo. Talvez depois que essa bolha com o James estourar. Em uma semana ou duas.

Sua mão apertou a minha.

— Eu entendo como um relacionamento pode aterrorizar você, de todas as pessoas, mas não significa que você não deveria tentar algo mais.

Apenas sacudi a cabeça.

— Não posso nem sequer pensar nisso agora, Stephan. Não com o James. Acredite em mim, estou bem com o jeito que está. Eu me sentiria melhor, no entanto, se você aprovasse.

Ele passou o braço ao meu redor e apertou.

— Eu aprovo tudo o que te faça feliz. Mas, se você sair sofrendo ao fim disso, aquele imbecil rico vai ter que me processar, porque eu *vou* quebrar a cara dele.

Fiquei chocada com as palavras, embora seu tom fosse quase leve. Observei-o atentamente. Ele, como eu, tinha uma longa e sórdida história com violência.

Stephan foi criado em um meio mórmon rígido. Ele era um cavalheiro à moda antiga por causa disso, o que sempre achei irresistível e charmoso. Eu estava muito convencida de que foi essa criação que o transformou em um romântico inveterado, sempre pensando que todo mundo merecia um final feliz, com seu único amor verdadeiro. Isso também me encantava. Ele era dono de muitas qualidades profundamente arraigadas que eu sempre atribuía à sua criação religiosa. Porém, ele não havia se encaixado bem no molde que seus pais designaram para ele.

Stephan tinha nove anos quando seu tio começou a abusar dele sexualmente. O cara doentio era irmão de seu pai e também um pilar da comunidade religiosa, detendo uma posição um pouco mais elevada do que a do próprio pai do meu amigo.

O pai de Stephan tinha enxergado o irmão mais velho como modelo. Quando Stephan, de dez anos, havia tentado falar com o pai sobre isso, acabou fortemente repreendido. Ele me contou que não havia sido alvo de violência de seu pai antes disso. Mas aconteceu muitas vezes depois.

O pai o chamou de mentiroso e o culpou por eventos que ele nem sequer admitia que tivessem acontecido. Ele começou a se ofender com cada pequena coisa que Stephan fazia, chamando o menino de "errado" e de "desviado".

Os espancamentos aumentaram cada vez mais até Stephan começar a lutar para se defender. Ele sempre foi um garoto grande para a idade, e me disse que tinha conseguido se defender bem do pai depois de algum tempo.

Stephan suportou o abuso quase constante até os quatorze anos, quando disse que estava tão farto que nem se importava mais se vivesse ou morresse. A essa altura, ele havia confessado aos pais que era gay. O pai o espancou severamente, mas também sofreu as consequências causadas por um Stephan agora bem forte, que ele acabou expulsando de casa.

Meu amigo sempre odiou violência, mas seu pai imbecil tinha feito com que ele acabasse se tornando bom nisso já em tenra idade.

Cutuquei Stephan nas costelas.

— Você odeia brigar — eu disse a ele.

— Sim, é verdade. Mas sou bom nisso. E estou supondo que o Sr. Cavendish nunca teve que lutar dentro de um ringue para não morrer de fome.

Eu vacilei, lembrando-me desses dias.

— Não vá chegar a esse ponto, ok? Vou ficar muito bem quando acabar, e você não vai nem sequer pensar em dar um soco.

Stephan assentiu, mas eu não estava totalmente convencida. Por fim, eu o arrastei para dentro da loja. Já tínhamos passado tempo suficiente nos detendo em coisas desagradáveis.

22
Sr. Atencioso

Stephan foi direto para as molduras, enquanto eu peguei um carrinho de compras para encher com os meus materiais. Comprei bastante coisa.

Eu estava num espírito criativo, então escolhi telas de vários tamanhos e ainda mais papel para aquarela. Selecionei algumas novas cores acrílicas cuidadosamente, encontrando até um azul absolutamente perfeito. Para mim, pintar era lidar com cores.

Apanhei algumas dúzias de tubos de aquarelas que precisavam ser substituídas. Também abasteci meus estoques de itens de limpeza que, na loja de tinta, eram mais baratos do que em qualquer outro lugar. Eram os preços dessa loja que me faziam cruzar Las Vegas para fazer compras.

Levei uns bons cinco minutos para localizar um pincel pequenininho de zibelina que eu usava para fazer detalhes. Era um modelo que eu tinha que substituir frequentemente. Quando as cerdas começavam a amolecer, não me serviam mais. Comprei dois e algumas novas tintas a óleo, já que agora eu economizaria dinheiro no supermercado.

Era uma sensação agradável, um alívio, na verdade, ser capaz de comprar algumas coisinhas extras para o meu adorado passatempo. Tentei não me sentir culpada por permitir que alguém me ajudasse desse jeito. Mas tinha sido difícil não recusar a oferta. Quer dizer, a ordem.

Meu carrinho estava estranhamente cheio quando finalmente procurei Stephan, que ainda agonizava sobre a escolha de moldura. Ele era muito exigente com a decoração da sua casa. Isso tornava duplamente lisonjeiro para mim que ele escolhesse decorar quase todas as suas paredes com as minhas pinturas.

Ele me mostrou as cinco opções às quais ele havia reduzido a escolha. Eu me concentrei imediatamente na que era escura, pesada e entalhada rusticamente.

— Esta aqui — falei.

Ele me olhou com seu melhor olhar suplicante de "Gato de Botas". Eu sorri, começando a montar a moldura para ele. Era o que eu já tinha planejado fazer. Stephan a destruiria, e eu tinha jeito para esse tipo de coisa.

Deixei-me levar durante o processo, usando a imagem que Stephan tinha trazido para dar uma boa olhada no meu trabalho. Martelei os pregos em forma de V de leve e devagar, que era o segredo. Stephan tendia a fazer o prego atravessar do outro lado com uma só martelada forte.

Quando enfim terminei, segurei a arte pronta para Stephan ver, sorrindo. Ele sorriu de volta. Ele havia se ocupado no celular durante todo o tempo em que eu trabalhava, o que era seu hábito. Ele era a borboleta social da nossa dupla, constantemente mandando mensagens para alguém, atualizando a página no Facebook ou disparando tuítes.

Fui na frente em direção à única fila de caixa aberto. Eu estava começando a sentir um pouco de remorso pelo rompante de compra quando vi a conta começar a subir ainda mais do que eu tinha previsto. Eu realmente não queria ter que devolver coisas. Era uma vergonha que eu não sofria há anos.

Seria por pouco, percebi, acompanhando o valor final da compra subir cada vez mais. Porém, quando saquei o cartão de débito, a caixa levantou a mão.

— Já foi tudo pago, senhora.

Fiquei sem palavras enquanto ela ensacou o último dos itens. Eu me senti ao mesmo tempo agradecida e impotente.

Provavelmente essa foi a intenção dele, pensei distraída.

As compras de Stephan também estavam pagas, embora ele não tivesse arrebentado a boca do balão tanto quanto eu.

— É errado permitir que ele faça tudo isso, não é? — perguntei a Stephan.

Stephan deu de ombros.

— Por quê? Ele fez algo legal, foi atencioso. Não é um crime deixar que ele paparique você.

Clark nos encontrou no meio do caminho até o estacionamento e empurrou nosso carrinho de compras, de modo solícito. Ele conseguiu ao mesmo tempo empurrá-lo até o carro e abrir a porta antes que pudéssemos chegar a ela.

— Obrigada, Clark — eu disse a ele com um aceno de cabeça e um sorriso caloroso.

Ele me deu um sorriso surpreendentemente tímido em troca. Ele era um negro grandão, careca e com grandes óculos escuros. Seu terno parecia caro e profissional. Sua aparência era muito intimidante, mas ele tinha o mais gentil dos sorrisos. Clark acenou com a cabeça educadamente.

— O prazer é meu, Srta. Karlsson — disse, surpreendendo-me por saber meu sobrenome.

Deslizei para o assento confortável ao lado de James, que estava ao telefone, com o computador aberto. Ele não olhou para mim ou falou, apenas colocou a mão de forma possessiva no meu joelho quando me sentei ao seu lado.

Stephan saltou em seu assento, sorrindo. Percebi que ele amou receber o tratamento real de hoje.

Levei um tempão para silenciar meus protestos. Negar algo para mim era fácil. Negar a Stephan, por outro lado…

James permaneceu no telefone enquanto Clark começava a dirigir. Ele estava dando respostas curtas, bruscas e frias para a pobre alma na outra extremidade. Sua mão de vez em quando apertava a minha perna, quando ele ficava tenso.

— Se eu precisar encontrar uma nova administração para os meus escritórios de Nova York, é isso que eu vou fazer. Espero um nível de competência que você não está me provando ter no momento. — Ele parou por um instante, agarrando minha perna.

Ele olhou para mim com ar ausente, e seu aperto se transformou em um afago de desculpas.

Clark parou o carro, saiu e foi até um restaurante japonês. Devia ser aquele que James tinha comentado. Ele apenas ficou no telefone, ouvindo e apertando minha perna.

Clark estava de volta ao carro com uma rapidez surpreendente, os braços cheios de sacolas para viagem. Ele começou a dirigir novamente, e presumi que estávamos indo para casa.

— Como é que eu fico ausente de todas as outras propriedades por semanas ou meses e nelas as coisas continuam funcionando sem problemas? Me parece óbvio que é uma questão de gestão. — A voz de James estava cada vez mais agitada. Disparei um olhar a Stephan. Ele estava no telefone, é claro.

Minha mão cobriu a de James, experimentando, em seguida, correu para o braço, evitando cuidadosamente o local em seu pulso onde havia as linhas finas de cicatrizes. Eu sentia uma curiosidade ávida a respeito delas, mas é claro que não perguntaria. Isso daria margem a questionamentos semelhantes a meu respeito.

Agarrei a parte de trás do seu bíceps, esfregando de forma hesitante. Eu não estava acostumada a essa coisa de tocar em outra pessoa.

Debrucei-me nele, colocando o rosto em suas costas quando ele se inclinou para frente. Desci uma das mãos para sua perna e outra para o ombro, massageando com cautela.

Ele congelou ao meu toque. Comecei a recuar, mas ele afastou o telefone do rosto.

— Não — ele me disse, colocando minha mão de volta em sua perna. Nenhum de nós estava acostumado a que eu tocasse, mas não parecia indesejável.

Esfreguei sua perna levemente e ele pareceu relaxar, pouco a pouco.

— Faça acontecer. Esta é a sua chance de provar a si mesmo, para o melhor ou para pior. — Ele finalizou a chamada, fechando o minúsculo laptop e o arrumando dentro da bolsa perto de seus pés.

Ele lançou um breve olhar para um ocupado Stephan. Então, agarrou a parte de trás da minha cabeça e segurou meu cabelo com firmeza. Ele me beijou. Foi um beijo quente, e eu tentei recuar; isso não era jeito de se comportar na frente de Stephan. Mas ele me abraçou mais forte, varrendo a língua dentro da minha boca. Eu tinha acabado de começar a amolecer quando ele se afastou.

— Você me deixa louco quando me toca — ele sussurrou, rouco. — Lembre-se disso da próxima vez que me tocar na frente de outras pessoas. Ter plateia ou mesmo estar em público não vai me impedir de retribuir o toque. Essa é a minha única advertência.

Ele se acomodou no assento, mas me puxou com força contra seu lado.

Por acaso ele queria deixar claro na frente de Stephan que era meu dono? A gente nunca sabia quando se tratava dele.

— Como foram as compras? — ele perguntou.

— Ótimas. Obrigada por… hum… me comprar tudo.

Ele me surpreendeu com outro beijo duro.

— Eu que agradeço por todas aquelas pinturas lindas que você me deu tão generosamente, sem nem pensar em recompensa.

Fiquei vermelha. Eu não ficava confortável com elogios em geral e elogiar minhas pinturas era uma novidade, já que tão poucas pessoas as tinham visto.

Stephan finalmente baixou o celular. Ele havia colocado a pintura dentro de uma sacola e a havia trazido para o carro com a gente. Então ele a tirou e mostrou orgulhosamente para James.

— Ela não é incrível? — ele disse com orgulho. — Até mesmo montou a moldura.

James observou a pintura.

— Ela é sim.

— Toda a minha casa é coberta com as pinturas dela. Vamos comer lá, para que você possa ver tudo?

James concordou prontamente.

— Sim, obrigado. E eu tenho um favor para te pedir, Stephan. — O braço de James ficou firme ao meu redor quando ele falou, quase como se tivesse medo de que eu fosse tentar me desvencilhar quando ele falasse as próximas palavras.

— Claro. O quê?

— Eu estudei extensivamente as pinturas da Bianca e acho que ela tem uma quantidade suficiente de trabalhos ótimos para uma mostra em galeria — James começou.

Ele casualmente cobriu minha boca quando eu tentei falar.

— Tenho uma galeria em Nova York. Posso pedir para o meu pessoal cuidar de todos os detalhes. Como você pode ver, ela vai resistir à ideia. Preciso que me ajude a convencê-la a abrir mão de suas reservas. — Ele tirou a mão da minha boca, mas eu estava de repente sem fala. — Coleciono arte desde que era adolescente. Tenho um olho bom para isso e sei que ela tem um talento raro — James continuou quando nenhum de nós falou.

Stephan parecia chocado, depois em êxtase.

— Sim, é verdade. Você tem que fazer isso, princesinha. Vou ter um acesso de raiva se você não for.

Eu disse a primeira coisa que me veio à mente:

— A maioria delas é de paisagens desérticas. Não tem como isso se sair bem em Nova York. — De todas as coisas que eu achava impossíveis a respeito desta proposta, não sei por que esse detalhe estava na vanguarda dos meus pensamentos, dentre todas as coisas.

James sorriu, um sorriso triunfante. Era hipnotizante. O sorriso de um conquistador selvagem. E eu havia acabado de lhe dar o que ele queria.

— A gente nunca sabe, pode ser que o público goste de uma mudança de cenário, mas isso quem vai decidir são os visitantes da minha galeria. Também tenho uma em Los Angeles, e até mesmo uma pequena no centro comercial aqui em Las Vegas. A desta cidade é mais uma atração turística. Eu não a consideraria para uma exposição.

"Tudo o que eu preciso é que você deixe de lado o que não quer que seja exibido e que nomeie os quadros que gostaria que tivessem títulos. Além disso, acho que algumas das peças que você exibiu pela casa venderiam muito bem como reproduções, se você considerar algo assim."

Pensei em todas as pinturas que ele havia selecionado.

— Então era isso que você estava escolhendo? Amostras para as galerias?

Ele me olhou como se eu fosse louca.

— Não, claro que não. Aquelas são para a minha própria coleção. Você e eu vamos decidir juntos quais irão para a galeria.

Senti uma onda de insegurança.

— Não recebi nenhum tipo de treinamento, eu...

Ele cobriu minha boca.

— Nada disso importa, amor. Talento ou a pessoa tem, ou não tem. E você tem. Agora me diga que concorda.

Eu nem concordei nem discordei, apenas me sentei por um instante, atônita. Eu queria, queria loucamente, embora nunca tivesse considerado que algo assim pudesse acontecer. E sabia que não aconteceria se um bilionário não tivesse adquirido um interesse repentino e obsessivo em todos os aspectos da minha vida. Acho que essa era minha maior reserva a respeito de tudo: o fato de que era apenas mais um jeito de ele me paparicar.

— Você vai ficar com uma comissão, pelo transtorno, se eu vender alguma coisa? — perguntei por fim.

Ele ergueu uma sobrancelha para mim.

— Eu não estava planejando isso, não. — Ele conseguiu soar insultado com a pequena declaração.

— Eu me sentiria melhor se você aceitasse. A galeria vai pelo menos cobrar pela exposição, certo?

Ele suspirou.

— Geralmente esse é o procedimento padrão — disse cuidadosamente.

Stephan explodiu de repente, seu tom carregado de irritação exasperada.

— Ah, pelo amor de Deus, Bianca! Como você pode recusar? Você tem uma rara oportunidade aqui e se o seu trabalho vender, vendeu. Se não vender, não vendeu. Qual é o grilo?

Ele estava usando um certo tom que ele tinha, um tom que perguntava: "cadê sua coragem?", sem que tivesse que pronunciar as palavras. Isso me fez endireitar a postura, que era o objetivo.

Assenti.

— Tudo bem, eu aceito. Quando vamos selecionar as obras?

James me puxou para seu colo e me beijou de um jeito apaixonado demais para qualquer lugar que não fosse a privacidade de um quarto.

— Obrigado, amor — ele murmurou na minha boca, depois começou a me beijar de novo. Suas mãos permaneceram firmes nos meus quadris, segurando-me apertado em seu colo. Mas sua boca era definitivamente obscena. Eu não podia esquecer que Stephan estava sentado a apenas alguns centímetros, mas também não consegui não reagir. Tentei abafar um gemidinho quando sua língua penetrou minha boca.

Ele mordeu meu lábio, com força.

Engasguei. Minhas mãos agarraram seus ombros duros como rocha. Eu sentia sua ereção notável contra meu quadril. Quando sua língua fez uma nova incursão, eu a suguei. Isso o fez recuar e me lançar um olhar quente, porém de censura.

— Isso vai fazer você ser fodida às pressas, amor — ele sussurrou, mas eu supunha que dava para Stephan ouvir, devido ao lugar tão pequeno onde estávamos.

Olhei feio para ele.

— Foi você quem começou.

Ouvi Stephan conter uma risada.

James apenas sorriu perversamente.

23
Sr. Volátil

O almoço foi um momento feliz. James e Stephan pareciam se tornar mais e mais amigos. Eles brincavam confortavelmente enquanto comíamos sushi na mesa de jantar de Stephan.

James estava certo, é claro. O sushi era ótimo, e a seleção que Clark tinha comprado era vasta. Literalmente o suficiente para alimentar dez pessoas.

De brincadeira, eu insisti em usar os pauzinhos e peguei um sushi e um tempurá de camarão para começar, mergulhando-o generosamente no molho de soja misturado com pimenta.

— Você vai se encontrar com a gente em Nova York de novo na sexta à noite? Mesmo horário, mesmo lugar — Stephan perguntou a James.

Ele estendeu o braço e colocou aquela mão familiar na minha nuca.

— Na verdade, eu esperava que a Bianca viesse ver meu apartamento na sexta. Posso roubar você por uma noite, amor?

Engoli o tempurá que tinha na boca. Eu estava mais do que um pouco curiosa para ver o parque de diversões que ele tinha mencionado. Partes iguais de êxtase e apreensão percorriam meu corpo só de pensar nisso.

— Sim, você pode — respondi sucintamente. James me disparou um olhar ardente e depois voltou a conversar com Stephan.

Depois do almoço, James fez um tour pela casa de Stephan e novamente estudou cada obra da minha arte como se sua vida dependesse disso, tirando várias fotos com o celular.

Ficamos na casa de Stephan até o final da tarde. Eles encontraram bastante assunto para conversar, de política a esportes, filmes, carros. Fiquei em silêncio boa parte desse tempo, apenas absorvendo a novidade dos dois homens da minha vida interagindo como se fosse a coisa mais natural do mundo. Quando eles terminaram a conversa, assistimos TV.

Eu não tinha televisão, por isso só assistia quando estava na casa de Stephan. Vimos alguns episódios de *New Girl*, uma série que Stephan recentemente tinha me feito assistir até eu descobrir que amava. Eu estava pelo menos uns doze episódios atrasada, mas eu estava sempre atrasada em relação à TV.

A série me fez gargalhar. James parecia estar se divertindo, embora ele me assistisse mais do que à tela. Ele sorria e me tocava o tempo todo, me mantendo perto do seu lado. Eu adorava seu toque, por isso não protestei, embora toda a situação fosse um pouco surreal para mim.

Quando acabou o terceiro episódio, levantei.

— Preciso preparar o jantar — eu disse a eles. Já eram quase quatro e meia. — Vou grelhar frango e cozinhar aspargos e cuscuz. O cardápio parece bom para todo mundo? — perguntei. Eu estava cozinhando uma das minhas refeições mais saudáveis, tentando servir de acordo com as preferências de James.

Stephan ainda estava assistindo TV.

— Precisa de ajuda? — ele perguntou.

— Não. É uma refeição fácil. Mando mensagem quando estiver pronta.

— Preciso fazer algumas ligações — James me disse assim que entramos na minha casa. Ele estava carregando a bolsa do laptop. — Onde seria mais conveniente para eu montar acampamento?

Dei de ombros.

— Em qualquer lugar que não fique no meio do meu caminho quando eu estiver cozinhando.

Ele sentou-se na sala de jantar, observando-me cozinhar enquanto trabalhava, falando no celular quase o tempo todo, fazendo ligação após ligação.

Ele soltou um palavrão repentino e eu olhei para trás, assustada.

— Esqueci que hoje era sexta-feira — disse. Seu tom se tornou seco. — Fugiu da minha mente. Porra. — Ele ouviu por mais alguns instantes, parecendo agitado. — Sim, sim, pode fazer. Eu sei. Esquece. Eu disse que pode fazer.

Ele olhou para mim com um olhar perturbado. Terminou a ligação, fechou os olhos e soltou uma sequência de palavrões.

Voltei a cozinhar. Desde muito cedo, eu havia incorporado o costume de não me intrometer, e assim o fiz. Se ele quisesse me contar alguma coisa, ele contaria. Mas a curiosidade estava me matando.

— Esqueci sobre um evento de caridade que não posso perder na sexta-feira à noite — ele me disse, com tom cuidadoso. — Não vou ter que estar lá até, digamos, as dez, então temos até essa hora para ficarmos juntos. Você pode, é claro, ficar na minha casa quando eu for. Eu vou embora discretamente na primeira oportunidade possível.

Minha coluna ficou rígida ao me dar conta de que isso era o que significava a parte de "não namoro". Ele me deixaria em casa como um segredinho sujo enquanto se encontrava com os outros membros da alta sociedade.

— Tudo bem — eu disse em um tom cuidadosamente neutro. — Prefiro ficar no meu quarto de hotel. No dia seguinte, vou acordar cedo. Vou embora da sua casa quando você sair na sexta.

— Eu preferiria que você não saísse — ele disse em seu tom de voz mais educado e persuasivo. — Prometo que você não vai se atrasar de manhã.

Disparei-lhe um olhar direto, mas rapidamente voltei a preparar o frango.

— Se você for sair na sexta à noite, eu também vou.

Ele sugou o ar com força.

— Você ficou chateada? — ele perguntou, soando alarmado.

— Não — respondi.

— Por que você não fica comigo na sexta, então?

— Não quero ficar lá se você vai sair. Vou sair quando você sair — repeti.

— O que eu posso fazer para você mudar de ideia? — ele perguntou, seu tom se tornando sedutor.

— Você não pode. Não se preocupe em tentar. Temos um acordo baseado somente em nossas preferências. E é isso que eu prefiro. — Minha voz era fria e estava ficando cada vez mais fria. Eu não estava zangada, mas estava… resignada. Resignada com a ideia de ele me decepcionar. E ainda mais determinada a não lhe dar mais do que eu estava disposta a perder.

— E se eu tornasse isso uma ordem? Ou uma condição? — ele perguntou, seu tom cada vez mais duro.

Coloquei no rosto minha melhor máscara inexpressiva e olhei para ele.

— Então essa associação pode terminar mais rápido do que eu tinha pensado.

Ele cerrou o maxilar e um músculo começou a pulsar em seu rosto.

— Não posso voltar atrás. É a caridade da minha mãe, e espera-se que eu vá, nem que seja para falar algumas palavras.

Não deixei passar o fato de que me convidar para ir com ele nem sequer tinha lhe ocorrido.

— Não sei por que você está pressionando a questão. Qual é o problema de eu dormir no meu hotel? — Minhas palavras estavam ficando mais duras de frustração.

— Não posso voltar a Vegas até segunda-feira. Não vamos nos ver por dias — ele disse, como se isso explicasse a reação.

Dei de ombros.

— Basta me ligar quando estivermos na mesma cidade. Qual é o problema?

Minha voz tinha se tornado tão áspera que eu ouvia ressurgir um toque do sotaque tão distante da minha mãe. Normalmente, só saía quando eu estava muito abalada. Ele tinha um efeito em mim que eu não queria admitir, nem mesmo para mim, mas até minha voz parecia saber.

Ele havia se movido atrás de mim e agarrado meu cabelo de leve, respirando calidamente no meu pescoço ao falar.

— Você está tão indiferente assim em relação a mim?

Agora eu estava respirando pesado, mas respondi com muita calma.

— Fiquei vinte e três anos sem sexo. Alguns dias certamente não vão me matar. O que acha que eu vou fazer quando isso entre nós acabar? Duvido que eu pudesse encontrar outro amante logo de cara. — Meu sotaque se tornou mais carregado quando me dei conta de o que eu estava *tentando* persuadi-lo a fazer.

O sotaque que eu ouvira e tinha me afetado durante a maior parte da minha infância voltou fácil demais. Ele só transparecia com emoções fortes. Ao mesmo tempo, me aterrorizava e me deleitava o que eu poderia encontrar no fim da estrada de sua fúria.

Ele, literalmente, rosnou no meu pescoço.

— Vou punir você por isso.

— Sim, eu sei — sussurrei, morrendo de medo e ao mesmo tempo querendo, em partes iguais.

Ele se afastou de mim bruscamente e se sentou na cadeira da sala de jantar. De repente, James parecia grande demais para o cômodo. Seus olhos estavam vívidos e raivosos.

— Você está brincando comigo — ele disse de forma entrecortada.

Sua declaração da situação me surpreendeu, e disparei-lhe um olhar questionador.

— É isso que parece para você? — perguntei, atônita pela noção.

Ele passou a mão sobre o rosto e depois por entre os cabelos dourados.

— Você está me dando nós, porém continua se mostrando indiferente. E está só esperando um motivo para terminar tudo? Essa é a impressão que estou tendo no momento. E isso me deixa louco, porra, já que não faço ideia do que faz você ficar eriçada contra mim.

Terminei o frango e o coloquei a travessa para marinar na geladeira até eu estar pronta para começar a grelhar. Passei para os aspargos.

— Não sei o que te dizer, James — finalmente falei. — Talvez eu não possa te dar o que você quer.

— Eu quero você! — Seu punho me fez saltar quando atingiu o tampo da mesa com um barulhão.

— Se você usar seus punhos contra mim, esse vai ser um motivo — eu disse baixinho, observando o punho cerrado e tentando não me encolher com a visão.

Ele pareceu instantaneamente com remorso, e eu sabia, por sua reação, que o terror cru que sempre residira em algum lugar dentro de mim tinha transparecido à superfície, pelo menos um pouco.

Ele se aproximou, e tentei não me esconder. Eu estava determinada a enfrentar o medo, a não me curvar em posição fetal como fazia quando criança. Ele me abraçou com muito cuidado pelas costas. Eu deixei, porque teria me sentido uma covarde se fugisse.

— Eu nunca faria isso, você tem que acreditar em mim. Eu nunca usaria meus punhos contra você. Desculpe se te assustei.

Dei de ombros. Foi uma reação instintiva.

— Contanto que esteja tudo às claras entre nós.

— Eu nunca tinha percebido antes, mas eu assusto você, não é? — ele perguntou. Havia um estranho tom em sua voz.

Tentei me concentrar em lavar e quebrar o aspargo.

— Por acaso isso é uma nova troca de informações? Estamos compartilhando coisas? — eu quis saber, irritada.

Ele soltou um suspiro frustrado.

— O que você quer saber a meu respeito?

Uma pergunta despontou imediatamente na minha cabeça. Eu odiava, mas odiava mais não saber.

— Quando foi a última vez que fez sexo antes de se encontrar comigo?

Ele disse um palavrão.

— Acho que você não quer saber disso. Não acho que é bom para o nosso relacionamento eu te contar isso.

Dei de ombros, e ele soltou outro palavrão.

— Esse jeito de você encolher os ombros é a coisa mais enfurecedora que eu já vi! O que significa? Que você não dá a mínima, tanto faz?

Dei de ombros outra vez.

— Significa "me conte" ou "não me conte". Mas, se quer informações sobre mim, tem que me falar sobre você.

— Uns oito dias, eu acho. Um dia antes de eu conhecer você — ele disse, e eu o senti observar meu rosto como um falcão.

Então foi como eu havia suspeitado, pensei, mantendo o rosto impassível. *Ele faz isso o tempo todo. Não apostar nisso foi a coisa certa.*

Eu apenas assenti, embora sem me comprometer. Meu peito doeu um pouco.

— Sim, você me assusta — eu disse a ele, depois de um longo silêncio, enquanto processava sua resposta. — Mas eu sou irrecuperavelmente zoada, por isso você me excita na mesma proporção. Acho libertador deixar que alguém me controle. Alguém que me faça tremer de medo. Passei uma boa parte da minha vida fugindo de coisas que me assustam, então isso foi esclarecedor para mim. — Minha voz era baixa, mas aquele maldito sotaque estava de volta.

Ele ficou rígido e se afastou de mim, parecendo perplexo.

Olhei por cima do ombro, surpresa.

— Isso é incomum? Não é assim que esse pequeno jogo é feito? Eu apenas achava que a maioria das mulheres que gostava de dor com prazer era como eu. Mas imagino que você deve ser muito mais especialista do que eu a esse respeito.

Estudei-o com atenção. Seu rosto mostrava uma espécie dura de tensão, embora eu pudesse ver que ele tentava esconder.

— Eu não quero que você tenha medo de mim — disse ele, sua voz crua. — Quero deixá-la nervosa, arisca e submissa, mas não com medo. Quero que você confie em mim.

Pisquei para ele, perdida.

— Desculpa.

Voltei para a cozinha, e ele ficou em silêncio.

24
Sr. Charmoso

— Às vezes, você tem um leve sotaque. O que é isso? — ele perguntou, quebrando o longo silêncio.

Foi quase um alívio que ele fizesse algo diferente de apenas olhar para mim, ranzinza, embora eu não gostasse da pergunta. Eu teria preferido que ele não tivesse notado o meu deslize.

— Outra troca, já? — questionei friamente. — Eu teria pensado que a última tivesse sido o suficiente para uma noite.

Ele não falou por um longo tempo, embora eu soubesse, sem olhar, que ele estava com raiva.

— Está bem. Pode me perguntar qualquer coisa — ele disse com os dentes cerrados.

— Com quantas mulheres você já dormiu? — perguntei, e imediatamente tive vontade de me dar um chute. Se fosse para eu revelar meus sentimentos de forma tão imprudente, teria preferido uma pergunta melhor.

— Muitas. Não contei. Mais do que eu teria orgulho de admitir. Em geral, submissas, nos últimos cinco anos ou mais, e, na maior parte, relacionamentos muito curtos.

— Alguma vez você já teve um relacionamento sério? — pressionei, esperando que ele também não me fizesse revelar duas coisas; porém, se tentasse, eu estava pronta para apontar que, em termos práticos, ele não tinha respondido à *minha* primeira pergunta.

— Não. Eu era um mulherengo na faculdade, se for ser sincero. Eu comia qualquer mulher atraente que visse. E depois disso, encontrei meninas com gostos muito específicos, mas nunca algo que fosse além de sexo e dominação.

Suspirei, sem saber se eu estava aliviada ou horrorizada. Teria que examinar meus sentimentos mais tarde.

— Eu nasci nos Estados Unidos — comecei. — Mas meus pais eram da Suécia e falavam com sotaques carregados. Eu também tinha um ligeiro sotaque, até que eles se foram. Então eu tentei perder. Às vezes, volta. Não sei por quê.

— É adorável. Eu não sei por que você precisaria fazer um esforço para disfarçá-lo.

Mostrei-lhe meu pequeno encolher de ombros, sem olhar para ele.

— Stephan e eu já nos destacamos bastante. Frequentamos algumas escolas juntos durante o ensino médio. Éramos inseparáveis mesmo nessa época, mas eu não queria fazer a gente se destacar ainda mais com um sotaque estrangeiro. Já éramos os dois únicos dois loiros absurdamente altos em todas as nossas escolas. A gente já era uma cabeça mais altos do que todo mundo.

Olhei-o. Ele estava focado em mim com aquele aspecto em seu rosto que me fazia pensar que ele estava absorvendo cada fragmento de informação com que eu o alimentava.

Fiquei em silêncio. Ele tinha realmente conseguido que eu falasse a respeito de mim. Fiquei um pouco consternada ao me dar conta disso.

Em dado momento, James voltou para responder o celular, e eu fui colocar o frango na minha pequena churrasqueira portátil. Mandei uma mensagem para Stephan dizendo que o jantar estaria pronto em vinte minutos.

Ele trouxe uma garrafa de vinho tinto e a revelou com um floreio.

Dei-lhe um sorriso irônico. Nós dois sabíamos que ele seria o único a beber. Ele sorriu de volta e foi diretamente para a cozinha a fim de abrir a garrafa e se servir de uma taça.

— Alguém mais gostaria? — ele perguntou educadamente.

James sacudiu a cabeça, e terminou sua chamada telefônica rapidamente.

Recusei, e James me lançou um olhar caloroso. O homem não gostava de álcool, era claro.

Servi o jantar logo que ficou pronto, e não havia sequer uma pitada de constrangimento enquanto nós jantávamos, conversando amigavelmente. Aproveitei enquanto durou. Os homens elogiaram efusivamente a refeição simples.

— Então, a Bianca me disse que vocês dois frequentaram a escola juntos aqui em Las Vegas. E que eram uma cabeça mais altos do que todo mundo lá.

Stephan riu e me lançou um olhar surpreso, mas satisfeito.

— É verdade — disse ele. — Todo mundo nos chamava de Barbie e Ken, e pensavam que éramos um casal, já que eu carregava a mochila dela e a levava para todas as aulas.

James deu um sorriso enigmático.

Maldito bisbilhoteiro, pensei. Agora eu enxergava seu plano com clareza. Ele ia arrancar alguma informação grátis de Stephan.

— A Bianca não admitia isso na época, mas o apelido a deixava morrendo de vergonha — Stephan continuou.

James agora era todo charme e sorrisos, um homem que conseguia tudo o que queria através de uma rota claramente mais fácil.

— E o seu outro apelido? De onde vem princesinha?

— Você se lembra daquele filme antigo, *A Princesa Prometida*? — Stephan perguntou a James, nem mesmo hesitando em abrir o jogo.

James assentiu.

— A gente amava aquele filme. Lá... — Stephan disparou um olhar para mim e parou um instante — ... naquele lugar onde a gente ficava muito, eles passavam esse filme à noite. Era o *único* filme que passava nas noites de filme. Sempre. A gente sabia todas as falas de cor. Por isso, eu comecei a chamá-la de Princesa Buttercup. Você tem que admitir que ela se parece muito com a atriz que interpreta a princesa no filme. E, quando era adolescente, ela inclusive agia como ela; era muito arrogante e orgulhosa, mas comigo ela era muito doce. Ela se irritou com o apelido no início, mas gostou quando se tornou apenas "princesinha".

— É um bom filme. Agora fiquei com vontade de assistir de novo. Não o vejo desde que era criança — disse James, ainda sorrindo.

Stephan deu um grande sorriso.

— Não consigo pensar em nada que eu gostaria de fazer mais do que assistir a esse filme. Eu tenho em casa. E sorvete. O que você diz, princesinha? Sobremesa e um filme na minha casa hoje à noite?

Concordei prontamente.

Stephan se dirigiu à porta ao lado para encontrar o filme e aprontar a casa. Ficamos para trás para limpar depois do jantar.

James insistiu em ajudar, em limpar a mesa e lavar os pratos, enquanto eu guardava a comida.

— Isto não foi exatamente o que eu imaginei quando você falou sobre não namorar — eu disse a ele com cuidado. — Sair com meu melhor amigo e assistir a filmes parece muito íntimo.

Ele virou para mim, perplexo.

— Eu nunca disse nada sobre não ser íntimo. Eu pretendo que as coisas entre nós sejam muito íntimas, princesinha.

Sua resposta me surpreendeu, mas eu atribuí ao fato de ele ser muito rico e mimado. Até mesmo seus assuntos mais casuais tinham que ter uma excentricidade rica...

Assistimos ao filme, tomamos sorvete e depois comemos pipoca na casa do Stephan. Foi um dia muito agradável no geral, eu pensei, mesmo com algumas conversas estranhas pelo caminho.

Depois disso, nos aprontamos para a cama em silêncio. Meu corpo zunia com antecipação quando me deitei para esperar por James, que ainda estava no banheiro.

Ele se juntou a mim, alguns minutos depois, deslizando ao meu lado e me abraçando de conchinha. Fiquei tensa, esperando para ver que tipo de movimento ele faria, mas ele apenas afagou meu cabelo e se acomodou para dormir.

Tentei me virar, mas ele me manteve firmemente no lugar, plantando um beijo suave na minha têmpora.

— Vou deixar você se recuperar por alguns dias, amor. Apenas durma. Fico contente em abraçar você esta noite.

Eu estava naquela casa novamente, na minha caminha dura. Abraçava os joelhos junto ao peito, balançando o corpo para frente e para trás, tentando ignorar os gritos a algumas paredes finas de distância.

Se eu continuasse no meu quarto, tudo passaria. Eles iriam esquecer que eu estava aqui e, de manhã, meu pai dormiria o dia todo para que eu pudesse cuidar da minha mãe.

Mas não aconteceria assim. Não dessa vez.

A gritaria ficou mais alta, os gritos da minha mãe se transformaram em berros de terror. Quando não consegui mais suportar os barulhos horríveis nem mais por um momento, rastejei silenciosamente pela casa para investigar.

Apesar do medo avassalador, minha necessidade de, pelo menos, tentar ajudar minha mãe quase sempre me jogava no turbilhão violento das coisas.

Olhei para meus finos pés descalços, desejando saber onde estavam as meias limpas. Eu estava com muito frio, um tipo dolorido de frio que chegava à minha alma.

Meus pais estavam falando em sueco, e eu entendi algumas palavras histéricas quando cheguei mais perto da cozinha, onde eles brigavam.

— Não, não, não. Por favor, Sven, guarde isso.

A voz do meu pai era um rugido zangado.

— Você arruinou a minha vida. Você e aquela pirralha. Eu perdi tudo por sua causa. Minha fortuna, minha herança, e, agora, a minha sorte. Você levou tudo de mim, apenas por viver. Me fale por que eu não deveria tirar tudo de você, sua vagabunda tola.

— Quando estiver sóbrio, você vai se arrepender. Temos uma filha juntos, Sven. Por favor, apenas vá dormir. De cabeça fresca, você vai se sentir melhor.

— Não se atreva a me dizer o que fazer! Que se foda dormir. Foda-se você. E que se foda aquela pirralha. Olhe para ela, rondando a porta, paralisada como um ratinho amedrontado. — Seus olhos frios dispararam para mim.

Eu estava congelada no lugar, como ele havia dito.

Ele mudou de tom quando se dirigiu a mim e se transformou em uma paródia de um tom suave.

— Por que você não se junta a nós, *sotnos*? Venha ficar com a sua bonita mamãe.

Fui até minha mãe, tendo aprendido muito tempo antes a não desobedecê-lo quando ele estava daquele jeito.

Ele deu uma risada de escárnio quando cheguei ao lado dela.

Eu estava no início da adolescência e já era alta, mais alta do que a minha mãe, mas ele se elevou acima de nós duas.

Minha mãe não me olhou, não me abraçou. Eu sabia que ela não queria chamar mais atenção para mim. Ela tentava me proteger, como eu fazia, embora ela fosse melhor nisso do que eu.

— Olhe só minhas meninas bonitas. A filha é ainda mais bonita do que a mãe. Pra que serve então a mãe? Me diga pra que você é útil, mamãe? — ele perguntou.

Não ouvi a resposta. Meu olhar agora estava focado somente no objeto que ele estava segurando ao seu lado. Era uma arma. Minhas entranhas se apertaram com medo. A arma era uma adição nova e aterrorizante àquele cenário de violência.

Meu olhar voou de volta para o rosto do meu pai assim que uma risada deixou sua garganta. Foi uma gargalhada seca e raivosa. Comecei a me afastar, balançando a cabeça de um lado para o outro em negação.

— Resposta errada, vadia — disse ele.

Ele acenou com a arma na frente da minha mãe.

— Você não pode tirar os olhos disso. Você quer? Quer que eu dê isso para você? Pegue, se quiser. Acha que eu não posso tocá-la com uma arma na sua mão?

Minha mãe o observou com os olhos quase vazios de terror. Ela devia saber, como eu, pelo tom zombeteiro na voz dele, que meu pai a estava testando. Ela iria pagar caro se pegasse a arma dele, mesmo que ele é que tivesse dito para ela fazê-lo.

Ele riu.

— Eu insisto. Pegue a arma.

De forma inesperada e assustadora, ela pegou. Ela apontou-a para ele com as mãos trêmulas.

— Saia daqui — ela disse, com a voz trêmula e horrível com terror. — Você não pode fazer essas coisas, ainda mais na frente da nossa filha. Vá embora e não volte. — Ela estava chorando, mas conseguiu puxar a trava.

Ele riu novamente. Sem medo e sem esforço, ele agarrou a mão dela. Sua mão cobriu uma delas e afastou a outra. Ele virou a arma, lenta e inexoravelmente afastando-a de si e apontando para a boca da minha mãe.

Eu tinha me apoiado contra a parede enquanto observava esse diálogo, mas, quando vi sua intenção clara, de repente eu corri para a frente, aos prantos.

— Mamãe! — gritei.

Parei como se tivesse atingido um muro quando meu pai puxou o gatilho, cobrindo a nós e todo o cômodo com sangue vermelho-vivo.

Meus olhos horrorizados encontraram os do meu pai. Os dele não mostravam expressão alguma.

Eu me sentei gritando.

Estava fora da cama e no banheiro o mais depressa que meu corpo poderia se mover. Comecei a esfregar o rosto sem parar. Minha respiração era trêmula e ofegante.

A luz se acendeu atrás de mim.

— Você está bem? — James me perguntou, sua voz suave com a preocupação.

Eu não conseguia olhar para ele. Em especial, eu não conseguia olhar para o meu reflexo. Eu não tinha esse sonho há muito tempo. Geralmente, eu não conseguia me olhar durante dias quando o tinha.

— Estou. Só um velho pesadelo. Preciso ficar sozinha, por favor.

Liguei o chuveiro, sabendo que a pia nunca poderia me deixar limpa o suficiente de todo o sangue e a violência.

Entrei no chuveiro sem constatar se ele tinha me dado ouvidos. Fiquei debaixo da água ainda fria, tremendo e me abraçando. Afundei na banheira, e a água foi ficando mais quente.

Não percebi que ainda estava com a camisola fria até James a tirar de mim.

— Não — eu alertei. Ele me ignorou, sentando-se atrás de mim para me abraçar. — Só preciso ficar sozinha — falei.

— Não precisa mais, amor — James murmurou no meu ouvido.

Não chorei. Não entrei em colapso. Apenas me lavei, de novo e de novo, até James assumir a tarefa e transformar a esfregação em carícias macias.

— Está pronta para se secar e voltar para a cama? — ele me perguntou, depois de vários minutos debaixo d'água.

Assenti.

Ele me secou e me levou de volta para a cama, aconchegada como uma criança. Ele me envolveu nas cobertas, depois se enrolou ao meu redor. Acariciou meu cabelo, me confortando até eu pegar de volta no sono.

Passamos o dia seguinte juntos de forma prazerosa. James ficou grudado em mim quase o dia todo.

Acordei primeiro e o observei dormir por algum tempo, maravilhada com sua beleza. O sol fluía para dentro do meu quarto, tocando partes da pele dele. Parecia impecável até mesmo no sol forte, seu bronzeado despontando nos meus lençóis azuis bem clarinhos.

Obriguei-me a levantar da cama. Eu estava apaixonada e não era uma condição que eu planejava cultivar.

Vesti um vestido de verão fino de algodão sem me importar com nenhum tipo de roupa de baixo, e saí do quarto de fininho.

Mentalmente, me critiquei enquanto fazia uma garrafa de café. Eu sentia coisas que eu era esperta demais para sentir por um homem como ele.

No fim disso, tenho que pelo menos manter o meu orgulho, pensei. *E meu coração*, acrescentei para mim mesma, encolhendo-me, pois eu sabia que já sentia coisas demais por esse homem volátil.

James se juntou a mim não muito depois de eu ter me servido uma xícara de café.

Eu estava apoiada no balcão bebericando. Ele pegou uma xícara e encostou o quadril no balcão ao meu lado. Estava apenas de cueca boxer preta e justa o bastante para mostrar sua ereção evidente e pesada.

Desviei os olhos deliberadamente da exibição pecaminosa. Meus olhos se mantinham fixos nos armários, mas eu não enxergava nada.

Ele deu um gole no café e se encolheu. Dei risada. Eu fazia meu café forte. Não era para todo mundo. Ele deu outro gole, tentando se acostumar ao sabor desagradável.

— Devia ser crime você andar pela casa desse jeito — eu lhe disse sem olhar outra vez para seu corpo.

Ele sorriu e lançou um olhar para meu vestido pequenininho de verão e minha evidente falta de lingerie. Meu busto era grande demais para eu sair sem sutiã sem que fosse óbvio.

— Eu poderia dizer o mesmo sobre você.

— Você é uma tentação — falei.

— Não sou nada disso. Alguns dias não vão nos matar. Além do mais, preciso provar que sou capaz de ter um pouco de autocontrole quando o assunto é você.

Isso era novidade para mim.

— Por quê?

— Seu limite... de dor me preocupa. Eu preciso colocar seu bem-estar à frente dos meus impulsos. Eu me odiaria se fosse longe demais com você. Sei que sou um cretino, mas nem mesmo *eu* sou tão cretino assim.

Minhas sobrancelhas dispararam para o alto. Ele era muito mais cuidadoso do que eu esperava que fosse. Eu me surpreendia que pensasse aquilo de si mesmo.

— Por que você pensa que é um cretino?

A expressão dele escureceu.

— Sei que é tudo consensual, mas o fato é que eu gosto de machucar as mulheres durante o sexo. Existe uma razão para você ter medo de mim. Meu impulso mais forte é controlar e dominar, mas não se engane, sou um sádico. Isso não faz de mim exatamente um cara bonzinho.

Eu me sentia triste por ele, e minha parte fraca queria aliviar seu tormento.

Mas como eu poderia fazer isso? Eu tinha meus próprios demônios e não sabia como controlá-los. Minha necessidade de confortá-lo levou a melhor. A necessidade de confortar nós dois.

— Até masoquistas precisam de amantes — eu disse em tom gentil. — O que uma garota como eu faria sem um cara como você? Talvez todo mundo seja bom para alguém.

Ele se inclinou e me beijou.

— Obrigado. Que coisa linda para você me dizer. Bem quando eu acho que você não gosta de mim, você me dá um pouco de esperança.

Desviei os olhos, envergonhada.

Ficamos escolhendo amostras das minhas obras por horas de manhã. James parecia infinitamente paciente e não me pressionou.

Levantei as duas pinturas pequenas que eu estava discutindo.

— Qual das duas, você acha? — perguntei.

Ele apontou para a flor do deserto.

— Esta aqui para a mostra.

Seu dedo apontou para outra pintura. Era do gato que parecia viver meio período no meu quintal dos fundos. Era gordo e adorava dormir de costas em cima do meu muro alto de concreto. A imagem o capturava justamente nessa pose.

— Mas esta é boa — ele acrescentou. — Sem dúvida, deveria estar na mostra. Também parece um bom candidato para a venda de reproduções. As pessoas gostam muito de quadros de gatos ultimamente. Ainda mais gatos excêntricos.

Sorri.

— Adoro esse gato. Não sei de quem ele é, mas não pode ser de rua, se é gorducho desse jeito. Ele tenta entrar na minha casa metade do tempo em que abro a porta dos fundos.

— Eu vi a outra pintura dele na sua cozinha. Gatos gorduchos são bonitinhos — disse James, igualando meu sorriso.

— Você está determinado a me fazer como você — eu lhe disse, brincando.

Ele pareceu um pouco ofendido com o comentário.

— Você não gosta de mim? — ele perguntou.

Pensei de novo nas minhas palavras. Eu não havia me dado conta de que elas poderiam soar grosseiras ao sair da minha boca.

— Não foi isso que eu quis dizer. Era só brincadeira. Você anda tão comportado, tão charmoso. É como se você estivesse tentando me deixar apegada a você.

Ele me estudou atentamente, como se eu fosse uma novidade fascinante para ele.

— Bem, sim, é o que eu gostaria. Não sei como demonstrar mais claramente que isso é *exatamente* o que eu quero.

Apenas ergui as sobrancelhas para ele, encarando-o por um longo minuto.

— Parece meio sem sentido e egoísta para mim que você queira tornar alguém apegado a você, enquanto você mesmo permanece desapegado — murmurei, erguendo o queixo de um jeito desafiador.

Ele nunca desviou o olhar de mim enquanto falava. Seus olhos oscilavam com intensidade ao pegar minha mão, puxando-a para o peito.

— Você, bobinha, me pegou depressa. Estou apegado a você desde o começo. Como pode duvidar?

Afastei minha mão de um jeito cético e desconfortável.

Será que isso é algum tipo de jogo para ele?, eu me perguntei.

— Posso duvidar de tudo, Sr. Cavendish. Sou cética por natureza.

Ele ergueu a mão para o meu rosto, acariciando com um toque leve como pluma.

— Como alguém tão jovem e inocente pode também ser tão cínica? — ele me perguntou.

— A vida não me ensinou a ser nada diferente. Me perdoe, mas eu nem conseguiria imaginar como seria *não* duvidar de alguém que eu mal conheço.

Ele me empurrou na cama de hóspedes, agora que a superfície havia sido liberada, e pairou acima de mim.

— Então eu vou garantir que você me conheça, Bianca — ele disse, e me beijou com uma intensidade que até machucava.

25
Sr. Sem-vergonha

Finalmente decidi as obras que eu queria para a exposição, e James as enviou antes mesmo de eu saber que essa era sua intenção.

Ele me deu um sorriso irônico.

— Procrastinar não é da minha natureza. Costumo fazer as coisas logo que penso nelas.

Não dei importância a seu comportamento de turbilhão, atribuindo isso a mais uma das peculiaridades das pessoas ricas.

Ele começou a dar telefonemas e a trabalhar em seu computador novamente, e voltei a trabalhar na pintura dele que eu tinha começado. Ele saiu e se sentou em uma das minhas cadeiras de plástico baratas, ainda falando ao celular. Ele cobriu o aparelho brevemente.

— Eu incomodo se me sentar com você? — ele perguntou.

Balancei a cabeça de um lado para o outro, ainda trabalhando. Ele ajudava, na verdade. Embora não estivesse posando, ainda ajudava se eu olhasse para ele com frequência enquanto pintava.

Pintei durante várias horas e ele ficou onde estava, trabalhando e me observando. Percebi de longe que ele havia encomendado comida, mas continuei trabalhando. Eu não tinha ideia de que horas eram e não me importava.

— A comida chegou — James disse depois de algum tempo, levantando-se. Ele saiu e voltou, carregando embalagens para viagem do meu restaurante mexicano favorito.

Sorri para ele.

— Eu amo esse lugar.

— Sente-se e coma — ele me disse, apontando para a cadeira à sua frente.

Eu me sentei e peguei uma das embalagens que ele estava me entregando. Não era o que eu normalmente pedia, mas era bom, talvez até melhor do que os meus pedidos habituais.

Comi depressa, tentando ser educada no processo. Minha mente ainda estava na pintura. Eu havia comido quase o prato inteiro antes de perceber.

Voltei para a pintura sem falar nada, e James voltou a trabalhar e a assistir.

Eu tinha quase terminado a pintura quando resolvi parar. Eu sempre gostava de terminar um projeto com uma nova perspectiva. Ficaria longe da pintura por alguns dias e, depois, voltaria para enxergá-la com novos olhos.

James estava ao telefone e comecei a limpar meu material, mas de repente mudei de ideia e comecei a preparar um novo papel da aquarela.

— Posa nu pra mim? — perguntei a ele quando terminou uma ligação.

Ele pareceu surpreso.

— Aqui fora? — Ele olhou pelo meu quintal.

Eu ri. Era pequeno, mas *tinha* cercas altas, o que proporcionava uma quantidade razoável de privacidade.

— Na minha cama? — perguntei com cautela. Eu não podia acreditar que ele iria aceitar, mas eu estava começando a ter esperança.

— Tudo bem, mas preciso fazer mais uma ligação.

Balancei a cabeça, sorrindo, muito feliz com a perspectiva de tal pintura.

— Vou estar no meu quarto, preparando as coisas.

Ele veio alguns minutos mais tarde; ainda estava de boxer.

— Onde você quer que eu fique? — perguntou, olhando para meu pequeno quarto.

— Só na cama. De lado, acho, embora eu talvez experimente um pouco.

Ele deslizou sua única peça de roupa pelas pernas e fez como eu falei. Ele deitou na cama, parecendo relaxado. Bem, pelo menos a maior parte dele. O pênis *não* estava relaxado, projetando-se enorme e ereto entre suas pernas.

Lambi os lábios.

— Devo pintar você assim? — perguntei, apontando para ele. — Ou ele vai amolecer?

Ele riu.

— Você pode muito bem pintá-lo assim. Não vai amolecer em nenhum futuro próximo. Ele tem vontade própria.

Lambi os lábios novamente.

— Posso fazer alguma coisa por ele? Por você, antes de começar a pintar? Eu poderia ajudá-lo com a minha boca.

Seus olhos ficaram um pouco vidrados com a sugestão.

— Não. Preciso provar para mim mesmo que posso me abster por alguns dias. — Mas ele se acariciou firmemente com a mão.

Fui até James, mas ele me afastou com um gesto e soltou o membro.

— Não — disse com firmeza. — É importante para mim saber que tenho controle sobre o que eu faço com você.

Engoli em seco, mas respeitei seus desejos. Não importava qual fosse o motivo.

Comecei a pintá-lo sem nenhum dos meus passos habituais de preparação. Era um prazer trabalhar com ele, e me deixei levar pela segunda vez naquele dia.

Era incomum para mim ficar tão compenetrada em dois projetos em um só dia, apesar de parecer mais que eram duas etapas do mesmo projeto.

— Amo pintar você — eu disse a ele.

Ele me observava sem cansar, seu queixo duro encostado no punho.

— Isso funciona bem, levando em conta que eu adoro ver você pintar. Você tem sonhos nos seus olhos. É fascinante.

Dei-lhe um olhar quente, pensando que ele conseguia incrivelmente ser quase doce.

— O que você vai fazer com esta pintura? — ele perguntou depois de um longo silêncio confortável.

— Pendurar junto à outra pintura sua, como parte da minha coleção de obscenidades — eu disse a ele, tentando fazê-lo rir.

Funcionou. Ele abraçou a barriga e caiu de costas enquanto ria.

— E o que você sabe sobre coleção de obscenidades? — ele me perguntou com um sorriso contagiante.

Eu sorri de volta, ainda pintando.

— Meu melhor amigo é homem e usa esse palavreado. Já ouvi muitas vezes, embora nunca achei que eu pudesse ter algum tipo de coleção pornô também.

Ele voltou à pose com um sorriso irresistível ainda no rosto.

— Estou surpresa que você consiga ficar imóvel por tanto tempo. Eu não teria imaginado que você fosse assim. Você parece ser o tipo de cara que se mexe o tempo todo — eu disse a ele.

— É incomum para mim. Eu gosto da sua casa. É um lugar feliz e pacífico.

Não consegui evitar e abri um sorriso para ele.

— Fico feliz que goste. Eu também gosto.

— Espero que eu seja convidado a voltar muitas vezes.

Apenas sorri, trabalhando na pintura atentamente.

Veremos, pensei.

Ele me deixou pintá-lo por horas antes de eu finalmente parar, necessitando fazer uma pausa.

James tinha começado a ler um mangá que estava sobre meu criado-mudo. Era um mangá feminino, e eu corei um pouco quando ele o encontrou, envergonhada que ele visse que eu me interessava por algo tão romântico e tolo.

Ele estava sorrindo de algo quando virou uma página. Era um exemplar da biblioteca, pois, no momento, não podia comprar. Eu não tinha lido ainda, mas era o número 15 em uma série que eu acompanhava havia anos. Fiquei na lista de espera da biblioteca para pegá-lo por quase seis meses.

— Não me conte nada — avisei. — Ainda não tive a chance de ler esse.

Ele ergueu os olhos com um sorriso cheio de dentes.

— Você gosta tanto assim disso? Tenho que dizer, quase me dá esperança. É tão doce e romântico…

Dei meu pequeno encolher de ombros.

— Não sei por que, mas sou totalmente apaixonada por mangás e animes. É tudo muito engraçado para mim. E eu amo os personagens.

Ele balançou as sobrancelhas para mim enquanto eu terminava de guardar meus materiais. Voltei para o quarto, onde ele ainda estava lendo o mangá.

— Então vamos ver algum anime. Você assiste no computador? — ele perguntou.

Fiz que sim. Era o único lugar onde eu assistia qualquer coisa na minha casa, já que não tinha televisão.

— Quero ver seu favorito — ele me disse.

Meu velho computador ficava em um pequeno nicho na sala. James puxou a namoradeira para perto, e coloquei um episódio de um anime de vampiros que eu já tinha visto várias vezes. Carreguei o primeiro capítulo.

Eu não poderia imaginar que James fosse gostar. Era meio ferrado e eu achava que o público-alvo devia ser meninas. Mas foi o primeiro anime em que pensei quando ele me pediu para colocar meu favorito.

Assistimos a ele por horas. James me aconchegou junto do peito, mas parecia colado à tela, compenetrado no anime. Eu também sempre tinha achado fascinante. Fiquei vidrada nele mais uma vez.

— Então estamos torcendo para ela escolher o cara de cabelo prateado, certo? — James me perguntou ao fim de um episódio que terminou com a expectativa no máximo.

Bufei.

— Não. O de cabelo escuro. Ela adora ele, está apaixonada por ele desde sempre.

Ele jogou os braços para o alto e riu da minha cara.

— Acabamos de descobrir que aquele é irmão dela!

Olhei feio para ele, me sentindo na defensiva sobre meus amados personagens.

— Ele só foi criado como irmão dela. Ele reencarnou, sei lá. — O enredo era cheio de reviravoltas, o que costumava acontecer com frequência nos animes que eu adorava.

Ele riu ainda mais.

— Então isso faz dele o tatatataravô dela? E de alguma forma isso é melhor?

Dei um cutucão nas costelas dele com o cotovelo, mas acabei dando risada também.

Ele se aconchegou na minha orelha e depois me prendeu debaixo dele, colocando meus punhos acima da minha cabeça.

— Você é uma menina pervertida, não é? Aposto que você gosta de *hentai* — ele me provocou, se referindo à categoria "adulta" dos animes.

Ele começou a me fazer cócegas. Bati nas suas mãos, dando risada sem parar.

— Pode falar — ele insistiu, dando risada. — Fala, eu gosto de *hentai*, menina safadinha.

Eu falei e ele me beijou, mas foi um beijo rápido, já que nós dois estávamos dando risada.

— Pode me chamar de vovô se isso te excita — ele provocou.

Continuei a rir e puxei seu cabelo.

Eu nunca me diverti tanto assistindo anime, ainda mais porque sempre assistia sozinha. Stephan não gostava de anime. Ele dizia que nunca tinham finais felizes. Achava que mesmos os bobos e engraçados eram meio tristes. Já eu achava que os tristes eram um pouco bobos e engraçados.

Fiz uma viagem rápida ao banheiro, mas paralisei quando vi o que James estava bisbilhotando no meu computador quando reapareci. Fiquei mais vermelha do que jamais tinha ficado na vida inteira.

Eu não costumava ver pornografia, quase nunca, na verdade, mas senti um ímpeto estranho de procurar alguns sites de conteúdo BDSM muito específicos e, mesmo com a pequena interação que James e eu tivemos naquele voo, a fascinação tinha sido acionada ao ponto de que eu tinha voltado para casa e procurado coisas sobre as quais eu fantasiava que ele fizesse comigo.

Eu ainda não sabia o motivo, mesmo na minha inexperiência, de eu ter tanta certeza do que ele queria fazer comigo. Era algo que eu tinha percebido em seus olhos, um toque do dominador que havia nele me parecia tão evidente que eu não podia negar.

Ele estava assistindo a um dos vídeos que eu tinha encontrado naquele dia. Uma mulher amarrada e amordaçada estava levando chicotadas um tanto vigorosas de um homem enorme atrás dela. A mulher vestia um corselete de couro preto que mesmo assim deixava os seios de fora. Os lábios eram vermelho-sangue e o cabelo era preto como as asas de um corvo.

O homem tinha cabelos escuros e era musculoso. Seu peito abaulado era pontuado por pelos ásperos. Era um homem brutal, principalmente se comparado a James. Apesar de tudo, foi o mais próximo que consegui encontrar das coisas que eu imaginava James fazendo comigo, as coisas que eu imaginava que ele *ansiava* fazer. Calhou que eu estava muito certa a respeito dele. Aliás, minhas fantasias nunca poderiam ter feito justiça.

— Você estava olhando meu histórico — eu disse baixinho, aproximando-me dele pelas costas. Se ele tinha verificado meu histórico, sabia exatamente quando eu tinha visto aquele vídeo pornô.

Ele apenas se virou e olhou para mim. Seus olhos eram de quem sabia das coisas.

— Sim — ele disse sem demonstrar vergonha. Depois sorriu, e eu perdi o fôlego. — Você estava bem ocupada, garota pervertida, na noite em que nos conhecemos. Você nunca falha em me surpreender e me deleitar, Bianca. Mas espero que esse bruto não faça seu tipo. — Ele acenou com a mão para a tela.

Sacudi a cabeça vigorosamente com os olhos arregalados.

— Eu nunca tive um tipo até conhecer você, James. E agora acho que meu tipo seria um homem maravilhoso de cabelos cor de mel, olhos azul-turquesa e um bronzeado inexplicável e perpétuo. Não existe nenhum pornô BDSM disponível com esse "tipo".

Ele se reclinou na pequena cadeira do computador e passou a língua sobre os dentes apenas um pouquinho.

Apertei as coxas uma na outra, sentindo uma onda de calor entre as pernas.

— Você sabe o que eu fiz naquela noite quando cheguei em casa? — James perguntou, sua voz muito baixa, seus olhos cálidos no meu rosto.

Sacudi a cabeça.

Ele sorriu.

— Eu me masturbei três vezes seguidas só de pensar em como seu rosto ficava corado cada vez que nossos olhos se encontravam. Você estava tão composta, tão profissional, mas eu sabia que você se submeteria a mim perfeitamente na cama. Bastou um olhar para você e eu estava perdido.

Fiquei vermelha. Minha mente voltou para quando nos vimos pela primeira vez.

Eu havia sido convocada para um voo fretado de Las Vegas para Nova York. Nosso CEO havia pedido pessoalmente que eu trabalhasse no voo no meu dia de folga, por isso não pude recusar. Fiquei atônita quando Stephan não foi convidado. Eu não tinha ficado nada ansiosa pela viagem, mesmo que fosse um bom extra, já que nosso CEO costumava ser um pouco amigável demais, até mesmo pegajoso, com as comissárias de bordo.

Mas eu fui. O avião estava quase deserto e eu era a única comissária na primeira classe. Três comissários trabalharam na cabine principal com menos de vinte passageiros para serem atendidos. Eu só tinha dois. James e o CEO.

James chegou primeiro e tínhamos paralisado ao cruzar nosso primeiro olhar. Ele estava pondo os pés na primeira classe quando nossos olhos se encontraram. Eu paralisei e ele, bem, foi intenso.

Eu esqueci o trabalho que tinha que fazer e as coisas que tinha de dizer. Por aqueles longos minutos, nós nos encaramos.

Eu disse a mim mesma que estava imaginando todas as coisas que eu tinha visto em seus olhos, que eram apenas fantasias selvagens sobre um homem impossivelmente lindo e de terno impecável.

Eu havia olhado naqueles olhos e visto um homem ao qual eu queria me submeter no nível mais básico.

Não tínhamos nos movido até a voz do meu CEO ribombar atrás de James, incitando-o a tomar um assento. Eu caí em mim e voltei ao trabalho, mas cada interação, cada olhar na direção dele, fazia ondas de consciência estremecerem meu corpo e o calor subir na minha face cada vez que eu encontrava seus olhos incrivelmente turquesa.

Nunca tínhamos nos tocado e ainda assim ele havia me dominado naquele voo. Pensei que eu nunca mais fosse vê-lo depois daquilo, mesmo assim, não consegui tirá-lo da minha cabeça.

James fechou a janela da pornografia grotesca e se levantou para vir até mim. Ele me abraçou junto de si e puxou meu rosto em seu peito. Ele beijou o topo da minha cabeça quase com doçura.

O resto da noite passou tranquilamente e eu fiquei me deleitando com nosso dia sem drama e sem sexo, até que meu celular apitou para informar a chegada de uma mensagem de texto durante o jantar. Estava no meu quarto e havia disparado algumas vezes ao longo do dia, mas, quando verifiquei, vi que nenhuma das mensagens era de Stephan, portanto, eu as ignorei.

— Com licença — eu disse a James, que estava comendo as sobras do frango como se ele fizesse isso todos os dias. Eu apostaria que era o primeiro jantar de sobras que ele comia em um bom tempo, se não fosse o primeiro.

Peguei meu celular e voltei para a mesa. A mensagem era de Stephan. Murmurei em voz alta enquanto lia.

Tinha sido um dia perfeito. James nem tinha me perguntado sobre o pesadelo da noite anterior.

Se relacionamentos eram assim, eu poderia me acostumar. Meu pensamento me chochou.

— Quem está mandando mensagem? O que diz? — perguntou James. Ele era enxerido e não tinha vergonha disso. Eu me perguntava como ele iria encarar se eu fosse enxerida com ele.

— Stephan. Tenho que trabalhar amanhã. Só um bate e volta, então vamos voltar na mesma noite, só que tarde.

James fechou a cara depois disso. Eu sabia que ele estava pensando que eu tiraria todos os meus dias de folga durante essa semana. Ele parecia não entender que eu precisava trabalhar em turnos extras para pagar minhas contas.

— Não posso imaginar que você coma sobras de frango com muita frequência no jantar — eu disse, sorrindo para ele, tentando tirá-lo do repentino humor sombrio.

Ele nunca vestia camisa, apenas andava pela casa de cueca como o hedonista desavergonhado que era. Ele manteve o propósito de não fazer sexo comigo, mas eu não estava particularmente contente com o sucesso dele no intento.

Seus olhos eram frios quando me varreram.

— Você já terminou de comer? — ele perguntou com a voz monótona.

Fiz que sim.

— Suba na cama — ele mandou.

Foi o que eu fiz, mas, a cada passo, eu pensava em como ele era um tirano imprevisível.

— Deite de costas — ordenou.

Eu deitei, e ele puxou meus quadris até a beira da cama, subindo minha camisola para me observar. Ele afastou minhas pernas e colocou meus pés sobre a cama, segurando firme nos tornozelos. Então, removeu uma das mãos quase no mesmo instante e tocou as pétalas do meu sexo com dedos leves, examinando cada centímetro meu. Estremeci.

— Pare com isso — ele me disse com uma voz dura. Eu parei.

Ele deslizou um dedo dentro de mim muito lentamente. Ardeu um pouco, mas nada insuportável. Era uma dorzinha deliciosa.

— Você está machucada? — ele perguntou, ainda pressionando.

Gemi, sem responder, esperando que fosse resposta suficiente. Ele xingou e tirou o dedo com um só movimento.

— Outro dia, pelo menos, até podermos transar.

Ele começou a trabalhar em mim com a boca, me fazendo ofegar e implorar em meros segundos. Depois de arrancar um rápido e intenso orgasmo de mim, ele se levantou.

Seu rosto ainda estava duro e frio, molhado com a minha paixão. Ele entrou no banheiro e fechou a porta. Ouvi o chuveiro ligado.

Comecei a aprontar minhas coisas para o dia seguinte, arrumando minha bolsa de voo e preparando o alarme.

Ele saiu com uma toalha ao redor da cintura, e eu percebi, com um só olhar, que ele ainda estava com um humor sombrio.

— Tem alguma coisa que eu possa fazer por você? Eu me sinto mal sendo a única a ganhar prazer em uma troca.

Ele apenas me encarou por um longo minuto.

— Não, estou bem. Quando você tem que ir para a cama?

— Eu deveria ir o mais rápido possível. Você está indo embora? — perguntei, considerando, por sua postura, que esse era o plano dele.

Seu rosto escureceu ainda mais.

— Você está me expulsando?

A ideia me assustou.

— Não, claro que não. Você pode ficar se quiser, mas...

— Sim, eu quero. Vamos pra cama — ele disse ao se dirigir ao closet e vestir uma nova cueca boxer.

Ele se estatelou na cama e fechou os olhos sem outra palavra.

Eu me preparei para a cama e me deitei ao lado dele meio sem jeito. Levei um longo tempo para adormecer ao lado de James. Não foi como das outras vezes que tínhamos dormido juntos. Nenhuma parte do nosso corpo estava se tocando.

26
Sr. Retraído

Meu alarme disparou. Desliguei-o depressa, tentando não perturbar o homem deitado ao redor de mim, abraçando-me firme. Uma de suas mãos segurava meu seio, mesmo durante o sono profundo. Pelo visto, James havia amolecido um pouco durante o sono.

Eu me desvencilhei dele devagar e, com esforço, caminhei na ponta dos pés até o banheiro para tomar banho.

Ele estava sentado do meu lado da cama quando reapareci no quarto. Percorreu os cabelos com a mão quando me viu.

— Você me liga quando chegar em casa? — ele perguntou.

Confirmei, balançando a cabeça, e voltei a me arrumar. Ele também se vestiu, mas não fez as malas. Eu suspeitava que ele deixaria tudo na minha casa sem me perguntar se tinha algum problema. Decidi não arrumar confusão por causa disso. Eu não queria irritá-lo naquele momento.

— Vou ficar fora por quase toda a quinta-feira. Você sabe que a gente não retorna até tarde da noite — eu lhe disse, tentando fazê-lo mudar de humor.

James apenas assentiu e eu me preocupei que pudesse ter sido presunçosa demais considerando que ele desejaria passar outro dia comigo.

— Eu volto pra cá depois que você sair do trabalho, a menos que tenha alguma objeção à minha companhia — disse ele.

Era o mais próximo que ele chegaria de perguntar, pensei.

— Parece ótimo. — Sorri para ele, porém James permaneceu inexpressivo.

Ele estava pronto antes de mim, mas esperou paciente, vestido com um terno cinza-claro, camisa cinza-escura e gravata escarlate. Era mais do que deslumbrante vê-lo inteiramente vestido depois de passar tanto tempo com ele quase pelado na minha casa.

— É um belo terno — eu disse.

Ele me agradeceu pelo elogio, mas continuou na dele.

Percebi que essa sua retração me fazia querer me apegar a ele. Aplaquei o ímpeto nocivo.

Ele me acompanhou até lá fora, mas não disse adeus até Stephan se aproximar da minha garagem aberta. James agarrou minha nuca e me deu um beijo duro na boca.

— Ligue ou mande mensagem no *segundo* em que você estiver de volta à cidade — ele me disse, ranzinza, e saiu do meu caminho.

Não entrou em seu próprio carro até termos começado a nos afastar.

Stephan me deu um olhar cuidadoso.

— Esse cara é intenso — ele disse em tom baixo.

Ouvi a pergunta implícita, mas apenas fiz que sim. Ele estava preocupado comigo, mas eu ainda não conhecia James bem o bastante para assegurar Stephan com confiança de que estava tudo bem.

Nossos dois voos foram uma agonia de tão lentos. A única coisa interessante no dia foi que os agentes estavam de volta, seguindo exatamente a mesma rotina que tiveram no outro voo que fizemos nessa mesma rota. Stephan me reassegurou de que faríamos um relatório sobre o estranho comportamento, só para cobrir as bases, mas decidimos, depois de algum debate, que os dois homens deviam estar investigando a companhia aérea.

Não liguei para James nem mandei mensagem durante nosso curto período no chão. Eu não tinha certeza se ele queria, então decidi ficar no lado da cautela. Eu não tinha ligações perdidas nem mensagens não vistas, por isso imaginei que essa era a aposta mais segura. No entanto, meu ouvido captou uma linha estranha de conversa de um dos agentes enquanto ele estava saindo da aeronave.

— Sim, senhor, ela está bem. Não houve problemas. Ninguém a incomodou de jeito nenhum.

Comecei a ter uma certa ideia paranoica, mas imediatamente mudei de ideia, como se fosse apenas loucura minha.

Nem mesmo gente excêntrica podre de rica é insana desse jeito, eu disse a mim mesma.

O agente nº 2, cujo nome na lista de passageiros indicava James Cook, me deu um sorriso caloroso assim que lhe entreguei a quinta garrafinha de água.

— Aqui está, Sr. Cook — eu disse, sorrindo também. Por mais estranho que fosse esse padrão, ele era realmente um passageiro agradável.

— Obrigado, Srta. Karlsson — ele respondeu, e eu paralisei. Ele tinha como saber meu nome, mas não havia razão no mundo para ele saber meu sobrenome. Não estava no meu crachá.

Olhei bem nos olhos dele.

— Como o senhor sabe meu sobrenome? — perguntei francamente.

Ele fez uma cara de inocente, como se tivesse sido um deslize.

— É o meu trabalho, senhorita.

Contei a Stephan sobre o diálogo.

— Você acha que *estamos* sendo investigados?

— Acho que deve ser o James... — eu disse em voz baixa, revelando minha teoria paranoica.

Ele fez careta.

— Eu gostaria de dizer que isso é impossível, mas até consigo visualizar James fazendo algo assim. Você vai perguntar a ele?

Suspirei.

— Em algum momento. Não tenho certeza se quero ter que lidar com a resposta. Não estou pronta para encerrar as coisas neste exato momento.

Stephan apertou meu ombro.

— Encerrar as coisas não é a única solução, Bianca.

Ficamos nos encarando por um longo instante, mas não concordei nem discordei dele.

Mandei uma mensagem de texto para James imediatamente quando pousamos em Las Vegas. Liguei o celular enquanto taxiávamos.

Bianca: Estamos de volta em Vegas. Taxiando agora.

Ele respondeu quase de imediato.

James: Que bom. Vou estar na sua casa quando você chegar lá.

E ele estava, mas desta vez não me assustou quando saiu do SUV escuro, pois agora eu o reconhecia.

Dei um aceno de boa-noite para Stephan, e James me encontrou na entrada da casa. Sua mão logo foi de forma possessiva para a minha nuca. Ele era exímio no silêncio.

Abri a porta para entrarmos, chutei os sapatos dos pés logo na porta e levei a bolsa de viagem para uma pequena mesa ao lado da porta do meu quarto.

James ainda era uma presença silenciosa atrás de mim. Senti um estremecimento de medo subir pela coluna. Nesse humor, será que ele me machucaria de verdade? Onde eu tinha me metido quando me tornei tão íntima de um estranho como ele? Não só isso: uma situação intimamente violenta. Eu havia ido longe demais para voltar. *Não tinha?*

Senti nojo de mim mesma por sequer considerar isso. Eu me arrependeria se nunca descobrisse o que havia nesse caminho, um caminho que secretamente sempre me fascinou. Porém, o medo era estranhamente persistente com um homem silencioso e frio nas minhas costas.

Meu pai sempre tinha causado o maior dano quando parava de gritar e se tornava o monstro frio que rondava meus pesadelos. Uma imagem de seu rosto inexpressivo coberto de sangue lampejou na minha mente e me fez estremecer. Seus olhos azuis frios piscaram para mim com um quase alerta ausente. E eu era doente ou o quê, considerando a persona mais fria e dominadora de James a mais irresistível para mim?

Fiz uma nota mental de retomar contato com meu terapeuta negligenciado. Mas, mesmo com todas as minhas ponderações sombrias e medos de gelar a coluna, eu nunca sequer considerei pedir que James fosse embora.

Eu queria enfrentar isso, me sentir corajosa, quando tão frequentemente minha bravura me abandonava, e eu simplesmente fugia aterrorizada, deixando que alguma outra pessoa levasse o dano.

— Suba na cama. De costas. — A voz de James era rouca quando ele finalmente falou.

Ficamos na escuridão por longos minutos em silêncio total. Eu fiz o que ele falou e o simples ato de submissão me fez relaxar um pouquinho, aliviada. Agora estava tudo em suas mãos.

— Levante a saia — ele me disse. — Mais. Até a cintura. Bom.

Ele acendeu a luz e se aproximou de mim, arrastando meus quadris para a beirada do colchão e posicionando meus calcanhares ali, com movimentos que pareciam ser sua rotina de exame.

Ele se ajoelhou, e o semblante ainda pétreo se abaixou entre minhas pernas.

Estremeci.

Ele fez um leve ruído de "tsk tsk" quando viu a umidade ali. James me tocou e ergueu dois dedos molhados.

— Tudo isso é por minha causa? — perguntou sem inflexão na voz.

Engoli em seco e apenas fiz que sim.

— Eu gostaria de uma resposta decente.

— Sim, Sr. Cavendish — tentei, sem saber exatamente o que ele queria.

— Me diga se você sente algum desconforto — ele mandou ao deslizar um dedo dentro de mim pouco a pouco. Toda a dor tinha passado, restava apenas a ânsia do prazer. Eu me encolhi.

James me deu uma palmada da bunda. Forte.

— Não se mexa. — Ele continuou a me masturbar, tocando cada centímetro, movendo o dedo em círculos.

— Tão apertada. Inacreditável — ele murmurou. Era o mais próximo de humor brando que eu havia notado nele desde que ele tinha endurecido no jantar na noite anterior. Um segundo dedo se uniu ao primeiro, percorrendo cada parte das minhas paredes em busca de algum machucado.

— Dói aqui? — ele perguntou, introduzindo mais o dedo, não mais tão delicado.

Perdi o fôlego.

— Não, Sr. Cavendish.

Ele puxou o dedo abruptamente, ainda estudando meu sexo.

— Que bom. Agora vou punir você. Vá vestir aquela camisola "me foda". — Ele endireitou a postura ao falar, e eu o vi, fascinada, chupar os dedos e afrouxar a gravata.

— Está suja — eu lhe disse. Estava no chão do meu closet.

— Vai ficar imunda. Vá vestir.

Foi o que eu fiz, ao pendurar minhas roupas com as mãos trêmulas.

Quando saí do closet, ele havia tirado apenas o paletó e a gravata, e estava enrolando as mangas da camisa social. A ereção era óbvia na calça cinza-clara justa, e seus olhos eram lascas de gelo.

— Suba na cama, barriga pra baixo. Coloque os quadris na beira da cama, no centro.

Notei o estranho travesseiro na cama apenas quando ele mencionou, mas aceitei sem falar nada. Era uma versão em miniatura da rampa que ele havia usado na casa dele. *Tamanho viagem*, pensei.

Minha cabeça se ergueu num movimento brusco assim que senti uma corda ser amarrada ao redor dos meus pulsos. Ele estava se curvando sobre a cama, unindo as pontas da corda. Minha cama não tinha dossel, apenas uma cabeceira frágil, mas James estava preparado para isso, usando uma corda longa e amarrando-a completamente pela parte debaixo da cama para segurar meus pulsos no lugar.

Observei-o um pouco atordoada. Ser amarrada pela segunda vez deveria ser menos aterrorizante, não mais, porém, minha mente não conseguia processar essa informação.

— Você se lembra da palavra de segurança? — ele perguntou. Em seguida, ajoelhou-se para amarrar a corda casualmente debaixo da cama, como se fosse a coisa mais normal do mundo. Ele até mesmo conseguiu parecer digno enquanto fazia isso, sem se abalar de forma alguma por ter que se ajoelhar e se arrastar.

— Sim, Sr. Cavendish — respondi, trêmula.

Ele amarrou meus pés com eficiência, afastando-os um pouco em vez de deixá-los juntos.

Tentei virar a cabeça para olhar, mas ele cobriu meus olhos com uma venda negra e amarrou apertado. Eu queria desesperadamente que ele tocasse meu rosto, qualquer sinal de afeição, mas ele permaneceu estoico e frio ao me preparar para a punição.

Música suave começou a tocar nos pequenos alto-falantes nos quais meu telefone foi plugado. Era uma música desconhecida, mas linda, uma voz de mulher cantando uma melodia fantasmagórica acompanhada por violinos pesados.

Eu o senti simplesmente me encarando por longos minutos depois que ele havia terminado de me amarrar. Hesitei um pouco.

— Sr. Cavendish, por favor — implorei. Pelo quê, eu não tinha total certeza. Ele não respondeu.

Soltei uma exclamação de surpresa quando sua mão finalmente me tocou de leve na parte posterior da coxa. Ele ergueu minha camisola, que estava na metade da coxa, até os ombros. Ouvi um farfalhar. Tecido? Algo mais grosso. E depois outro toque. Parecia a mão dele, embora não como sua pele. Ele havia posto uma luva?

Vários minutos mais se passaram em uma agonia em forma de espera, e tudo o que eu sabia era que ele me observava.

O primeiro golpe me pegou de surpresa, um tapa forte da mão enluvada na minha bunda.

Perdi o fôlego. Doeu. Eu senti uma de suas coxas tocando a minha quando ele se aproximou ao meu lado. O primeiro golpe foi seguido por outra palmada no ponto logo acima, e depois ele começou de verdade, golpe após golpe em cada centímetro da minha bunda e das minhas coxas.

Eu ofegava e me mexia de leve, tentando em vão me livrar do contato feroz.

Por que a mão dele dói muito mais do que o chicote?, era minha pergunta. Ele devia estar se segurando bastante antes. Mas não estava se segurando agora.

Perdi a conta de quantas palmadas ardentes ele me deu. Minha mente entrou num tipo de estado de torpor que era familiar demais, mas parecia estar se transformando inexoravelmente em algo diferente…

Ele nem sequer tinha parado as pancadas quando o ouvi ofegar e xingar. De repente, ele estava me penetrando, enterrando-se dentro de mim até o talo com uma estocada brutal. Eu estava tão molhada que não doeu, e eu apertei deliciosamente seu membro dentro de mim. Me senti preenchida de um jeito que era avassalador no início, e eu gritei, um som que nenhuma de suas palmadas havia arrancado de mim.

Eu estava em um oásis de prazer entre toda a dor quando ele começou a bombear dentro de mim incansavelmente. Ele continuou forte; minha passagem estreita lutando contra a invasão com espasmos involuntários.

Ele agarrou meus cabelos com os dois punhos cerrados, sem parar de bombear.

— Goze — ele disse na mais rouca das vozes que eu já tinha ouvido dele. Seu pau friccionava aquele ponto perfeito quando saía de mim, e eu gozei com um grito. Ele não parou, nem mesmo pausou, estocando dentro de mim em meio a respirações entrecortadas e intoxicantes.

Ele me levou ao orgasmo duas vezes mais e eu o senti se esvaziar dentro de mim com um gemido duro. Ele se inclinou sobre as minhas costas e me cobriu por completo, posicionando a boca na minha orelha. James ainda estava me penetrando com um leve movimento, mesmo exausto, como se não conseguisse parar.

— Minha Bianca — ele sussurrou no meu ouvido, arquejando.

Ele continuou assim sobre mim por longos minutos, ainda enterrado em meu interior; seus lábios agora no meu pescoço, beijando levemente. Ele parecia ter posto para fora do corpo toda aquela fúria gelada e eu fiquei de novo com o amante carinhoso.

Ele se levantou de cima de mim algum tempo depois e passou a me examinar com dedos leves. Minhas coxas e nádegas estavam doloridas ao toque. Ele dedilhou meu sexo, agora molhado de nós dois.

— Dói? — ele perguntou numa voz rouca.

— Não, Sr. Cavendish — respondi da minha posição em que não conseguia enxergar. Ele introduziu dois dedos dentro de mim.

Eu me contorci e ofeguei.

— Queria saber quantas vezes eu consigo fazer você gozar em uma só noite — ele comentou, distraído. — Você goza muito fácil. Vou testar, mas acho que você desmaiaria antes de me pedir para parar.

Achei que ele estava certo.

Ele passou algo fresco e calmante por todas as partes do meu corpo que tinha levado os golpes, aplicando com o mais leve dos toques.

Ele me desamarrou algum tempo depois e eu fiquei deitada, passiva, até ele me virar de costas e tirar minha venda.

Então James me arrumou de costas, até afastando o cabelo do meu rosto, e passou a me observar com os olhos mais suaves, um contraste gritante com aqueles olhos glaciais com os quais ele havia me estudado friamente quando entramos no quarto.

— Você é um anjo deslumbrante, Bianca. Nunca toquei algo tão maravilhoso na minha vida.

Meus olhos estavam ficando cada vez mais pesados. Ele se abaixou e me beijou, de forma reverente, na testa. Ainda estava totalmente vestido, apenas com as calças abertas.

— Agora durma, amor.

27
Sr. Amante Passional

Acordei sentindo James se enfiar dentro de mim. Meus punhos estavam presos entre suas mãos acima da minha cabeça. Nossos peitos nus roçavam um no do outro enquanto ele me beijava suave e docemente, murmurando carinhos. Eu estava molhada e tão excitada que ele deslizou pela minha passagem apertada suavemente.

— Bom dia, amor. — Ele sorriu contra a minha boca.

— Hummm. — Foi a melhor resposta que eu consegui tirar da minha garganta. — Aaaah. — Veio logo em seguida.

Ele se movia lentamente dentro de mim, estocadas longas e duras que pareciam ser eternas.

— Quero que você acorde assim todas as manhãs — ele murmurou entre beijos.

— Hummm, eu poderia me acostumar — resmunguei de volta, ofegando quando ele saiu de dentro de mim, arrastando-se por todas as minhas terminações nervosas sensíveis.

— Assim. Quero que você — ele disse sorrindo. — Se. Acostume. Com. Isso — disse ele, bombeando a cada palavra. — Ponha as pernas ao redor da minha cintura — ele me disse.

Eu as coloquei e ele penetrou com força, provocando novos espasmos nos nervos dentro de mim. Seus lindos olhos estavam grudados nos meus, intensos e cheios de ternura.

— Você é tão linda — ele me disse. — Seus olhos mudam de cor. Juro que estão quase verdes esta manhã. Eu já te disse hoje o quanto você é perfeita?

— Primeiro, ele é azedo e depois é doce — murmurei de volta para ele, ao citar uma velha fala de um comercial sobre doces azedinhos.

Ele riu e começou a me beijar com mais paixão.

Senti que estava me afogando. Eu era inexperiente demais para resistir a tamanha sedução. Ele me queria toda, até mesmo meus sentimentos, e, apesar da minha resistência, ele estava conseguindo.

Senti coisas ao olhar dentro de seus olhos intensos que eu não pensei que sentiria por ninguém, que dirá por alguém que eu tinha conhecido há apenas uma semana.

— O que você está fazendo comigo? — perguntei para ele num sussurro rouco.

Suas narinas se dilataram. Ele me penetrou com força e começou a ficar cada vez mais rápido.

— Espero que seja algo como o que você está fazendo comigo. Quero que você sinta o que estou sentindo, Bianca. Quero que você sinta essa necessidade incontrolável. Não posso suportar o pensamento de que você seja indiferente a mim.

Como se em resposta a suas palavras, eu gozei, gritando, lágrimas escorrendo dos cantos dos meus olhos por causa do êxtase delicioso. Tremores me sacudiram e eu gritei seu nome, de novo e de novo.

Seus olhos ficaram suaves quando ele também chegou ao ápice. Ele soltou meus pulsos e colocou as mãos ao redor da minha face, sustentando meu olhar enquanto sentia o êxtase dominá-lo.

— Bianca — ele falou. Era o momento mais íntimo da minha vida. Tremores do meu prazer ainda me percorriam quando nossos olhos mostraram nossa necessidade carregada, crua e emocional. Eu me perguntava se todas as mulheres com quem ele fazia isso acabavam apaixonadas por ele.

Como não?, pensei. Minha mente se deixou levar, involuntariamente, novamente pelo sono exausto.

Acordei com aroma de café da manhã e o som de um xingamento baixinho na cozinha. Poucos minutos depois, ele me serviu o café na cama.

Eu me sentei para comer a refeição simples como se estivesse morrendo de fome.

— Como você faz as mulheres deixarem você em paz depois desse tipo de tratamento? — brinquei, sorrindo para seus olhos lindos. — Fico surpresa que você não tenha uma horda delas te seguindo para tudo que é lugar só para conseguir um gostinho.

Ele sorriu também, mas seus olhos tinham um toque de perturbação. Ele alisou meu cabelo do rosto e beijou minha testa com afeto.

— Você acha que eu sou assim com todo mundo? — ele perguntou. Havia uma leve reprovação em sua voz. — Você não sabe? Você é especial, princesinha.

Apenas dei um sorriso irônico. Me parecia uma frase feita, por isso eu deixei de lado.

— Então, qual é o plano para hoje?

— Quer trabalhar naquelas pinturas?

— Não tem nada que eu queira mais. Vou precisar de uma soneca no fim da tarde. Vai ser uma longa noite se eu não puder descansar antes, já que não posso dormir no voo noturno, obviamente.

E assim compartilhamos outro dia idílico: eu pintando, para o contentamento do meu coração, e ele trabalhando e posando enquanto eu trabalhava nas duas pinturas.

De forma incrível, terminei a primeira pintura em tempo recorde para mim. Normalmente, eu levava semanas para terminar um projeto. Pendurei-o no meu quarto com orgulho, decidindo que definitivamente seria emoldurado assim que eu tivesse chance.

James parecia amar a perspectiva de ter uma imagem sua adornando meu quarto, quer ele estivesse presente ou não. Ele sorriu quando eu a pendurei, depois me arrastou para a cama para outra sessão de fazer amor. Era a vez do amante passional tomar a dianteira, com apenas um toque do mestre. Eu não ligava. Rapidamente eu passara a adorar os dois.

Cochilamos por horas, muito mais do que eu normalmente conseguia dormir antes dos voos noturnos. Também trabalhei no quadro do nu brevemente antes de me preparar para o voo.

— Só posso esperar que esse aqui acabe tão rápido quanto o primeiro. Normalmente eu não trabalho assim tão depressa. Às vezes, levo semanas para terminar uma obra.

Ele me ajudou a me vestir para o trabalho, abotoando minha blusa e ajeitando minha gravata. Ele me fez carinhos, me beijou e me fez desejar que tivesse mais dez minutos quando chegou a hora de eu partir.

— Você não tem um voo para pegar? — perguntei, fingindo irritação enquanto saíamos.

— Ora, tenho. Estou saindo agora, amor — disse ele, beijando-me descaradamente na calçada enquanto Stephan esperava no carro. — Não preciso fazer as malas exatamente. Lembre-se, eu vivo em Nova York na maior parte do tempo.

Eu não tinha lembrado, e o pensamento me entristeceu. Isso que estávamos fazendo juntos, ele invadindo minha casa e me cobrindo de atenções, iria acabar em breve. Mesmo se não terminássemos tudo de imediato, logo seria reduzido a um caso de um dia por semana, eu tinha certeza.

Ele pareceu notar algo no meu rosto, e seus olhos me prenderam. Eu tentei ao máximo deixar meu rosto inexpressivo.

— Não se preocupe, amor. Tenho obrigações lá, mas certamente vou fazer um esforço para estar aqui com mais frequência. Este hotel é uma das minhas maiores propriedades. Faz todo sentido que eu passe uma boa parte do meu tempo aqui.

Eu me sacudi um pouco. Ele queria que eu dependesse dele por alguma razão perversa, e eu tinha começado a ceder um pouco. Me determinei a fazer um esforço maior para manter a cabeça no lugar.

— Vejo você em breve — falei, e saí andando.

Seria uma noite particularmente morta no trabalho. Estudei brevemente nossa papelada e vi que o voo só estaria ocupado por sessenta passageiros, dentro os cento e setenta e cinco lugares, com apenas três na cabine de primeira classe. Normalmente, eu odiava viagens assim, com tempo demais e tarefas de menos; essa noite, porém, eu me sentia aliviada.

Talvez eu fosse passar algum tempo com James. E algum tempo com Stephan, para falar sobre James.

Nós nos encontramos com os pilotos no ônibus da tripulação, e tanto Damien como Murphy me abraçaram.

Retribuí o abraço rigidamente. Eu realmente gostava desses dois pilotos, mas não suportaria a ideia de deixar os outros pilotos no ônibus começarem a ter ideias de que eu era receptiva a qualquer tipo de toque. Na minha experiência, os pilotos estavam sempre procurando uma desculpa para tocar a gente. Eu preferia ser vista como intocável, particularmente no trabalho.

— Você está maravilhosa, Bianca — disse Damien, sorrindo ao se afastar de seu abraço espontâneo. — Linda como sempre. Eu não posso dizer o quanto ficamos felizes quando descobrimos que vocês eram a tripulação com os mesmos horários que os nossos.

Damien era muito bonito, com o cabelo preto brilhante e os olhos castanhos gentis que tinham encantado muitas comissárias e as motivado a tirar a roupa. Ele tinha pelo menos 1,85m, e pude sentir o movimento duro dos músculos em seus braços e tronco quando ele me abraçou. Além de tudo isso, ele tinha um forte sotaque australiano que era como uma criptonita para garotas safadas.

Eu sorri também.

— Sim, quando o Stephan me disse que eram os nossos pilotos de Nova York, eu soube que ia ser um mês divertido — eu disse a ele.

Sempre fui cordial com Damien, mas também sentia a necessidade de ser um pouco reservada. Ele tinha dado em cima de mim quando nos conhecemos, mas, quando lhe dei o fora, ele não foi nada mais do que platônico. No entanto, eu ainda tinha a sensação de que às vezes ele estava apenas esperando que eu mudasse de ideia. Mesmo se eu estivesse interessada em namoro, o que enfaticamente não estava, não teria saído com ele. Damien era um mulherengo sem vergonha. Tinha, inclusive, dormido com algumas das minhas amigas, e nenhuma parte minha o queria como nada além de amigo.

Murphy, o copiloto, era um loiro corpulento, com bochechas rosadas e um fluxo constante de piadas que tinham me feito rolar de rir muitas vezes. Seu rosto cativante tinha um sorriso perpétuo. Eu não conseguia nem sequer me lembrar de uma época em que seu rosto feliz não estivesse sorrindo, pelo menos um pouco.

— Damien fez um pacto com o diabo só para estar no seu trajeto, Bianca. A pobre mãe dele também não ficou muito feliz com isso — Murphy me disse em caráter de saudação.

Todo o ônibus deu risada. Ele simplesmente tinha aquela natureza contagiante e feliz, sempre trazendo todos para a brincadeira.

Melissa ficou o mais feliz que eu já a tinha visto quando conheceu nossos novos pilotos. Talvez seu romance com o casado capitão Peter já tivesse se tornado obsoleto. Eu ficaria chocada se ela e Damien não dividissem um quarto até o final da escala.

Lancei um olhar para Stephan, e ele sorriu para mim.

— Que momento feliz, Bi. Minha menina está finalmente se apaixonando por um ótimo cara, nossa equipe é praticamente uma equipe de sonho, e eu tenho um encontro amanhã.

Stephan era um otimista convicto. Apesar de tudo de ruim que tinha lhe acontecido, ele estava sempre encontrando o lado bom das coisas. Ele nunca deixava de fazer eu desejar ser uma pessoa melhor, uma pessoa mais parecida com ele. Eu não poderia ser, mas sempre tentava não destruir seus momentos felizes com minhas dúvidas e meus medos, então eu apenas sorri para ele.

— Tem tudo para ser um ótimo mês — concordei.

Tivemos uma reunião da tripulação quando chegamos à aeronave, apoiados nos assentos macios da primeira classe. Foi um momento descontraído, nós sete brincando, rindo e fazendo planos para a próxima noite.

Foi tranquilo o suficiente para que todos decidissem ir ao bar do Melvin, já que ficava na esquina do hotel, e Stephan o sugeriu. Melvin nos tinha conseguido um desconto para a tripulação, como recebíamos em muitos bares, então as bebidas eram baratas; e, claro, havia o karaokê.

— Oh, Bianca, diga que você vai cantar para mim — Damien brincou.

Eu apenas sorri.

— Ela não pode ir amanhã. Ela tem planos — disse Stephan, franzindo a testa um pouco quando olhou para Damien. — Vamos ter esperanças de que ela vá na próxima semana.

Balancei a cabeça.

— Certo. Parece bom — eu disse. Eu não podia abandonar Stephan por duas semanas consecutivas, por isso não tive que considerar o assunto por muito tempo para saber que eu estaria lá.

Damien fez um gesto brincalhão de súplica.

— Muito cruel, Bianca! Não te vemos há meses e você agora vai nos abandonar?

— Tenha misericórdia do sujeito, Bianca! Você vai deixá-lo arrasado se o ignorar muito mais! — Murphy brincou.

Vi Melissa lançando olhares não muito amigáveis para mim atrás das costas deles. Eu já tinha percebido que a única coisa que ela odiava mais do que outra pessoa ficando com o homem era outra pessoa receber a atenção.

— Precisamos nos preparar para o embarque ou o agente do portão vai nos matar — disse eu, tentando deslocar a atenção para longe de mim. Foi eficaz, uma vez que realmente tínhamos conversando por muito tempo, negligenciando o nosso trabalho.

Fiquei preparando minha cozinha enquanto Murphy e Damien se revezavam colocando a cabeça para fora da cabine dos pilotos e brincando comigo.

— Vou tomar gim-tônica — disse Damien, com seu sotaque atraente.

Apenas dei risada, e ele voltou para a cabine.

Murphy colocou a cabeça.

— Eu aceito vodca com Martini, agitado, não mexido — Murphy brincou, massacrando sua própria versão de um sotaque australiano.

— James Bond era britânico, não australiano, ou seja lá que sotaque é esse que você está tentando fazer — eu disse a ele.

Murphy pareceu chocado e ferido.

Eu estava rindo, involuntariamente, quando comecei a verificar meus carrinhos.

Ele me deu um olhar severo simulado.

— Ok, eu não quero ter que fazer isso, Bianca, mas você não me deixa escolha. Aqui está minha oferta final: vou cantar *Private Dancer*, da Tina Turner, para você no karaokê, se você vier. É pegar ou largar. Bem, ok, foi você quem pediu. Para adoçar um pouco as coisas, vou tirar a camisa e fazer minha dança Chippendales, de Chris Farley, no ritmo. É minha oferta final — ele avisou, então voltou para a cabine sem esperar por uma resposta.

Eu estava rindo demais para conseguir responder. Eu já tinha visto essa performance antes. Era tão engraçada quanto parecia. Eu até mesmo tinha ouvido boatos de que tinha se tornado viral.

Damien apareceu de novo.

— Ok, imagine isso. Murphy é Chris Farley e eu vou fazer o papel de Patrick Swayze, de tanga. E nós vamos fazer um dueto. Oferta final, Bianca.

Continuei apenas balançando a cabeça, rindo enquanto ele retornava para a cabine de comando.

— Seria possível ter um copo de água quando você terminar de flertar com os pilotos? — uma voz fria perguntou atrás de mim.

Eu me virei. Meu sorriso morreu no instante em que me deparei com um James furioso.

28
Sr. Personalidade

Eu me abaixei em um dos meus carrinhos e entreguei a James uma garrafa de água, sem falar nada.

Ele a pegou enquanto me observava com olhos semicerrados. O frio Sr. Cavendish estava de volta com força total.

O que eu fiz agora? Eu queria tocá-lo. Queria perguntar por que ele estava com raiva, mas não o fiz. Eu só observei sem falar nada até que ele se virou e voltou para o seu lugar.

Eu nem sabia que estávamos no meio do embarque. Normalmente, Stephan primeiro fazia um anúncio para os comissários que estavam nas cozinhas e depois vinha me avisar pessoalmente.

Claro que, com Damien e Murphy na cabine de comando, as coisas corriam um pouco diferentes. Ele não precisava mostrar que estava atendendo os pilotos, por isso não precisava ir à cabine.

Damien colocou a cabeça no vão de entrada novamente, sorrindo, em seguida, entrou de corpo inteiro, mas parou um pouco perto demais e começou a falar em voz baixa:

— Quem era aquele idiota? — perguntou.

Eu só fiz uma careta. Não iria falar sobre isso. Eu já havia sido distraída o suficiente.

— Você poderia nos dar duas águas também? Só que vou tentar não ser um imbecil, como o Sr. Personalidade ali fora — disse ele com um sorriso.

Dei-lhe um ligeiro sorriso de volta, embora tivesse que abafar o impulso de dizer que era Sr. Magnífico, na verdade. Entreguei-lhe duas garrafas.

— Vocês precisam de alguma coisa? — perguntei educadamente.

Ele baixou a cabeça.

— Obrigado, linda. Estamos prontos para decolar. — Ele desapareceu de volta na cabine de comando.

Balancei a cabeça. *Ele estava com um humor estranho.* E o momento tinha sido inconveniente, para dizer o mínimo. James não aceitava nem mesmo o flerte inofensivo, como eu estava aprendendo depressa.

Fui para a cabine rapidamente, para atender meus três passageiros.

Parei em James primeiro. Ele estava em seu lugar habitual, parecendo tenso, suas feições duras quando se sentou e agitou a garrafinha fechada de água.

— Mais alguma coisa, Sr. Cavendish? Posso levar seu paletó?

Ele se levantou e me encurralou para trás enquanto se movimentava no corredor para se arrumar. Ele se aproximou, e desta vez eu mantive minha posição. Seu peito roçou no meu quando ele tirou o paletó risca de giz.

Eu vi a etiqueta *Burberry* claramente enquanto dobrava a peça com cuidado perto do corpo.

— Ele te chama de linda. Quanto da sua beleza ele já viu, Bianca? — James perguntou, sua voz calma e intensa.

Dei-lhe um olhar perplexo e infeliz.

— Não tenho ideia do que você está falando, mas agora não é o momento. Estou trabalhando, Sr. Cavendish.

Sua mandíbula apertou.

— Seja lá o que você estava fazendo lá na cozinha com os pilotos mais parecia brincadeira do que trabalho para mim.

Sua raiva não me fez querer me esconder, como eu poderia ter esperado. Ela me deu vontade de lutar.

— Não seja ridículo. Eu estava trabalhando, e eles estavam sendo amigáveis. Você não pode me controlar fora do que fazemos no quarto, James. — Minha voz era calma, mas furiosa. — E você, especialmente, não tem qualquer controle sobre qualquer coisa a ver com o meu trabalho.

Ele fechou os olhos com força, em seguida, abriu-os novamente, parecendo um pouco mais controlado do que apenas um instante antes.

— Eu odeio isso. Você nem sequer faz ideia do quanto eu odeio — ele disse com calma, ao voltar para o assento. Ele inclinou a cabeça para trás e fechou os olhos.

Deixei-o para lá e pendurei o paletó. Verifiquei meus outros dois passageiros, que estavam sentados na última fila da primeira classe. Lancei um olhar a um James impassível enquanto caminhava de volta para a cozinha a fim de preparar dois Jack com Coca.

Ele manteve os olhos bem fechados, mesmo na decolagem. Fiquei olhando-o de testa franzida. Stephan olhou entre nós dois.

— Tudo bem? — ele perguntou.

Dei um pequeno encolher de ombros.

— Não sei. Ele não gosta que eu seja amigável com o Damien e o Murphy. Mas eu sou, e só conheço James há uma semana. Não o entendo de jeito nenhum.

Stephan suspirou.

— Eu disse ao Damien que você estava envolvida com alguém. Ele levou numa boa, mas ficou obviamente chateado. Você sabe que ele sempre gostou de você.

Meus olhos se arregalaram.

— Ele sempre gosta de todas as mulheres que ele conhece. O que isso tem a ver com alguma coisa?

Stephan me deu um olhar significativo, depois sacudiu a cabeça.

— Deixa pra lá. Quando James perceber o quanto você não é receptiva a qualquer interesse da parte do Damien, tenho certeza de que ele vai ser mais razoável.

Revirei os olhos. Razoável não parecia fazer parte do repertório de James, até onde eu sabia.

Quando chegamos aos dez mil pés, levantei e comecei o serviço prontamente, apesar do fato de que levaria apenas alguns minutos, e logo depois eu teria horas para matar.

Parei diante de um James ainda imóvel, debatendo comigo mesma se deveria perguntar se ele precisava de alguma coisa, ou se apenas passava por ele, fingindo que ele estava dormindo. Eu sabia que não estava, tendo em vista sua boca dura e os punhos cerrados.

Decidi atender os outros passageiros primeiro, adiando facilmente a decisão sobre como lidar com ele.

Servi mais dois coquetéis ao casal e duas águas, antes de voltar para James. Sentei-me na cadeira vazia ao lado dele, mas ele continuou sem abrir os olhos. Toquei sua mão de leve e então seu braço.

— Sr. Cavendish? — perguntei-lhe em voz baixa.

— Eu não avisei o que iria acontecer se você me tocasse na frente de outras pessoas? — ele me perguntou, sem abrir os olhos.

Olhei em volta.

— Ninguém pode nos ver, então acho que, para todos os efeitos, isso não conta.

Ele agarrou minha mão, rápido como uma serpente e colocou-a com firmeza sobre seu pau duro como rocha. Ele estava muito pronto para entrar em ação. Fiquei chocada. Ali sentado no avião, completamente excitado...

— Você está sempre duro? — perguntei em voz baixa, quase mais curiosa do que qualquer outra coisa, embora eu estivesse longe de ser indiferente ao seu ardor.

Ele sorriu, um sorriso triste.

— Claro que não. Ultimamente, só a maior parte do tempo.

Ele se moveu um pouco contra mim enquanto falava, e eu o agarrei sem pensar. Ele gemeu.

Recuei e parei, ao me dar conta do que eu estava fazendo e onde. E como seria rápido que isso se tornasse algo mais. Eu não podia acreditar na minha falta de controle.

— Preciso voltar ao trabalho. O senhor precisa de mais alguma coisa?

Ele apenas me deu um olhar irônico, arqueado, sua excitação óbvia ali onde ele estava, agora com as mãos sobre os apoios de braços.

— Eu não preciso de uma bebida, se é isso que você está perguntando.

Deixei-o às pressas. As coisas estavam rapidamente ficando fora de controle.

Servi os lanches sem o carrinho mesmo, pois só eram três passageiros.

James acenou que sim, ele queria o lanche, mas não se mexeu. Eu tive que abrir a mesinha para ele, algo que eu fazia com frequência. Porém, abri-la sobre a ereção impressionante definitivamente era uma nova experiência para mim.

Ele me lançou um olhar muito aquecido, de pálpebras pesadas, quando segui em frente.

Maldito homem temperamental e excitante, pensei com agitação.

Servi os pilotos em seguida, depois o casal, que pediu várias rodadas de coquetéis. Eles pareciam prestes a desmaiar, mas ainda conversavam baixinho um com o outro e bebiam muito.

Quando voltei para a minha cozinha, quase pulei e levei a mão ao coração.

— Damien, você me assustou — eu disse ao piloto. Stephan estava ajudando na cabine principal, e eu não esperava encontrar alguém por trás da cortina, quando a abri.

Ele apenas sorriu.

— Desculpa, linda. Tudo bem? Está morrendo de tédio com a cabine vazia? — ele perguntou, sabendo que eu gostava de me manter ocupada.

Confirmei com a cabeça, sorrindo.

— Talvez eu tenha que ignorar o casal na primeira classe. Eles estão arrastando as palavras, mas não mostram sinais de parar. Eles vão acrescentar um pouco de emoção, se acabarem se tornando os bêbados descontentes habituais com os quais estou acostumada a lidar.

Ele flexionou um braço.

– Me avise se você precisar de uma ajuda. Eu ficaria feliz em usar meus músculos por você – brincou.

Eu apenas ri.

– Isso não vai ser necessário. Eles provavelmente só me olharão feio durante o resto do voo, se eu os julguei certo.

– Então, o Stephan me disse que você está realmente saindo com alguém no momento. Achei que você não namorava… E ele me disse que é bem sério. É verdade? – ele perguntou. *Essa linha de questionamento é inapropriadamente pessoal*, pensei. *E apareceu do nada.*

Meus olhos se arregalaram de consternação com alguns dos seus comentários. Imaginei que seria possível que James nos ouvisse de seu assento próximo. Eu não queria que ele pensasse que eu estive contando falsidades às pessoas sobre a nossa relação puramente sexual, por isso fui rápida em corrigir o capitão.

– Sério? Não, claro que não. Eu só o conheço há uma semana. Na verdade, não estamos nem saindo. É… complicado.

Damien parecia muito, muito feliz com a minha explicação. Uma explicação que eu nunca teria lhe dado se eu não quisesse que James tivesse certeza de que eu seria capaz de corrigir quaisquer falsas suposições sobre o que estava rolando entre nós.

Damien era o tipo de cara com que eu poderia ter amizade, mas não era ninguém que eu teria confiado para falar sobre uma relação complicada. Pela reação dele, eu sentia como se tivesse revelado demais. Ele estava sorrindo para mim.

– Ah, entendi. Então você não vai partir meu coração, se comprometendo com alguém antes mesmo de eu fazer uma tentativa? – ele brincou com um sorriso inofensivo.

Dei-lhe um olhar levemente severo.

— Você é incorrigível, Damien.

— Sou mesmo — respondeu, piscando para mim quando voltou para a cabine de comando.

Fui para o banheiro quase no segundo em que ele saiu. Comecei a fechar a porta atrás de mim, mas um corpo rígido entrou no caminho e me empurrou mais para dentro.

James fechou e trancou a porta atrás de nós, os olhos selvagens. Ele segurou minhas mãos e as colocou na barra de apoio à direita do espelho, para que eu tivesse uma visão clara do meu corpo e dele atrás de mim.

Agarrei-me à barra automaticamente.

— Não é sério? — ele perguntou grosseiramente e puxou minha saia até os quadris.

Ele pressionou o corpo no meu, alinhando a dura ereção na minha fenda, através de sua calça e da minha calcinha. Fez um movimento de vai e vem contra mim e suas mãos subiram para os botões da minha blusa.

Eu havia tirado o colete, por isso foi só minha camisa que ele teve de enfrentar. Ele puxou minha pequena gravata do pescoço, mas deixou-a intacta. Desabotoou a camisa apenas o suficiente para expor meu sutiã. Ele abriu o fecho da frente e libertou meus seios pesados. Me apalpou usando movimentos firmes, beliscou os mamilos com dureza, enquanto aqueles olhos selvagens observavam cada movimento.

— Você tem uma estranha interpretação da palavra "sério", Bianca — ele rosnou para mim enquanto suas mãos e seu pênis me levavam a um estado febril.

Ele tirou uma das mãos dos meus seios, e eu o senti dedilhar meu sexo em torno da calcinha pequena, puxando abruptamente num movimento firme que rasgou-a. Ele enfiou a peça ofensiva de roupa no bolso, em seguida, se pôs a libertar a ereção impressionante com a mão.

Ele pressionou minha entrada por apenas um instante e, em seguida, entrou em mim com força. Foi tão delicioso que meus olhos se fecharam e soltei um gemido de prazer.

— Abra os olhos! Por acaso isso parece sério para você? — ele me perguntou com um tranco em mim.

Eu só gemia e me movia contra ele. Ele foi ficando cada vez mais rápido e mais forte, entrando e saindo, até alcançar um ritmo intenso.

— Me responda. Isso parece sério para você? — ele perguntou novamente.

Foi um esforço colocar as palavras para fora. Eu não sabia como ele fazia isso. Minha mente estava em uma desordem nebulosa que não permitia pensamentos claros.

— Parece uma f-foda e séria — eu disse a ele enquanto continuava a ser empalada impiedosamente por trás.

Ele rosnou como um animal e puxou meu cabelo até a parte de trás da minha cabeça ter sido forçada em seu ombro. Minhas costas formaram um arco impossível para trás, e ele mordeu meu pescoço com força suficiente para deixar uma marca.

Gozei com tanta força que pensei que tinha desfalecido. Ele ainda estava me penetrando quando minha visão clareou, embora seu ritmo tivesse abrandado.

— Se alguém perguntar, você é território proibido. Pensei que tinha deixado isso claro desde o início — ele me falou com frieza, sem parar, ainda me fodendo até eu quase perder os sentidos.

— Eu-eu... — tentei falar, mas não consegui. Ele agora estava friccionando meu clitóris, me preparando para outro clímax avassalador. — O qu... o que... — Eu desisti de falar depois disso.

Ele era impiedoso, levando-me me ao orgasmo de novo e de novo, estocando indefinidamente.

Ele está me punindo com prazer, pensei através da neblina.

— Por favor, chega — eu disse a ele, finalmente, ao retornar de outro feitiço intoxicante.

— Me diga a quem você pertence — ele ordenou, nenhum indício de suavidade em seu tom.

James não estava presente. Apenas o Sr. Cavendish poderia ser tão insensível e possessivo.

— Eu sou sua, Sr. Cavendish. Eu era virgem quando te conheci. Não se lembra? Você tomou meu hímen. Se eu quisesse alguma outra pessoa, já não seria mais intocada. — Eu não contive o desespero ou a exasperação da minha voz.

Ele gozou com um grunhido, os olhos ainda incrivelmente selvagens.

Seu pênis sofreu espasmos dentro de mim por longos minutos depois que ele terminou, e ele deu estocadas incrivelmente sexy e involuntárias, aproveitando os resquícios de seu longo orgasmo.

— Se você estiver com dificuldades para entender, permita-me deixar bem claro para você — ele me disse em tom ríspido. — Isso é sério, Bianca. Porra, eu nunca estive tão sério na minha vida.

29
Sr. Carinhoso

James começou a arrumar minhas roupas antes mesmo de sair de mim. Fechou meu sutiã e ajustou meus seios dentro das taças como se fizesse isso todos os dias. Abotoou minha blusa, endireitou minha gravata e, em seguida, o colarinho. Alisou meu cabelo, e depois o seu.

Notei que ele parecia perfeitamente composto. Seu cabelo estava perfeito e até mesmo a gravata estava retinha. Por outro lado, eu parecia alguém que tinha acabado de ser fodida até dizer chega. Falei isso para ele.

James riu. Era um som rico e sombrio.

— Bem, eu estava tentando deixar a parte do "sério" bem clara *dentro* de você — disse ele, com um humor muito melhor, obviamente.

— Alguém já te disse que você é um filho da puta temperamental?

Ele pareceu um pouco envergonhado, e depois pensativo.

— Não com essas palavras, mas não posso discutir quanto a isso. — Enquanto falava, ele saiu de mim. Foi um processo prolongado, e ele me observava o tempo todo.

Estremeci.

— Preciso voltar ao trabalho — eu disse quando ele começou a me limpar, passando a mão ao meu lado para usar a pequena pia.

Ele beijou meu pescoço enquanto molhava uma toalha de papel.

— Quero comer você de novo, Bianca — ele murmurou na minha pele, mas não fez nenhum movimento para colocar suas palavras em prática. — Mas vou levar você amanhã para ver o quarto andar; você estará segura até lá. Eu odiaria te foder com força demais antes disso e ter que me segurar depois.

Meu olhar era uma pergunta.

— O quarto andar?

Seu tom era indiferente enquanto ele me limpava.

— É a localização do nosso parque de diversões, amor. — Ele endireitou minha saia, alisando-a para baixo. Eu tremi.

— Agora estou sem calcinha. — Era uma acusação.

— Sim, eu sei. Está no meu bolso — disse ele suavemente, endireitando sua roupa e fechando a calça.

Eu vigiava todos os seus movimentos, olhos colados em seu membro de dar água na boca quando ele o colocou de volta dentro dos limites da calça.

— Eu poderia usar a minha boca em você — eu disse, observando aquele instrumento de prazer desaparecer e lambendo os lábios. Eu me sentia impetuosamente voraz para fazer exatamente isso.

Ele se endireitou, olhando para mim como um falcão no espelho. Levou sua mão ao rosto e introduziu o dedo indicador na minha boca. Abri-a e suguei-o. Ele entrou e saiu com o dedo, uma paródia do ato.

— Mais forte — ele me disse, e eu chupei mais. — Use os dentes, só um pouco.

Eu fiz isso, e ele fez um som de aprovação na garganta.

— Amanhã vou foder sua boca. Mas não até domar sua boceta primeiro. — Ele libertou o dedo quando disse isso.

Eu me contorci em resposta à sua linguagem grosseira, de alguma forma, sem me ofender em absoluto pelas coisas sacanas que ele dizia. Na verdade, me excitava enormemente.

— Você tem uma boca suja — eu disse a ele, minhas pálpebras pesadas.

Ele sorriu.

— É um convite? Eu poderia deixá-la assim num piscar de olhos. — Ele passou a língua sobre os dentes enquanto falava.

Minhas entranhas se apertaram só de ver.

Neguei com a cabeça, tentando fazer com que minha mente retornasse ao fato de que eu estava trabalhando e precisava realmente fazer algumas coisas.

— Eu preciso ir.

Ele me deu um sorriso torto.

— Se alguém reclamar, você pode sempre dizer que estava prestando serviço a um passageiro.

Torci o nariz com sua escolha de palavras e abri a porta para sair do banheiro. Fechei-a atrás de mim, imaginando que ele fosse esperar um pouco antes de sair.

Stephan estava na cozinha quando abri a cortina, preparando mais Jack com Coca para o casal da primeira classe.

— Desculpe — eu murmurei, indo para o balcão e me apoiando nele.

Ele olhou para mim com um sorriso irônico.

— Você não faz nada meia-boca. Passa de celibato frio como pedra para gritar no banheiro no trabalho. Você está perdida, princesinha — disse ele, mas com bom humor.

Ele saiu da cozinha às pressas para entregar as bebidas, e eu ainda estava vermelha quando ele voltou.

James se juntou a nós, vindo me abraçar por trás, como se estivesse completamente despreocupado com o fato de que eu estava trabalhando.

Tentei afastá-lo.

— James, eu estou trabalhando.

Ele apenas me abraçou com mais força e tascou um beijo no meu pescoço.

— O que deu em você? — perguntei a ele.

— Não tem problema se vocês ficarem na cozinha — Stephan emendou com um sorriso. — O avião está praticamente vazio, o casal na primeira classe só usa o banheiro da parte de trás, e não mostra sinais de se mover no momento. Aproveitem, pombinhos.

Olhei feio para ele.

— Você deveria ser a voz da razão, Stephan.

Ele encolheu os ombros.

— O voo também não está lotado. Se ninguém ficar sabendo, não tem problema.

Como se tomando essas palavras como um convite, James se pressionou a mim com mais força.

Dei-lhe uma cotovelada, mas ele não se moveu.

— E quanto ao resto da tripulação? Qualquer um pode me reportar por isso.

James beijou o topo da minha cabeça e colocou as mãos de leve nos meus quadris. Ele não tinha dito uma palavra desde que saiu do banheiro. Eu não conseguia entender o que ele estava pensando. Eu só poderia dizer que ele estava subitamente afetuoso como um gatinho bebê.

Stephan deu de ombros.

— Duvido que alguém pudesse fazer isso. Melissa não gosta de você, mas eu sei muito mais podres a respeito dela. Não acho que ela se atreveria. Apenas relaxe. Comissários de bordo trazem seus amados nos voos o tempo todo. Você acha que é a primeira a se juntar ao clube do pessoal que curte transar no avião?

Eu me perguntei brevemente sobre o tipo de podres que Stephan sabia a respeito de Melissa, mas fomos interrompidos antes que eu pudesse perguntar.

Como se aproveitando a deixa da nossa conversa, Murphy deu um passo para fora da cabine, sorrindo para nós.

— Você considerou nossa oferta, Bianca? — ele perguntou jovialmente, notando James, mas sem fazer nenhum comentário.

Braços duros me envolveram logo abaixo dos seios, pelas costas.

Eu sorri para Murphy, esperando que James não fosse tornar as coisas difíceis.

— Murphy, tudo que você fez foi assustar a pobre menina pela próxima semana também — Stephan falou com um sorriso.

Murphy pareceu cabisbaixo.

— É possível que eu não seja tão sexy quanto acho que sou?

Demos risada. Olhei para cima e até mesmo James estava sorrindo.

Murphy entrou no banheiro.

— Veja, Sr. Magnífico, ele não é tão ruim.

Seu sorriso desapareceu.

— Não é com ele que eu estou preocupado — respondeu.

Como poderia um homem tão bonito ser inseguro? Eu queria saber. Era desconcertante me dar conta de que ele o era.

Eu não *tinha* pensado que James estava preocupado com Murphy, mas eu ainda me sentia totalmente desnorteada que ele estivesse realmente com ciúmes de Damien.

— Você é a criatura mais linda do planeta. Como pode não saber que me arruinou completamente para outros homens? — perguntei em voz baixa, e ele me deu um sorriso angelical.

Ele se curvou e invadiu minha boca até eu me render. No início, hesitei em entrar em um beijo tão quente fora de um quarto, mas era difícil lembrar disso no momento. Ele percorreu a língua na minha boca, e continuou me beijando sem parar.

Eu gemia baixo no fundo da garganta quando ele se afastou.

— Me fala isso de novo — ele murmurou nos meus lábios macios pelo beijo.

— Um supermodelo pareceria comum ao seu lado. Nenhum homem

poderia se comparar a você. Por que eu me preocuparia com outros? — Eu disse as palavras em voz baixa, e ele rapidamente começou a me beijar de novo.

Percebi que tinha encontrado um ponto fraco. As palavras não eram nada além da verdade, mas eu precisava me lembrar de usá-las quando elas eram necessárias. Eu duvidava que ele pudesse ficar bravo quando eu o tranquilizava de tal maneira.

Eu não fazia ideia de quanto tempo trocamos carícias como adolescentes quando ele se afastou novamente. Olhei para o semblante de espanto do capitão Damien, e para um Stephan envergonhado.

— Ah, oi — murmurei por entre os lábios inchados de beijos. Os dois homens pareciam ter tentado falar com a gente por algum tempo sem sucesso.

James voltou a me envolver pelas costas, seus braços sob meus seios, perigosamente perto de violar a decência. Ele beijou meu pescoço e deu uma mordida suave quando se afastou. Era sensual demais para ser feito no trabalho, mas eu sabia que ele não dava a mínima.

Ele estendeu um longo braço para um mais baixo Damien.

— Oi. Eu sou James Cavendish. O namorado da Bianca.

Damien apertou sua mão, parecendo atordoado.

— Ah. Namorado? Bom, oi. Eu sou Damien. Prazer em conhecê-lo. Você deve ser um grande sujeito se Bianca te deu uma chance.

James beijou meu pescoço novamente, sugando com força suficiente para deixar uma marca. Ele beijou o local de novo quando afastou o rosto.

Eu me contorci, desconfortável. As coisas estavam ficando estranhas rapidamente.

— Nós fomos feitos um para o outro. É simples assim. A Bianca me disse agora há pouco que depois de mim ela não teria mais interesse em outros homens.

Sua voz era toda charmosa, mas eu olhei para cima e para trás e descobri que, sem surpresa, seu sorriso era desafiador e predatório.

Dei uma cotovelada em suas costelas. Eu não podia acreditar que ele tinha dito isso. Fiquei supervermelha.

Stephan riu, embora o sorriso tenha desaparecido quando viu minha cara.

Damien tossiu desconfortavelmente.

— Bem, tudo bem. É melhor eu voltar. Até mais tarde. — Ele saiu.

Eu estava bufando.

James começou a beijar meu pescoço novamente.

Tentei pisar em seu pé, mas errei.

— Isso foi constrangedor e fora de tom, James. Você não pode pegar as coisas que eu falo e usar desse jeito. Assim você me faz querer não dizer esse tipo de coisa.

Ele murmurou um pedido de desculpas encostado no meu pescoço.

— Me desculpe. Eu só tinha que deixar as coisas bem claras para ele depois das coisas que você disse-lhe mais cedo. Não vou fazer isso de novo. Você me perdoa?

Seus dentes puxaram minha orelha, e foi difícil eu me concentrar.

— Você precisa voltar para o seu assento — eu disse com firmeza, longe de ser apaziguada.

Suas mãos subiram para os meus seios, e eu olhei em volta, escandalizada. Mas estávamos sozinhos. Eu não tinha nem sequer ouvido Stephan sair.

— Eu amo seus seios. Amanhã vou colocar prendedores neles. Eu colocaria piercings para você, se me permitir. Eu ia gostar muito de marcá-los assim.

Eu sabia que ele estava tentando me distrair, mas, mesmo assim, sua tática funcionou. Fiquei chocada. Parecia uma coisa extravagante e permanente de se fazer. Na minha vida toda, eu nem mesmo considerei fazer algo assim. E ele disse como se ele mesmo fosse furá-los.

— Você poderia fazer isso? Tipo, você sabe colocar piercings?

Ele murmurou um sim contra o meu ombro, apertando meus seios com a pressão certa.

— Você acha que eu iria permitir que qualquer outra pessoa cuidasse deles? Que fizesse isso em você? Porra, não. Esse seria um trabalho para mim. — Ele beliscou com força ao dizer isso.

— Você já fez isso antes? — perguntei com cautela, minhas costas arqueando automaticamente. Eu não estava pensando em fazer isso na realidade. Só estava curiosa sobre sua habilidade incomum.

Ele esfregou a ereção dura na minha bunda.

— Sou bem treinado e faço isso muito bem. Não tem como ser indolor, mas eu vou tentar o meu melhor para diminuir a dor.

Notei que ele não respondeu exatamente a questão. Tive uma visão repentina de todas as suas ex-amantes exibindo brincos de mamilo por anos depois de ele ter terminado com elas. Parecia um pequeno preço a pagar, eu supunha, considerando como ele era bom na cama.

— Você faz piercings em todas as suas amantes?

Ele deu um risinho pelo nariz.

— Você tem as ideias mais estranhas. Não, eu normalmente não coloco piercings nas minhas amantes.

— Apenas nas favoritas? — perguntei, meio séria.

— Eu só tenho uma favorita — ele respondeu, aninhando-se contra mim.

— Qual era o nome dela? — perguntei, irritando-me que ele não me desse uma resposta de verdade para a questão.

Ele beliscou um mamilo com força suficiente para me fazer soltar um gritinho.

— Eu estava me referindo a você, sua bobinha. E, finalmente, respondendo à sua linha persistente de questionamento, eu já fiz piercings em três das minhas ex-amantes. Agora, eu acredito que é a minha vez de extrair alguma informação de você. E, considerando que você acabou escolhendo a pergunta para mim, eu vou fazer o mesmo com você. Alguma vez você já saiu com o capitão Damien?

Eu não poderia ter ficado mais feliz com a sua pergunta. Estava a ponto de protestar quando ele perguntou.

— Não.

— Ele já te convidou para sair?

— Agora já são duas perguntas — respondi, convencida.

— Acredito que eu respondi a mais de uma.

Suspirei.

— Já, quando começamos a conviver com eles, ele convidou. Eu disse não, e ele tem ficado na dele desde então.

— Por que você disse não? Você parece gostar dele.

Virei a cabeça apenas o suficiente para lhe lançar um olhar de rabo de olho.

— Eu não estava interessada. Pelo visto, é preciso um tipo muito específico de homem para conseguir o meu interesse.

Ele praticamente ronronou no meu pescoço.

30
Sr. Gratificação

Estávamos nos sentando para pousar, quando me lembrei de perguntar a Stephan sobre algo curioso que ele havia dito anteriormente.

— Que tipo de podres você sabe sobre a Melissa? E por que é a primeira vez que estou ouvindo a respeito disso? — perguntei a ele. Como regra geral, Stephan não deixava de me contar nada, nem mesmo as coisas pequenas.

Ele corou um pouco.

— É uma história meio brutal, e, francamente, eu queria te proteger. Você não é mais virgem, mas o que eu vi me fez sentir sujo; eu não queria descarregar em você.

Isso apenas incitou minha curiosidade, é claro.

— O que diabos aconteceu?

Ele fez uma careta.

— Eu encontrei a Melissa na cabine de comando na semana passada. Ela estava, hum, estava dando ao capitão Peter, um, prazer oral.

Engoli em seco, e minha mão voou para a minha boca. Ele apenas balançou a cabeça com um olhar de nojo no rosto.

— Onde estava o copiloto? — perguntei, não sei por que foi a primeira coisa que me veio à cabeça.

— Ele estava sentado ali, parecendo desconfortável. Acho que a Melissa pensou que ele iria gostar, mas ele certamente não gostou. E então, depois que ela viu o seu relógio, eu a ouvi falar com a Brenda e com o Jake quando me aproximei da cozinha dos fundos. Ela teve a coragem de dizer a eles que pretendia reportar você por aceitar presente de passageiros. Ela teve a ousadia de realmente insinuar que o James tinha pago por algo que você fez por ele no banheiro da aeronave.

Meu queixo literalmente caiu.

— Aquela vagabunda mentirosa — falei, enojada, reagindo rapidamente com mau gênio.

Ele levantou a mão.

— Eu cuidei disso. Primeiro de tudo, eu a confrontei na frente dos outros para garantir que eles soubessem que ela era uma grande mentirosa. Eles não tiveram nenhuma dificuldade em ver que ela estava apenas com inveja do seu relógio. Tanto a Brenda quanto o Jake têm um pouco de noção e confiam em mim, por isso eles facilmente aceitaram a minha palavra contra a dela. E depois disso, fiz o possível para que todos soubessem que eu tinha pego a Melissa na cabine de comando. Ela pelo menos teve a decência de parecer envergonhada com isso. Eu mesmo falei com o copiloto, e ele concordou em me apoiar se eu precisasse fazer um relatório sobre o assunto. A Melissa sabe que eu não hesitaria em fazê-la ser demitida se ela tentasse prejudicar você. Ela tem sorte de que eu não a faça ser demitida por tentar espalhar rumores desagradáveis a seu respeito. Ainda fico furioso só de pensar.

Afaguei a mão dele de um jeito amigável, ponderando sobre o drama que se desenrolava em torno de mim, enquanto eu trabalhava, sem nem suspeitar de nada.

— Ela é uma encrenca e tanto — comentei, em seguida, deixando o assunto para lá.

— James está louco por você — Stephan murmurou para mim calmamente.

Ele é louco, sem dúvida, eu pensei, mas não comentei.

Considerei divulgar todos os detalhes escandalosos sobre o nosso relacionamento para Stephan, mas decidi não fazer isso, pois apenas dissiparia sua noção estranha de que James havia se apaixonado por mim como um herói romântico, mas também o deixaria triste sem necessidade.

James estava esperando do lado de fora da porta quando saímos da ponte com a tripulação, finalmente encerrando o expediente na noite que agora era quase manhã.

— Vamos comigo — ele ordenou ao me acompanhar.

Diminuí o passo até que os outros me ultrapassem.

— Não posso — eu disse a ele em voz baixa. — Temos que ir com a tripulação, e eu preciso fazer check-in no hotel para reservar o meu quarto.

Ele corou, sua linda boca fazendo uma curva. Ele começou a puxar minha bagagem por mim.

— Isso é desnecessário, Bianca. Pelo amor de Deus, fique na minha casa.

Apertei os lábios.

— Nós não vamos tocar nesse assunto novamente.

Ele andou ao meu lado em silêncio até que estávamos quase no local onde pegávamos o transporte da tripulação.

— Tudo bem. Um motorista vai buscar você no hotel — disse ele, por fim, entregando-me minha bagagem.

— Quando? — perguntei, mas ele já estava se afastando.

Foi uma viagem agradável, com Murphy no seu estado mais divertido. Eu me perguntava, enquanto ele contava uma história engraçada, se Melissa tentaria partir para cima de Damien com Murphy ao lado, observando, no voo desta semana. Ou será que ela cairia de boca nos dois? Eu não sabia como esse tipo de coisa funcionava.

Eu estava descobrindo minha própria natureza pervertida na íntegra, mas ter dois homens ainda parecia sórdido demais para mim. Não importava que tipo de feitiço James parecesse ter colocado em mim, sei que eu nunca poderia ser convencida a fazer algo parecido.

Murphy interrompeu meus pensamentos escandalosos ao se dirigir a mim diretamente.

— Você não pode me dizer que não vai se arrepender de não sair com a gente esta noite! Admita, você ama a gente! — Murphy tinha adotado um sotaque australiano atroz de brincadeira enquanto falava. Ele fazia isso com frequência, alegando que, se funcionava com o Damien, poderia dar certo para ele. Damien sempre estremecia quando ouvia seu sotaque ser trucidado, o que apenas deixava tudo mais engraçado.

Eu sorri.

— Eu fiz planos antes de saber dos seus, Murphy. Não pegue pesado.

— Fale para o James se juntar a nós. Se ele planejou uma noite romântica, fale pra ele guardar para outra noite!

Pensei em como ele iria passar aquela noite sem mim. Considerei brevemente me encontrar com eles depois disso. Eu sabia, de outras noites que tínhamos saído com esses pilotos, que eles não teriam problema algum em ficar acordados até tarde e depois acordar cedo.

— Talvez eu dê uma passada no bar mais tarde — cedi. — Vou ver como as coisas acontecem antes.

Murphy deu um grito como se tivesse conquistado uma vitória. Encontrei os olhos de Damien, e ele estava sorrindo calorosamente. Eu me sentia um pouco desconfortável, e não entendia exatamente por quê. Já tínhamos saído com esses pilotos muitas vezes e geralmente o clima nunca ficava estranho.

Será que estou apenas preocupada com o que James iria pensar? Essa ideia me perturbou.

Chegamos ao hotel e pegamos as chaves dos quartos em pouco tempo. Todo mundo estava se demorando no saguão, conversando com os funcionários do hotel. Murphy foi convencê-los a se juntar a nós no bar depois do trabalho. Parecia que ele estava tendo sucesso. Murphy era quase tão encantador quanto Stephan, à sua própria maneira tola.

— Srta. Karlsson — disse uma voz discreta atrás de mim.

Virei-me de surpresa. Não era a forma usual de eu ser abordada.

Não fiquei muito surpresa ao ver Clark ali parado, tanto em Nova York quanto em nosso hotel. Eu não tinha percebido que ele viajava com James também fora de Las Vegas.

— Oi, Clark. Como você está? — perguntei, sorrindo.

— Ótimo, Srta. Karlsson. O carro está parado aqui na frente. Por favor, permita-me levar sua bolsa. — Ele fez isso sem esperar por uma resposta.

Stephan me beijou na testa.

— Divirta-se, princesinha. Ligue se você precisar de alguma coisa.

Confirmei com a cabeça distraidamente, notando os olhares estranhos do resto da nossa equipe enquanto eu fazia minha despedida um tanto precipitada. Dei um rápido aceno para todo mundo e saí.

James poderia ter me dito que seria imediatamente. Ele provavelmente não tinha me comunicado por um motivo, pensando que eu fosse discutir com ele. Achei que ele estava tramando alguma coisa.

Clark já havia colocado minha mala no carro e estava com a porta aberta quando o alcancei. Ele era muito rápido. Sorri para ele ao me abaixar para entrar no carro luxuoso.

Braços fortes me assustaram e arrancaram um gritinho de mim. Eu estava sendo arrastada imediatamente para o agora familiar colo de James. Ele me abraçou apertado, enterrando o rosto no meu pescoço e se aninhando ali.

— Você ama esse lugarzinho, não é? — perguntei a ele, me referindo ao pescoço, onde ele estava me beijando.

— Ah, sim — James murmurou encostado em mim. — Eu amo todos os seus lugarzinhos.

Revirei os olhos.

— Nós dois precisamos de uma soneca — falei, ao mesmo tempo em que me perguntava sobre seus planos.

— Podemos tirar a soneca depois. Estou morrendo de vontade de te mostrar algumas coisas. Todo o meu autocontrole me abandonou. E pensar que eu costumava ser um homem que acreditava na gratificação postergada.

Arqueei as sobrancelhas para ele.

— Sério?

Ele riu com gosto, e eu não pude deixar de sorrir ao ouvir o som.

— Sim, acredite ou não. Estou quebrando todas as minhas regras, uma por uma, com você, Bianca.

O apartamento de James mal ficava a cinco minutos do meu hotel, mas havia um mundo de diferença entre os quarteirões. Estávamos passando por edifícios pomposos altíssimos, quando James se dirigiu a Clark.

— Vá até a garagem, por favor. Hoje não desejo usar a entrada da frente.

Isso me fez endurecer um pouco. Ele estava me escondendo. Contra minha vontade, eu me senti chateada. Ele tinha vergonha de ser visto comigo, e eu estava ficando muito envolvida com ele emocionalmente para não me importar com esse detalhe.

Ele deve sair em encontros às vezes, pensei. Ele estava apenas optando por não fazer isso comigo. Uma aeromoça não estava à sua altura. Apenas tentei adicionar meu aborrecimento à lista de razões pelas quais isso ia ser um envolvimento curto, embora intenso.

Clark nos levou em uma garagem subterrânea que parecia típica de Nova York. James me tirou rapidamente do carro quando Clark parou em frente a um elevador, sem nem mesmo esperar que o motorista abrisse a porta.

— Vejo você em frente às nove e quarenta e cinco — James disse a Clark rapidamente, ao apertar o botão do elevador com impaciência.

Clark voltou para o carro e foi embora sem dizer uma palavra.

A porta se abriu e James me puxou para dentro do elevador de aparência cara, usando uma senha para apertar o botão da cobertura.

Claro que é uma cobertura, pensei.

— Tenho algo para você — disse James. — Eu não tenho certeza se você vai gostar num primeiro momento, mas quero que experimente.

Soou sinistro, e eu pisquei algumas vezes para ele.

James sorriu para mim.

— Sei que você é nova nessa história toda de BDSM. Nova para tudo isso. E eu não sei se é justo que eu te mostre as coisas ao invés de explicá-las para você, mas não lamento por nada disso. Talvez eu deva a você mais de uma explicação para algumas delas, mas pensaremos nisso quando chegar o momento. Eu mandei fazer uma coisa para você. É significativo para mim e quero que você use.

Apenas franzi os lábios e olhei para ele.

— É uma espécie de piercing? — perguntei.

Ele riu e me puxou contra ele, me acariciando. Tentei afastá-lo usando o cotovelo.

— Isso não é resposta — eu disse a ele.

— Não, não é um piercing, embora eu ainda pretenda convencer você disso também. — Enquanto falava, ele amassava meus seios.

— Bem, eu não vou concordar com nada se você não me disser com o que estou concordando.

— Eu quero que você seja minha, Bianca. Você vai ser minha submissa? — ele sussurrou no meu ouvido.

Meu coração parou. Eu não estava exatamente chocada com a questão de ser submissa, mas a maneira formal que ele usou para me perguntar soava quase como uma proposta romântica em seus lábios.

— Eu não compreendo inteiramente o que isso significa, James.

— Significa qualquer coisa que a gente quiser. O que significa para mim é que eu quero que você me pertença, e que se submeta aos meus desejos, que confie em mim para dominar você do que jeito que eu preciso.

Eu não sabia como responder a isso, mas não precisei dizer nada por instantes quando o elevador se abriu e eu fui puxada depressa para o apartamento suntuoso de James.

Era um espaço desnecessariamente amplo, considerando as habituais moradias apertadas de Nova York. Eu notava já da porta de entrada que tinha pelo menos três andares.

Ele havia escolhido um estilo de decoração clean e moderno, com piso revestido em madeira cinza-escura e janelas panorâmicas em toda parte. Vasos pesados e obras de arte de aparência cara adicionavam mais cor ao espaço predominantemente cinza e neutro. Os pontos de cor eram vívidos e se destacavam primorosamente sobre a falta de cor, como se os pisos e as paredes fossem feitos para serem as molduras perfeitas.

— É lindo — eu disse quando James me puxou sem parar pelo espaço opulento. À medida que passávamos cômodo por cômodo, eu me maravilhava com o tamanho do lugar.

— Você gostou? — ele perguntou, ainda me puxando. Ele olhava as portas como se à procura de algo.

— Sim. Você tem um gosto impecável.

Ele me deu um sorriso.

— Sim, eu sei — respondeu, com um olhar quente. Corei. — Que bom que você gosta.

James se aproximou de uma grande sala de jantar aberta com uma vista espetacular do Central Park. Ele me chamou para perto da janela.

— Fique aqui — ele me disse ao abrir uma porta e cruzá-la, à minha esquerda. Eu o ouvi falar com alguém ali. Empregados de algum tipo, eu notei, tendo em vista o trecho de conversa que consegui ouvir.

Eu me sentia oprimida em sua casa, mas ainda era capaz de apreciar sua beleza. Passei um dedo ao longo do tampo reluzente cinza-escuro da mesa colossal e pesada que dominava o cômodo.

Admirei o enorme arranjo de flores no meio da mesa. Era uma mistura de orquídeas de cores vibrantes, exibidas em um vaso baixo quadrado entalhado com muitos detalhes, em tom escarlate.

Eu observava a vista extravagante do Central Park quando James reapareceu alguns minutos depois, sorridente, segurando uma caixa quadrada e fina.

31
Sr. Instável

Ele pegou minha mão e começou a me conduzir novamente.

— Eu mostro a casa mais tarde — murmurou apressado. Ele me levou até dois lances de escadas e depois por um longo corredor.

— Parece que eu só conheço partes muito específicas de suas casas — respondi maliciosamente.

Ele lançou-me um sorriso conciliador.

— Eu vou compensar você. Mais tarde.

Ele me puxou para um quarto que eu percebi que era o principal apenas pelo tamanho monumental da cama. As cortinas estavam abertas para a mesma vista incrível do parque, como na sala de jantar, apenas alguns andares mais para cima. A janela tomava quase uma parede inteira, do chão ao teto. A cama era uma versão mais moderna da que ele tinha em Las Vegas, com menos detalhes, mas eu tinha certeza de que tinha a mesma função, o dossel e os pilares grossos e quadrados. Os tons no quarto eram uma mistura de vívidos tons variados de verde, com um toque de branco e madeiras bem escuras dominando toda a mobília e o chão. Com uma parede inteira emoldurando uma vista espetacular do parque, passava a sensação de uma floresta interior.

— É incrível — eu disse a ele com sinceridade.

Ele sorriu, satisfeito com a minha reação.

Notei uma pequena porta sem maçaneta perto do banheiro aberto. Era visível porque havia um painel iluminado com um botão ao lado. Eu apontei para aquilo.

— É um elevador?

Seu sorriso se tornou malicioso.

— É.

— Eu não sabia que o apartamento tinha elevador.

— Tem alguns, na verdade. Mas esse aqui vai para um lugar especial. Vou mostrar em breve. Primeiro, quero que você fique de joelhos e feche os olhos.

Lancei-lhe um olhar assustado. Ele mudou da água para o vinho sem pestanejar, como de costume. Era difícil acompanhar suas mudanças de humor.

Ajoelhei-me, obedecendo-o, porque estávamos em seu quarto, e era muito natural que eu o deixasse me controlar aqui.

Fechei os olhos. Depois de alguns instantes, senti algo frio ser colocado sobre a minha clavícula.

James ajeitou a gola do meu uniforme, arrumando ao redor do objeto.

— Perfeito — murmurou. — Você pode usar para o trabalho. — Ele colocou o que parecia ser um círculo ligeiramente rugoso de algum tipo contra o meu peito.

— Ok, abra os olhos — disse ele finalmente.

Eu abri, e ele me colocou em pé, me levando até um grande closet, suavemente iluminado. Só o closet tinha o dobro do tamanho do meu quarto, repleto de roupas masculinas caras pelas paredes. Tinha um cheiro divino, como o próprio James.

Ele me posicionou na frente de um espelho grande que ia até o chão e começou a me despir sem uma palavra. Ele desfez minha gravata primeiro, pendurando-a educadamente em um cabide. Ele me mostrou uma grande arara vazia no armário.

— Esta será para as suas coisas. Se faltar espaço, eu libero mais uma parte para você.

Fiquei um pouco atônita com a suposição de que eu deixaria coisas na casa dele.

— Eu gostaria muito que você usasse minha *personal shopper* para comprar um guarda-roupa para você aqui em Nova York, assim você não vai precisar levar seus pertences por todo o país. Ela deve entrar em contato com você em poucos dias.

— Isso é bobagem. Eu não quero que você me compre roupas — eu disse a ele, tentando não ficar com raiva. — Parece que estou sendo sustentada.

Ele suspirou.

— São apenas roupas. Pensei que tínhamos decidido que você não iria recusar presentes.

Olhei para ele, e ele viu minha expressão.

— Por favor, apenas considere. Você não tem que decidir agora. Temos outras coisas para discutir no momento.

Perdi minha linha de raciocínio quando ele tirou meu blazer e colete, e pendurou-os em seguida. Seus dedos pousaram no botão na minha garganta. Ele desfez meus quatro botões superiores e abriu minha camisa para revelar o colar que tinha colocado no meu pescoço.

Era lindo, feito de algum tipo de metal prateado no que parecia uma faixa sólida, mas era na verdade flexível, apenas uma gargantilha que parecia não ter emendas de nenhum tipo. Ficava bem no meio das minhas clavículas, na base da minha garganta. Ele estava certo; ficava escondida certinha debaixo do meu uniforme. No centro, havia um grande aro cravejado de diamantes. Coloquei o dedo ali e ele me envolveu com os braços para passar o indicador, puxando de leve.

— É lindo — falei, mas eu estava preocupada. *Qual seria o significado para ele?*

— Mandei fazer de um jeito que pudesse ser uma versão usável de uma coleira de escrava.

Gelei ao ouvir a palavra, querendo instantaneamente tirar qualquer coisa que tivesse um nome desse. Ele segurou minhas mãos com força ao lado do meu corpo como se sentisse minha intenção.

— Apenas me ouça. Nós já temos um relacionamento de dominador e submissa. É algo natural entre nós. Somos assim. Mas pode significar o que nós quisermos que signifique, você entende? Quero encontrar o melhor equilíbrio para nós dois.

Eu já estava balançando a cabeça para ele.

— Isso é natural para nós na cama. Não quero que isso vá para nenhum outro lugar. Você não pode ficar mandando em mim e em nenhuma outra parte da minha vida. Não sou sua escrava.

Ele inclinou a cabeça, embora parecesse contrariado.

— Não estou tentando mandar em você em nenhum outro lugar. Estou tentando ter um *relacionamento* com você, algo que eu nunca tinha feito antes, e vou aceitar o que eu puder ter. Quero que veja que eu vou trabalhar com você. Vou fazer… concessões, se houver alguma coisa que você não puder aceitar. Eu simplesmente quero que você me dê tudo o que puder. E que não fuja se você se sentir sobrecarregada. Isso é chamado de coleira de escravo somente porque denota propriedade. É um símbolo de seu compromisso comigo, de dar seu corpo somente para mim e mais ninguém. Submeter seu corpo somente a mim. Tem um cadeado e uma chave dos quais eu vou ser o único dono, mas não vou trancar até você concordar. Quero que me diga quanto estiver pronta. Até lá você pode usar destrancado.

Eu o encarei por longos minutos, enquanto minha mente processava, com dificuldade, o que ele estava dizendo, pois eu estava em conflito sobre muito do que ele tinha revelado.

Ele quer um relacionamento? O que diabos ele quer dizer com isso? Estremeci e tentei me concentrar no assunto que eu tinha em mãos.

— E se eu nunca estiver pronta para ser trancada?

Ele me deu um sorriso quase sinistro.

— Vou me esforçar para convencer você.

Ele começou a desabotoar o resto da minha camisa. Eu não impedi, apenas olhei para minha gola, sentindo minha mente dar voltas e voltas.

Ele me despiu com movimentos rápidos e certeiros até eu estar só de meia e cinta-liga. Ele me olhou por um longo tempo no espelho, vestida apenas assim, mas logo também me despojou disso também.

James tirou meu relógio e até mesmo meus brinquinhos. Meu primeiro instinto, completamente nua na frente dele, foi me cobrir com as mãos, mas sufoquei o desejo com esforço. Eu sabia que não iria agradá-lo, e meu desejo incontrolável de agradá-lo só tinha crescido desde que nos conhecíamos, naquele curto e tempestuoso tempo.

Ele abriu uma gaveta e tirou um pequeno pedaço de tecido preto translúcido. Colocou-o ao redor dos meus quadris e prendeu com uma pequena corrente de prata. Encaixava-se perfeitamente, logo abaixo da minha cintura, como se tivesse sido feito sob medida. Parecia mostrar, tanto quanto esconder, cada curva claramente visível abaixo, mas James parecia muito satisfeito com os resultados. Seus olhos chegavam a brilhar enquanto ele me observava.

Considerei, por sua localização fácil na gaveta, que era algum tipo de uniforme de submissas. Só Deus sabia quantas mulheres ele tinha vestido exatamente dessa forma. Fiz um grande esforço para não pensar nisso.

Ele tirou algo do bolso. Parecia ser apenas uma linda corrente de prata no início, mas eu vi os pequenos grampos quando ele esticou a corrente em uma linha reta. Ele usou um pequeno clipe para prendê-la no aro da minha coleira.

Engoli em seco.

Ele a envolveu pelo aro várias vezes até que sobrasse apenas o suficiente da corrente para alcançar meus mamilos com os grampos. Ele os prendeu. Seus olhos estavam semicerrados; minha respiração foi ficando mais agitada. Parecia uma espécie de top obsceno de metal. Com uma coleira de escrava...

James arrumou os cabelos errantes no coque na minha nuca. Ele não conseguia parar de me tocar. Acariciou meus ombros, minha cintura e meus quadris, mas seus dedos sempre encontravam o caminho de volta para os meus seios. Ele foi ajustando os grampos até que eu mal poder suportar a espera.

— Se você gosta dos grampos, deve estar bem preparada para os piercings. Os grampos, na verdade, aplicam mais pressão do que os piercings, depois que passar a dor inicial. — Ele continuou a brincar com meus mamilos torturados, puxando até eu gemer.

Ele me puxou pelo aro no pescoço através de seu quarto até o elevador. Eu sentia cada passo e puxão nos seios doloridos. Parei atrás dele, descalça e quase nua; ele continuava totalmente vestido em um de seus ternos de dar água na boca. Olhei de volta para sua cama com anseio.

— Quero que você me leve para a sua cama — eu disse a ele, com uma nota estranha de súplica na minha voz. Ele parecia tão perfeito, e de repente eu estava tão carente...

— Eu vou, amor. Mas as primeiras coisas primeiro — disse ele, ao me puxar para dentro do elevador no segundo em que este abriu.

O elevador começou a se mover suavemente.

— Até onde esse negócio vai? — perguntei a ele, depois de parecer que tínhamos ido impossivelmente longe.

— Só quatro andares. — O elevador finalmente parou e abriu a porta devagar.

James me puxou para fora.

— Bem-vinda ao quarto andar, Bianca.

Primeiro, entramos em um corredor cinza sem nada. O piso era de madeira cinza lisa. Era limpo e impecável, mas nitidamente monótono.

Parece uma masmorra, pensei com um arrepio.

Passamos por dois quartos antes de entrarmos pela porta no final do corredor. Eu queria perguntar o que eram os outros quartos, mas de repente eu me sentia aterrorizada. Minha mente disparou, pensando em possibilidades estranhas. Eu parecia transportada para um outro século. *Até onde eu sei, ele poderia ter outras mulheres aqui.*

O pensamento me parou, e James teve que puxar mais forte para fazer com que eu continuasse seguindo-o.

— Aqui não é o lugar para ser teimosa, Bianca.

— Sim, Sr. Cavendish — eu falei, um tremor na minha voz.

O que seria a pior coisa que poderia acontecer?, perguntei a mim mesma, tentando sair do meu súbito terror desproporcional.

Ele me posicionou em frente a ele, dando-me uma visão completa do enorme quarto cinza-escuro ao qual me levou. Ele esperou pacientemente, me dando tempo para processar o que eu estava vendo.

Era, de fato, um parque de diversões. Um sonho molhado de BDSM, pelo que eu entendia do que estava vendo. Correntes, chicotes, algemas. Vários artigos que pareciam de tortura estavam organizados em estações ao redor do cômodo.

Minha atenção pareceu se focar primeiro em algum tipo de balanço à minha direita. Era uma série de correias de couro e metal que me fascinaram. Fiz menção de ir até lá sem pensar.

James seguiu meu olhar e meu movimento.

— Então você gostou do balanço? Podemos começar com ele. Já que é sua primeira vez no quarto andar, vou te deixar escolher. Hoje estou me sentindo generoso.

— Você vai me punir? — perguntei quase sem fôlego.

Ele apenas estalou a língua para mim, puxando-me em direção ao balanço.

— Se me desobedecer aqui dentro, eu *vou* punir você. Até lá, considere como uma lição. Você entendeu?

— Sim, Sr. Cavendish.

Ele me posicionou na frente do balanço.

— Não se mexa — ele mandou e agarrou meu pulso, prendendo-o com uma algema grossa de couro. Atou firme com as argolas da cinta e testou para ver se estava preso de um jeito confortável. O material que tocava meu pulso era macio como pluma, enquanto o couro do outro lado da algema parecia duro e inflexível. Ele prendeu meu outro punho com movimentos seguros e econômicos. Então, posicionou minhas mãos ao redor de uma barra de metal acima da minha cabeça.

— Levante-se — ele ordenou.

Assim eu fiz, e ele amarrou grossas tiras de suporte na minha lombar e na minha bunda. Em seguida, ajoelhou-se nos meus tornozelos e eu o vi prender algemas de couro similares às que estavam nos punhos. Ficaram logo acima dos meus joelhos, embora fossem de um material mais macio e flexível. A área logo acima dos meus cotovelos recebeu o mesmo tratamento.

Ele os alisou e depois começou a ajustar todas as tiras acima de mim. Ele parecia saber exatamente o que queria, suas mãos indo de uma à outra sem hesitação.

Por fim, ele recuou um passo, tirou o paletó, sacudindo os ombros, e afrouxou a gravata com impaciência.

— Solte a barra — ele mandou.

Eu hesitei, sentindo como se fosse girar até o chão se fizesse isso.

— Agora — ele disse com rispidez.

Hesitei apenas mais um segundo, mas cedi. Senti como se estivesse sem peso e caí para trás. As tiras me envolviam de um jeito estranhamente leve. A das minhas costas e da bunda eram mais confortáveis do que eu teria imaginado.

Meus braços foram suspensos numa linha quase reta com os ombros. Minhas pernas se arquearam, exibindo meu peito e minha barriga convidativamente. Minhas pernas estavam bem abertas; meu sexo, exposto.

Tentei fechá-las, pelo menos um pouco, mas era impossível. As cordas as seguravam firme.

James se aproximou de mim, colocando meus pés em estribos macios que afastavam minhas pernas de forma quase impossível.

Gemi no fundo da garganta.

Ele puxou meus prendedores de mamilo levemente antes de se afastar.

Eu o vi desabotoar a camisa social com impaciência, ao mesmo tempo em que caminhava a passos largos atrás de mim. Tentei virar a cabeça para observá-lo, mas estava suspensa firme demais para isso. Achei que essa deveria ser a sensação de um mosquito preso numa teia de aranha.

32
Sr. Maravilhoso

Da minha posição prostrada, eu não sabia onde ele estava, mas parecia que tinha ido para o outro lado do quarto.

Ele havia desaparecido por vários minutos angustiantes antes que eu o sentisse atrás de mim, aproximando-se o suficiente para seu peito agora descoberto roçar minhas costas.

— Apenas um gostinho. Por não confiar em mim quando eu disse para você se soltar — ele sussurrou no meu ouvido antes de ajustar a alça na minha bunda até meu traseiro ficar totalmente exposto a ele.

Algo me atingiu com força suficiente para fazer meus olhos arderem com lágrimas. Ele repetiu a ação duas vezes antes de reajustar a alça de apoio até a minha bunda ser novamente coberta, e meu sexo, exposto.

Ele circulou ao meu redor até que eu pudesse vê-lo novamente. Estava sem camisa e descalço agora, mas permanecia de calça. Sua ereção lutava contra a braguilha. O tecido caro sobre sua pele perfeita e nua deixava o físico musculoso ainda mais evidente. Seus músculos estufaram-se quando ele cruzou os braços e ficou de pernas afastadas, apenas olhando para mim.

Seus olhos tinham fome, mas eram muito severos.

James casualmente segurava uma pá retangular na mão, que me fez lembrar daquelas palmatórias que eram usadas em escolas para a punição, embora essa fosse preta.

Ele veio até minhas coxas separadas, se inclinou e beijou minha testa.

— Deslumbrante — disse na minha pele, em seguida, recuou.

Eu me contorcia, cada vez mais impaciente em razão da necessidade do seu contato físico. Ele colocou a mão no interior da minha coxa, pertinho da fenda do meu sexo. Era torturante observar aquela mão tocar logo acima de onde eu mais precisava dela. A carne sob sua mão tremia.

Em um flash, ele bateu na minha outra coxa com a pá apenas com força suficiente para arder.

Ele deu um passo para trás, agarrando o meu pulso e dando um puxão forte no balanço, o que me fez girar em círculos até eu ficar zonza. Dei um pequeno grito vergonhoso de perturbação surpresa.

Ele parou o giro com a mão no meu pulso, e de repente estava entre as minhas pernas, introduzindo-se em mim em um movimento suave, mas brutal. Suas mãos amassavam a carne dos meus seios em torno dos grampos que prendiam os mamilos com firmeza. Eram os nossos dois únicos pontos de contato: o pau na minha buceta, e as mãos nos seios.

Ele entrou e saiu, apenas meia dúzia de bombeadas lentas, antes de sair de mim, dar um passo para trás e me girar novamente.

Ele estava vindo entre as minhas pernas quando meu giro parou, bem no seu pau muito bem posicionado. Ele me deixou desfrutar um pouco mais desta vez antes de sair. Minha cabeça tinha acabado de parar de rodar quando ele me girou no balanço novamente.

Desta vez, quando James parou meu giro foi com um aperto ao redor do tornozelo, e estocou dentro de mim com mais força, entrando e saindo como uma britadeira. Ele massageava meu clitóris com uma das mãos, e a outra ficava cada vez mais forte no grampo que prendia meu mamilo.

— Pode gozar agora — ele ordenou, e deu certo, como sempre funcionava.

Gozei com um grito e joguei a cabeça para trás.

Ele recuou e me lançou em outro giro antes que minhas paredes internas parassem de apertar por causa do orgasmo.

James havia me reposicionado num piscar de olhos, de bruços, bunda para cima. Ele me penetrou lentamente, e eu estremeci ao redor dele, ainda sofrendo pequenos tremores.

— Caralho — ele praguejou. — Esses apertinhos vão me fazer gozar.

— Isso — eu choramingava. — Goza.

Ele deu um tapa na minha bunda e me penetrou numa lenta e dolorosa agonia.

— Não vou gozar até mostrar mais das delícias que este pequeno balanço tem a oferecer. — Ele saiu de dentro de mim e me pôs a girar novamente.

Eu gemi.

Ele me invadiu com força e firmeza quando parei em seguida, agora se movendo com propósito. Chegou perto de mim, seus dedos talentosos colaborando para me trazer para o meu próximo clímax.

Chorei seu nome quando gozei novamente.

Ele me virou em uma fração de segundo até meu rosto estar apenas a alguns centímetros do chão. Começou a me chupar com a boca, um contraste suave para seu tratamento anterior, me fazendo implorar com a voz entrecortada. Pelo quê, eu não tinha certeza.

Afastou a boca, e um momento depois estava enfiando o pau duro em mim uma vez mais. Era um processo mais lento nessa posição. Ele teve que se espremer centímetro a centímetro. Eu o ouvi xingar. Estava me sentindo tão preenchida que prendi a respiração, alarmada com a sensação. Ele deu pequenas estocadas secas por apenas um instante antes de sair.

James me rearranjou e assim eu voltei a ficar com a cabeça para cima. Ele levou vários minutos para me suspender logo acima dele. Nossas bocas estavam no mesmo nível, pela primeira vez.

Ele me beijou apaixonadamente e me penetrou de novo, agora se soltando e bombeando num ritmo desenfreado.

Eu gemi no fundo da garganta. Amarrada, eu não podia tocá-lo, mas ele me tocava.

Suas mãos estavam por toda parte, acariciando, beliscando e acalmando com uma habilidade incrível.

— Goza, porra — disse entre dentes cerrados, no momento em que sua cabeça tombou para trás com seu próprio clímax.

Era fascinante vê-lo se entregar assim. Meus olhos nunca se desviaram dele quando gozei ao seu comando, gemendo seu nome.

— Porra, porra, porra — ele xingou, de novo e de novo, ao se derramar dentro de mim.

Ele me desamarrou magistralmente e me tomou nos braços, levando-me para uma cama de grandes dimensões no canto. Fui colocada em cima dos lençóis e ele se esparramou ao meu lado.

Eu vi que ele estava completamente nu, fato que eu tinha, de alguma forma, deixado de ver antes.

Ele deve ter tirado a calça enquanto eu estava girando, observou minha mente atordoada.

Ele tirou meus grampos de mamilo, e em seguida sugou suavemente a carne vermelha. Sem se apressar, foi dando igual atenção a cada mamilo torturado. Após longos instantes sugando-os com cuidado especial, ele ergueu o corpo para estudar meu rosto.

James pairava sobre mim, uma das mãos espalmada no meu baixo-ventre, apenas observando meu rosto por longos minutos. Ele beijou minha testa. Parecia estar esperando por algo.

Perguntei para ver o que era.

— Estava esperando para ver se você ia cair no sono. Está a fim de uma troca de informações?

Me espreguicei, sentindo-me lânguida e exausta, mas, estranhamente, eu estava longe de sentir sono. Pensei sobre seu questionamento. Era estranho, mas o pensamento de responder suas perguntas não foi preocupante para mim naquele momento. Imaginei que uma meia dúzia de orgasmos tinha algo a ver com isso. Imaginei que ele devia estar ciente desse fato; estava muito mais familiarizado com sensações pós-transa do que eu.

Eu me senti estranhamente aberta para ele, estranhamente livre da minha reserva habitual. Eu esperava que, de uma forma meio distante, essa fosse uma insanidade temporária, e não outro sintoma da minha obsessão crescente por aquele homem. Dei o pequeno encolher de ombros que o deixava louco.

— Tudo bem — eu disse, passando a mão ao longo do peito que pairava sobre mim. — Me pergunte alguma coisa.

Ele sorriu para mim suavemente, depois mordeu o lábio como se estivesse nervoso.

Observei a ação com fascínio. Eu nunca o tinha visto fazer uma coisa dessas. James fazendo qualquer coisa vulnerável assim simplesmente não fazia sentido na minha cabeça.

— Descobri o que "sotnos" significa. Quero saber por que um termo carinhoso se tornou sua palavra de segurança.

Eu não estava chocada. Eu sabia pelo seu semblante que seria assim, ou algo tão pessoal quanto. As palavras estavam saindo da minha boca antes que eu pudesse me convencer do contrário. Eu queria conhecê-lo, talvez por isso não faria mal a ninguém eu deixá-lo *me* conhecer um pouco.

— Meu pai costumava me chamar assim — eu disse. Era verdade, e foi a resposta mais simples.

Ele franziu a testa. Esperava por alguma resposta mais complexa, eu percebi.

— Isso realmente não explica nada para mim. Por que um carinho do seu pai seria uma boa palavra de segurança para você?

— Você vai ficar me devendo uma revelação e tanto depois disso — eu disse a ele, cutucando seu peito.

Ele assentiu solenemente e sem hesitação. Isso me deu confiança, por algum motivo. Respirei fundo antes de começar.

— Ele me batia muito — comecei.

James ficou tenso, e minha mão o acariciou distraidamente.

Continuei com um suspiro.

— Não palmadas, ou um tapa no pulso, ou o que as crianças normais recebem. Ele me espancava até eu perder os sentidos. Ele maltratava a mim e à minha mãe sem se importar com as consequências. E não havia nenhuma, não para ele. O único motivo pelo qual eu sabia que ele tinha um grama de controle era que ele não atingia nosso rosto. Ele nos achava bonitas e sentia orgulho disso. Queria que a gente continuasse bonita, eu acho.

Lancei um olhar furtivo para o rosto dele. Ele estava pálido, sua tez de repente parecia acinzentada. Mas eu continuei, sentindo como se um peso se aliviasse de mim ao contar os detalhes sórdidos.

— Ele era um homem bruto e frio. E enorme. Deus, ele era tão grande. Quando criança, eu achava que ele era um gigante. Stephan lutou contra ele uma vez. Você não saberia, já que o Stephan odeia violência, mas ele briga como ninguém. Stephan conseguiu dominá-lo, mas por pouco. Meu pai deve ser uns vinte quilos mais pesado do que ele, mas foi equilibrado. A questão era que o Stephan era um lutador mais rápido e muito mais experiente. Stephan conseguia nos alimentar literalmente lutando, e ele mal tinha dezesseis anos na época. Meu pai só estava acostumado a bater em mulheres e crianças, eu acho. Mas vendo como aqueles punhos musculosos quase mandaram um homem grande como Stephan para o hospital, não posso imaginar como minha mãe e eu sobrevivemos a isso por tanto tempo...

Despertei do meu devaneio e retomei a narrativa.

— Ele não era um pai afetuoso. Era apenas frio, e, em seguida, brutal e raivoso quando perdia a paciência. Mas mesmo os seus acessos de fúria eram frios. Ele muitas vezes se dirigida à minha mãe e a mim com o apelido carinhoso de "sotnos", daquele seu jeito frio e com escárnio. Então, quando você me pediu para escolher uma palavra de segurança, para quando as coisas fossem mais longe do que eu poderia suportar, só consegui pensar nisso. Nada me apavorava mais do que essa palavra em seus lábios. Parecia perversamente apropriado.

— Caralho — James murmurou com sentimento, parecendo perturbado.

Abri um sorriso irônico.

— Eu disse que minha história era fodida — falei.

— Como ele morreu? — James perguntou com a voz rouca, sua mão acariciando a minha barriga.

Não mencionei a contagem das informações que estávamos trocando. Pelo visto, eu estava com um humor de responder, porque só falei:

— Ele não morreu — eu disse baixinho.

Seus olhos se arregalaram um pouco, passando da minha barriga para o meu rosto.

— Mas você disse...

— Eu menti. Sobre ele, mas não sobre a minha mãe. Ela está morta.

— Como ela morreu? E onde está o seu pai?

— Ela se matou. — A mentira escorregou da minha boca, sem esforço ou remorso. Era uma velha mentira. E uma condição necessária. — E eu não tenho ideia de onde ele está. Fugi de casa logo depois que a minha mãe morreu. Eu tinha quase quinze anos, e nunca parava de fugir. Ele me encontrou algumas vezes. O conselho tutelar foi realmente inútil o suficiente a ponto de nos reunir. Mas nessa época eu tinha o Stephan. Ele sempre me protegia, e a gente sempre fugia de novo.

— Então você ficou em um orfanato? Foi assim que você conheceu o Stephan?

Dei uma sacudida rápida na cabeça.

— Tivemos alguns momentos de assistência social, mas não. Éramos sem-teto em fuga. Conheci o Stephan porque um velho morador de rua estava tentando me estuprar, e o Stephan bateu no pervertido até ele quase morrer. Você pode agradecer ao Stephan por ajudar a manter minha virgindade intacta. Nós ficamos inseparáveis depois disso. Nunca discutimos aquele episódio. Apenas nos tornamos uma família.

Vi um leve tremor balançar seu corpo. Toquei seu queixo suavemente com a ponta do dedo.

— Estou a fim de matar alguém — James sussurrou. Passei o dedo em sua mandíbula. — Não posso suportar a ideia de que o homem que te bateu quando você era criança esteja à solta. Não posso acreditar que alguém como você tenha sido forçada a viver nas ruas, sem proteção.

— Eu tinha o Stephan — falei sucintamente. — Ele fez todo o resto dessa história valer a pena. Ter alguém como ele cuidando de mim tornou a minha vida suportável durante os tempos horríveis.

— Eu amo esse cara. Me lembre de comprar um presente absurdamente extravagante para ele. Eu sei que ele gosta de carros... — James parou.

Eu ri, e pareceu surpreendentemente despreocupado.

— Eu o amo também, mas me recuso a te incentivar nessa ideia.

— Preciso que você responda uma pergunta para mim. Seja brutalmente sincera. Isso que a gente faz juntos é ruim para você? Sou como o seu pai? Nós não temos que fazer nada dessas coisas duras. Eu não quero ser ruim para você.

Tracei seus lábios com os dedos, escolhendo as palavras com cuidado.

— Sou fascinada por essas coisas de BDSM desde que me lembro. Isso me envergonha, e por isso escondi bem. Obviamente, eu não tinha experiência, mas sempre me senti atraída por isso, sempre. E essa forma de abraçá-lo, sem sentir vergonha, é libertador para mim. Meu passado me fez como eu sou hoje, isso é verdade para todo mundo, mas não acho que seja ruim que eu o enfrente desta forma. Acho bom ter alguém como você, que pode me ajudar com essa válvula de escape. Alguém em que eu acho que poderia aprender a confiar. E você não é *nada* como o meu pai.

Eu podia ver que as minhas palavras o tranquilizaram. Ele se inclinou para beijar minha testa suavemente.

— Obrigado — ele murmurou na minha pele.

— E estamos nos desviando. Você me deve uma revelação dolorosa. Algumas, na verdade. Por que você odeia tanto o álcool? — perguntei.

Eu sabia que aí tinha coisa. Conseguia sentir. Sua reação ao ver-me bêbeda e o fato de ele ficar tenso por instinto cada vez que pensava que eu poderia beber álcool era tudo muito pessoal.

James passou a mão até meu tronco e percorreu minhas costelas.

Dei-lhe alguns minutos de silêncio, enquanto ele me observava pensativo e formulava sua resposta.

— Eu te contei sobre o meu primeiro guardião quando meus pais morreram. Era um primo mais velho. Seu nome era Spencer, e eu o detestava. Parece que ele era um amigo próximo dos meus pais. Eu notei o porquê de cara. Ele parecia legal no começo, nunca me dava nenhuma regra ou restrição. Eu mal tinha catorze anos quando ele me deixou tomar vinho com o jantar. Eu pensava que ele era o cara mais legal do mundo. Até eu perceber que ele estava drogando o vinho.

Ergui a mão para minha garganta assim que ouvi suas palavras. Prendi a respiração para que ele continuasse. Eu sabia com uma certeza inexplicável que o resto seria ruim.

— Levei algum tempo. Eu tinha uns apagões, não me lembrava de nada depois do jantar. Mas havia... sinais. Eu sentia dores em lugares em que não deveria sentir. Tinha marcas nas costas, nos pulsos, e... em outros lugares. E o Spencer mudou. No início, era apenas em seus olhos, uma certeza. Depois de um tempo, ele começou a se esfregar em mim em plena luz do dia, e eu entendi tudo. Sabia que ele tinha feito coisas comigo, coisas que eu não tinha consentido. Não que um garoto de catorze anos possa consentir com nada dessa porcaria.

Lágrimas encheram meus olhos pela primeira vez em muitos anos, e minhas mãos o acariciaram tentando tranquilizá-lo. Eu me sentia devastada e ao mesmo tempo comovida que ele compartilhasse essas coisas comigo.

Ele viu minhas lágrimas, afastou-as das minhas bochechas quase distraído, e continuou:

— Foi apenas uma suposição da minha parte, mas eu suspeitei do vinho. Então, fingi beber uma noite, e deixei que ele me levasse para seu quarto. Spencer me algemou antes que eu percebesse o que ele estava fazendo. Mas aí eu já estava impotente, e comecei a participar de toda aquela coisa repugnante, mas sem o benefício do vinho adulterado.

Segui aquelas pequenas cicatrizes em seus pulsos, e ele deixou que eu fizesse isso. Fechou os olhos com força quando eu as beijei, mas não me impediu.

— Acho que ele sabia que eu não estava drogado como de costume quase imediatamente, mas não acho que o maldito se importava. Ele havia se convencido de que eu era um participante voluntário, não importava o que eu dissesse ou o quanto lutasse.

— Ele não me soltou até de manhã. Foi a noite mais longa da minha vida. Eu estava exausto e enojado até o fundo da minha alma, mas tive o bom senso de quebrar a cara dele assim que me vi livre. Ele me evitou depois disso. Menos de um ano depois disso, algum amante raivoso dele o matou sufocado. Ele gostava de homens mais jovens, que ele poderia dominar com facilidade. Acho que finalmente o tiro saiu pela culatra. Pelo menos, o rapaz não era menor de idade. Foi um escândalo enorme na família. Todos os meus parentes ficaram absurdamente constrangidos, mas eu gostei da notícia. — Seus olhos haviam ficado vidrados quando ele me contou os detalhes, mas se apagaram quando terminou, e pareceram se concentrar de volta em mim imediatamente.

Ele se inclinou e me beijou quando terminou. Retribuí o beijo com desespero. Ele se afastou, murmurando na minha boca:

— Você é a primeira pessoa, além do meu terapeuta, a quem já contei isso. Eu tinha tanta vergonha. Será que isso vai mudar a forma como você me enxerga?

Em resposta, eu o beijei com toda a emoção que sentia por aquela alma danificada que parecia, de alguma forma, combinar com a minha, além de completá-la de uma forma que eu não tinha percebido que precisava tão desesperadamente.

Nós apenas nos beijamos assim por longos minutos. Era um tipo suave e reverente de troca. O tipo de intimidade que teria feito minha pele arrepiar em outras épocas. Mas não agora. Eu apreciava o contato; algo tinha mudado dentro de mim.

Ele finalmente se afastou, mas apenas para me levantar.

— Preciso de você na minha cama, amor. Diga adeus ao quarto andar, por ora. Mas vamos voltar, não se engane.

Ele me embalou contra seu peito enquanto andava sem nenhum esforço até o elevador, não me colocando no chão nem me mudando de posição ao entrar na cabine. Voltamos para seu quarto.

Eu me aninhei em seu peito, e ele beijou o topo da minha cabeça.

James me deitou na cama e fez amor comigo. Imaginei que era muito parecido com fazer amor em uma floresta, inundados pela luz do sol que adentrava a janela panorâmica.

Ele estava totalmente um amante carinhoso, embora mesmo o lado terno de James tivesse algumas nuances. Ele prendeu minhas pernas na cama, bem abertas, de modo que cada estocada roçava meu clitóris de forma quase enlouquecedora. Ele me fez gozar de novo e de novo antes de permitir sua própria libertação.

— Você é minha — ele sussurrou no meu ouvido depois disso.

Ficamos deitados juntos, entrelaçados. Estávamos de lado, e ele me abraçava de conchinha, segurando firme minha mão.

— Sim — eu murmurei de volta, e afundei em um sono profundo e tranquilo.

33
Sr. Lindo

Acordei no escuro, desorientada no início, e incerta do que tinha me acordado.

— Shh, amor, volte a dormir — James murmurou no meu ouvido, levantando-se e indo imediatamente para o banheiro. Ouvi o chuveiro ligar e obriguei-me a levantar.

Fui para o closet e vesti minhas roupas de trabalho, já que eram as únicas que eu tinha. Eu definitivamente precisava de um banho, mas poderia esperar até chegar no quarto do hotel. Tive a sensação de que, se eu me juntasse a ele no chuveiro agora, ele iria me convencer a ficar no apartamento quando saísse. E eu ainda não estava disposta a fazer isso.

Eu me vesti depressa e fui para a porta do banheiro quando ouvi o chuveiro desligar, falando com James através dela.

— Estou faminta. Você se importa se eu for tentar encontrar comida na sua cozinha enquanto você se arruma?

— Por favor. Desculpa. Estou sendo um anfitrião negligente. Fique à vontade. Vou precisar de algum tempo para ficar pronto, mas vou me juntar a você em cerca de vinte minutos.

Eu já tinha visto o smoking impecável pendurado no closet, por isso sabia que ele precisaria de tempo. Era evidente que ele participaria de um evento *black tie*. E um evento muito mais sofisticado do que qualquer coisa em que eu já estive.

— Tudo bem — falei.

Fiquei um pouco perdida tentando me orientar em seu apartamento labiríntico, mas foi bom, pois no caminho eu encontrei minha mala. Eu a tinha deixado no porta-malas do carro quando Clark se foi. Ainda não tinha parado para pensar nela até o segundo em que a vi novamente. Agarrei-a com gratidão e a puxei atrás de mim enquanto procurava a cozinha, tentando refazer os passos que James tinha seguido.

Encontrei-a mais pelo som do que pela visão, chegando a ela inadvertidamente e entrando por um ângulo diferente. Ouvi duas vozes femininas conversando, uma calorosa e rouca, a outra amigável e estridente, dando risada.

Eu me aproximei da porta aberta com cautela. O que eu vi me confundiu, então apenas fiquei ali, piscando.

Uma das mulheres tinha em torno de cinquenta anos, e reconheci sua voz amigável de tê-la ouvido falar com James quando chegamos. Era a empregada responsável pela casa. Uma senhora hispânica gorducha com aparência de mãezona. Suas palavras sumiram quando ela me viu. A mulher internalizou minha aparência desgrenhada sem dizer nada.

Não fiquei surpresa com sua presença. Era com a presença da outra mulher que eu não sabia o que fazer.

Ela era excepcionalmente bonita, com cabelos pretos bem-arrumados, encaracolados e brilhantes. Talvez ela fosse parente de James, eu disse a mim mesma. Era bonita o suficiente para ser da mesma linhagem, se é que alguém poderia ser tão bonito quanto ele.

Seus belos olhos cinzentos me estudaram com muito menos surpresa do que eu a estudava. Ela estava pronta para um evento *black tie*, em um vestido de seda cinza-claro que combinava com seus olhos e tinha cara de tapete vermelho. Era um modelo clássico e simples sem alças que se agarrava a seu corpo perfeito como se fosse uma luva. A mulher tinha um corpo em forma, com a menor cintura que eu já tinha visto na minha vida, mas ainda conseguia ser voluptuosa; um corpo de ampulheta por excelência. Era o tipo de mulher que fazia todas as outras se sentirem piores só de olhar para ela. Era vários centímetros mais baixa do que eu, não tinha mais de 1,65m, talvez.

Ela me fez sentir instantaneamente alta e desajeitada. Sua pele bronzeada era impecável, os lábios exuberantes e sensuais, o nariz era empinado e perfeito.

— Outra comissária de bordo? — perguntou a mulher com uma voz rouca. Ela estava falando com a empregada. — Meninos e seus brinquedos. — Sua voz era casual, e ela revirou os olhos, mas havia uma certa tensão ao redor de sua boca que transmitia uma raiva fria.

— Ele vai estar pronto para sossegar com você em poucos anos, minha querida. Até atingir os trinta, os homens são basicamente animais. É um fato bem conhecido — disse a empregada para a encantadora criatura, em tom gentil.

Entretanto, seus olhos não eram tão gentis quando me avaliaram.

Eu estava começando a sentir náusea na boca do estômago. Olhei para a mulher linda em silêncio por um momento, em seguida, me forcei a perguntar.

— Quem é você? — Minha voz era baixa e lamuriosa. Eu realmente não queria ouvir a resposta, mas tinha que perguntar.

A mulher sorriu, sua expressão se aquecendo em um instante, como mágica. Ou ela era uma atriz de mão cheia, ou decidiu de repente que gostava de mim. Eu estava definitivamente pronta para apostar na primeira opção.

— Sou Jules Phillips.

— Você é parente do James? — perguntei. Eu estava num jogo de azar, eu sabia.

Ela riu, e o som foi caloroso, sensual.

Eu me senti tão enjoada que pensei que poderia mandar o conteúdo do meu estômago direto em seus sapatos vermelhos perfeitos de salto agulha.

— Não. Se eu fosse parente, as coisas que James e eu fizemos certamente seriam ilegais. Sou a acompanhante dele esta noite. Vamos juntos a um baile de caridade. É para um instituto beneficente que minha mãe e a dele fundaram juntas. Coitadinha, ele não te falou sobre mim? Às vezes, ele fica focado em uma coisa só e se esquece das outras. Já tive que ser muito compreensiva com os... caprichos peculiares dele ao longo dos anos.

Ela tocou um colar em seu pescoço, ao olhar para o meu, que estava exposto, já que eu tinha deixado os primeiros botões da camisa abertos. O dela era de diamantes, não muito diferente do meu.

— Embora ele sempre tenha sido generoso o suficiente para fazer valer a pena — ela continuou —, como eu tenho certeza que você sabe.

Foi a gota d'água. Eu mal consegui chegar até a pia antes de começar a vomitar.

Jules fez um ruído de compaixão, e eu senti alguém alisando meu cabelo para trás. A empregada fez um ruído de nojo.

— Bebeu muito, querida? — perguntou Jules, acariciando meu cabelo. Havia uma farpa em sua pergunta que ela provavelmente pensou que eu não iria captar.

Era o tipo de mulher com quem a gente precisa ter cuidado. Eu sabia disso com uma certeza sombria.

Esquivei-me dela.

— Por favor, me dê espaço — falei, me sentindo sufocada.

Eu me endireitei e limpei a boca na manga. Nunca me senti tão repugnante na vida. Nunca me senti tão suja. Ele era um mentiroso, pensei. Eu tinha me apaixonado por uma mentira perfeita. Eu tinha me aberto para um lindo mentiroso. Eu me senti exposta.

Tenho que sair daqui.

Saí da cozinha com tudo. Eu preferia passar mal na rua a ficar mais um segundo na casa *dele*. Fui até o elevador e apertei o botão.

Senti Jules rondando atrás de mim, uma forte presença nas minhas costas.

— Vocês moram juntos? — perguntei a ela, sem me virar.

A outra mulher não respondeu, e eu presumi o pior.

Havia uma mesa ao lado do elevador. Tirei meu colar e o observei com as mãos trêmulas. Coloquei-o sobre a mesa com cuidado; mesmo assim, tilintou alto.

Quando o elevador abriu, parecia que não havia como eu entrar nele depressa o bastante. Foi só então que eu me virei.

Um patamar acima, eu vi que James tinha acabado de sair de seu quarto, impecavelmente vestido para o compromisso. Ele estava paralisado no lugar, absorvendo a imagem de nós duas, abaixo.

— Bianca, espere — disse ele, com pânico na voz, seus olhos agora desvairados.

Ele havia começado a correr escada abaixo em uma explosão frenética quando as portas do elevador se fecharam misericordiosamente.

Passei a viagem para baixo respirando fundo, tentando não vomitar de novo. Seria humilhante demais deixar seu elevador fedendo com meu vômito. E eu já tinha humilhação suficiente por uma noite.

Quando cheguei ao nível da rua, quase saí correndo do edifício. Fiquei na beira da calçada por um longo momento, desorientada.

— Srta. Karlsson? — chamou uma voz à minha direita, preocupada.

Virei-me e vi Clark se aproximando de mim com cautela, como se tivesse medo de que eu fosse sair correndo no meio da rua.

— Me deixe lhe dar uma carona, Srta. Karlsson. Por favor. A senhorita parece aborrecida — ele falou em voz baixa, num tom gentil e preocupado. — Vou ligar para o Sr. Cavendish, e ele vai cuidar de tudo o que estiver perturbando a senhorita.

À menção do nome, eu saí correndo, de fato.

Corri por toda a rua cheia de gente sem nem sequer olhar, impulsionada pelo pânico. Eu não queria vê-lo. Ouvi buzinas, mas não me importei. Um táxi teve que frear a meros centímetros de mim.

Olhei para dentro dele. Estava vazio. Entrei e arrastei minha mala junto com a bolsa de voo ao meu lado. Pedi para o motorista me levar para o meu hotel.

Ele olhou para mim como se eu fosse louca, mas enfiei a mão na bolsa de voo, tirei a carteira e passei uma nota de vinte para ele. Normalmente, eu nunca pegava táxi. Era uma maneira absurdamente cara de se locomover.

Mas, naquele momento, eu teria pago qualquer quantia só para ir embora. Eu queria chegar ao meu quarto e me enrolar em posição fetal.

Eu sabia que Stephan ainda estaria fora. Fiquei me perguntando se ligava ou não. Eu sabia que ele largaria tudo o que estivesse fazendo e voltaria para me confortar. Era o que eu queria. Mas descartei a ideia quase imediatamente. Era um instinto egoísta tirá-lo de sua noite divertida e trazê-lo para a minha infelicidade.

Saí do táxi de qualquer jeito quando ele parou. Apalpei em busca da minha chave e fiquei feliz quando a encontrei ainda no bolso. Eu não queria falar com ninguém, nem mesmo com a simpática equipe do hotel.

Dei um aceno de cabeça para a garota na recepção quando ela me cumprimentou em voz alta. Não a reconheci em meio à minha névoa turva de tristeza, mesmo que ela me chamasse pelo nome.

Fui depressa para o elevador.

Senti uma onda de alívio quando finalmente consegui entrar no quarto e tranquei a porta atrás de mim. Eu tinha alguma ideia louca e paranoica de que James estava me perseguindo, tentando me pegar antes que eu pudesse trancá-lo para fora e nunca mais falasse com ele.

Fiquei apoiada na porta por longos minutos, tentando não me descontrolar.

Claro, eu tinha conhecimento de que James tinha uma longa fila de ex-amantes. Claro, eu sabia que ele era um mulherengo. Claro, eu era uma tonta. Quando ele me disse que seria exclusivo, eu tinha acreditado, como se um homem como esse não fosse um perfeito mentiroso.

Deixei minha mala na porta, deliberadamente me fazendo passar pelos movimentos habituais.

Tirei a colcha da cama e a joguei em uma pilha no canto mais distante do quarto. Eu sabia que eles nunca lavavam aquelas coisas. Programei o alarme ao lado da cama, e depois o do celular assim que o coloquei para recarregar.

Vi que eu tinha oito chamadas não atendidas. Eu simplesmente deixei sem som para não ser acordada com as chamadas nem com as mensagens.

Configurei para só fazer barulho com o despertador.

Tirei o mínimo da bagagem. Apenas artigos de higiene e meu uniforme de reserva.

Passei para a porta contígua. Mesmo que eu tivesse passado o dia fora, tínhamos ficado com os quartos interligados, como de costume. Abri do meu lado, aliviada ao ver que Stephan já havia feito o mesmo do lado dele. Ouvi o movimento em seu banheiro e levei um susto.

— Ste-Stephan? — chamei, realmente esperando que fosse ele.

Ele saiu do banheiro ao meu chamado. Estava sem camisa, vestindo apenas uma bermuda azul-marinho cargo de cintura bem baixa.

— Oi, princesinha. Um idiota vomitou na minha camisa, então eu tive que voltar para me trocar. — Ele veio em minha direção enquanto falava, secando o cabelo rapidamente com uma toalha.

Ele olhou meu rosto e paralisou. Meros instantes mais tarde, eu estava sendo envolvida em seus braços. Ele segurou meu rosto no seu peito nu e começou a acariciar o meu cabelo.

— Ah, Bi, o que foi?

Eu tinha conseguido não chorar até então, mas sua compaixão acabou comigo. Ouvi um soluço escapar da minha garganta, como se à distância. Eu nunca chorava, especialmente não assim. Molhei o peito dele com o meu choro desesperado.

Como foi que eu deixei isso acontecer?, perguntei-me, de novo e de novo. Eu, que estava tão certa de que não iria deixar meu coração se envolver. Mas, no fim, eu não tinha controle, nem mesmo agora.

Senti uma opressão horrível de culpa quando percebi que Stephan estava chorando comigo. Ele sempre tinha sido assim. Não podia me ver sofrer sem sofrer junto.

— Shh, vai ficar tudo bem — ele me disse, com a voz suave e calmante, apesar das lágrimas. — Vamos sobreviver a isso, Bianca. Seja o que for, vamos sobreviver a isso juntos.

34
Sr. Desonesto

De repente, ouvimos uma batida furiosa na porta. Ela vibrava conforme punhos pesados se chocavam contra ela.

— Bianca, abra a porta. Precisamos conversar. Não me deixe trancado para fora. Abra a porta. Agora. — A voz de James soou claramente no meu quarto, já que ele estava gritando para acordar os mortos. Ele batia de forma implacável. Eu nunca tinha ouvido sua voz em nenhum nível que sequer se aproximasse de gritos. Ele me assustou, para dizer o mínimo.

Tentamos simplesmente ignorá-lo em silêncio enquanto ele batia na porta, o que continuou por uns bons cinco minutos.

Cada batida me deixava mais tensa, até que comecei a tremer de nervosismo.

Aquilo me levava de volta à minha infância como quase nada mais conseguiria. As batidas na porta, meu pai arrombando-a e vindo nos bater porque tínhamos tido a coragem de deixá-lo para fora. Quase todos os episódios violentos na minha infância tinham começado com punhos reverberando contra uma porta. Bem assim.

Eu me sentia um desastre emocional tão grande naquele momento que reverti para um hábito do qual pensei ter me curado anos atrás.

De repente, saí dos braços de Stephan em disparada. Achei o esconderijo de aparência mais segura na extremidade da cama e me curvei em mim mesma, braços firmes em torno das minhas pernas. Era a postura puramente defensiva de uma criança, mas eu não conseguia me conter.

Ouvi a porta se abrir, depois a voz de Stephan, mais fria do que eu a tinha ouvido desde a última vez em que ele falou com o meu pai, o que não tinha terminado bem. Eu realmente esperava que essa cena não fosse acabar da mesma forma.

— Não faça isso. Ela não quer ver você. Olha só pra ela! O que foi que você fez?

Suas últimas frases foram tensas. Eu ouvi os sons de um confronto duro, e sabia que James tinha corrido para dentro do quarto, sem se importar com o enorme homem loiro preenchendo a entrada. Stephan tinha bloqueado a passagem, pelo que consegui ouvir.

Os sons da briga pararam por longos momentos. Eu sabia que, ou James tinha parado de forçar a passagem por ele, ou Stephan tinha prendido James com eficiência suficiente para contê-lo.

Então, os sons da briga começaram para valer.

— Me deixa vê-la. Eu só quero melhorar as coisas. Não estou aqui para fazê-la sofrer, Stephan — disse James, e sua voz soava como se estivesse saindo entre dentes cerrados.

— Você já fez isso! Olha para ela! O que você fez?

As palavras de Stephan agora eram um rugido furioso.

— Você precisa ir embora!

— Estou vendo-a — disse ele, em tom cru, o que me fez estremecer. — Bianca, apenas me ouça. Aquela mulher era só uma amiga.

Ouvi o som de um punho acertando pele e o gemido abafado de James. Pensei que parecia um golpe no estômago. Isso me deixou preocupada. Eu sabia que os socos de Stephan na barriga poderiam causar sérios danos. O melhor cenário seria apenas alguns dias de tosse com sangue.

— Que mulher? — perguntou Stephan, parecendo mais irritado a cada minuto.

— Por favor, me deixe falar com ela. Eu não aguento vê-la sofrendo assim. Está me matando.

— Então saia. Você a deixou assim, e precisa ir embora. Se ela quiser conversar, ela tem o seu número.

— Bianca — James chamou novamente, a voz falhando.

O som de um corpo batendo contra a parede finalmente conseguiu fazer minha cabeça virar, apenas o suficiente para ver. Stephan tinha um braço na garganta de James, mas James ainda estava lutando ferozmente para passar por ele. Ele não estava tentando lutar, apenas passar pelo bloqueio de Stephan.

Stephan, por outro lado, parecia estar à beira de cometer um assassinato. Eu via os músculos rígidos tensionando furiosamente em suas costas despidas.

— Apenas diga que você vai me ouvir, Bianca. Se não for agora, então mais tarde. Mas me prometa que não vai me repudiar completamente. Me prometa e eu saio. Se é isso que você quer. — Sua voz falhou.

Concordar não foi minha primeira ideia, mas ver Stephan ser forçado a cruzar a linha do desejo de homicídio foi uma boa maneira de me convencer.

Minha voz saiu como uma confusão trêmula, mas eu finalmente consegui falar.

— Eu vou te dar a minha palavra, assim como você me deu a sua quando disse que éramos exclusivos.

Isso pareceu empurrar Stephan a cruzar o limite.

— Filho da puta! — ele berrou, socando James forte no estômago novamente.

Eu me amaldiçoei. Eu só tinha piorado as coisas.

— A gente era. A gente é. Eu nunca menti para você. Sempre falo a verdade sobre tudo, mesmo quando dói, porque eu quero que você confie em mim — ele me disse, com a voz dura e áspera pelos golpes.

Suas palavras me deixaram tão furiosa que eu esqueci que estava tentando acalmar a situação.

— Você disse que não namorava. Isso é mentira, já que eu conheci sua acompanhante desta noite.

Stephan bateu James contra a parede, xingando.

— Seu desgraçado. Você me jurou que não iria fazê-la sofrer, mas eu não a vejo sofrer assim desde a última vez que ela apanhou do pai.

Isso pareceu tirar toda a energia de James. Ele parou de lutar, mesmo quando Stephan tentou empurrá-lo na parede.

— Bianca, por favor, você não pode simplesmente me deixar. Apenas concorde em falar comigo de novo, quando você sentir vontade. Eu vou te deixar escolher a hora e o lugar, mas não posso simplesmente deixar você ir sem lutar.

— Tudo bem, se você me responder a uma pergunta antes.

— Qualquer coisa.

— Em primeiro lugar, você concorda em não chegar perto de mim, assim o Stephan pode te soltar?

Seus olhos sustentavam uma desolação que eu conseguia ver mesmo do outro lado do quarto.

— Se é isso que quer, sim.

Stephan o soltou abruptamente e passou a andar por todo o quarto com as mãos no cabelo. Ele odiava quando perdia o controle mais do que qualquer coisa, e esta noite ele esteve bem perto. Senti uma culpa esmagadora com a consciência de que era tudo culpa minha. Jurei nunca mais me envolver com outro homem.

— Você pode ir à minha casa na segunda à tarde, às cinco. Aí podemos conversar.

Foi difícil não sentir nada quando eu olhei em seus olhos aparentemente sinceros e suplicantes.

— Mais cedo, por favor. Esperar até segunda-feira vai ser pura tortura.

Neguei com a cabeça, mantendo minha posição.

— Não. Segunda-feira. Agora responda à minha pergunta.

Ele assentiu e enfiou as mãos nos bolsos, parecendo absolutamente devastado em seu smoking preto e camisa branquíssima. Seu cabelo estava bagunçado da briga, mas, ainda assim, de alguma forma, conseguia parecer artisticamente despenteado.

— Você comeu a Jules? — perguntei.

Ele ficou tenso, e eu sabia a resposta antes que ele abrisse a boca.

— Sim, mas faz muito tempo.

Eu não queria que a pergunta deixasse a minha boca, mas ela saiu mesmo assim.

— Quando?

— Há pelo menos um ano. Não sei exatamente quanto tempo.

E ele a conhece há anos, pensei.

— Foi apenas uma vez? — retruquei.

Ele fechou os olhos.

— Não, mas nunca significou nada, eu juro.

— Então, você dorme com ela há anos e ia sair com ela depois que eu fosse embora, e isso não significa nada?

— Eu sei que parece ruim, mas não é assim. Eu a conheço desde o colégio e as nossas famílias têm laços muito antigos. Parker, o irmão dela, é um amigo próximo. E ela é apenas uma amiga para mim. Eu juro.

— E é óbvio que você come suas amigas. — Minha voz parecia morta; eu desejei que pudesse calar a boca.

Seus olhos me imploravam.

— Não mais. Qualquer coisa que tive com ela não significa nada. Nunca significou.

— E você só me conhece há uma semana. O que isso diz sobre nós?

Sua mandíbula apertou.

— Por favor, não faça isso. É diferente. *Nós* somos diferentes.

Virei para o outro lado, enfim farta de falar. Eu só queria que ele fosse embora.

— Por favor, vá. Eu falo com você na segunda-feira. E, por favor, não apareça em nenhum dos meus voos. Se você aparecer, eu vou trabalhar na classe econômica para ficar longe de você. — Minha voz estava ficando mais firme a cada momento. Eu sinceramente esperava que isso significasse que toda a minha histeria tinha chegado ao fim.

Ele não se foi por um longo momento, mas também não falou. Eu ouvi a porta abrir e fechar, e, em seguida, a trava se encaixou no lugar.

Stephan me pegou e me levou para a cama. Ele me abraçou e chorou.

Eu sabia que ele estava sofrendo, e tudo por minha causa. Sua violenta explosão iria perturbá-lo, assim como pensar que ele tinha confiado em James, só para descobrir que eu acabei ferida. E minha dor iria machucá-lo também.

Nós nos abraçamos, e eu achei que o meu choro estava longe de acabar.

Stephan e eu estávamos surpreendentemente bem na manhã seguinte, o que era estranho, considerando o pouco sono verdadeiro que tivemos. Estranho, mas bom.

Não poderíamos faltar ao trabalho na volta para casa, a menos que estivéssemos às portas da morte. Faltar no voo para casa no meio de uma viagem tinha custado o emprego de muitos comissários. Então, fomos marchando para o saguão do hotel cinco minutos mais cedo, tranquilos, mas prontos para o trabalho.

Todos tiveram que perguntar ao Stephan por que ele não voltou para o bar na noite anterior. Ele tinha esquecido até de mandar mensagem para alguns dos outros, o que era um comportamento incomum para ele. Normalmente, ele tinha uma consideração absurda.

Ele deu a desculpa de que tinha desmaiado na cama, bêbado e exausto. A desculpa serviu, e o bate-papo passou para outros assuntos.

Eu não estava com vontade de falar, então fiquei em silêncio e ausente de todas as conversas da tripulação, voltando à vida somente quando era hora de trabalhar. A rotina familiar ajudou, e eu me senti grata pela manhã muito ocupada, livre de James.

Notei que os agentes estavam no voo, um na primeira classe, e outro na classe econômica, como de costume.

Estávamos com a aeronave cheia; cada assento no avião estava ocupado. Por isso, haviam se passado três horas de voo quando tive oportunidade de perguntar ao agente James Cook, em voz baixa:

— O senhor trabalha para James Cavendish?

Ele pareceu um pouco assustado, mas reassumiu uma expressão enigmática quase instantaneamente.

— Eu não tenho a liberdade de dizer, Srta. Karlsson.

Eu apenas assenti. Achei que já tinha minha resposta.

O capitão Damien me surpreendeu por ser estranhamente sensível ao meu humor. Ele deixou de lado sua rotina habitual de flerte amigável e tirou um tempinho para entrar rapidamente na minha cozinha. Tocou meu braço, e seus olhos estavam sérios e tristes.

— Eu não vou perguntar o que te deixou tão triste, mas quero que saiba que eu sou seu amigo. Se precisar de alguma coisa, mesmo que seja apenas um ouvido amigo, não hesite em falar comigo. Sou bem compreensivo, pode acreditar. — Ele sorriu gentilmente ao terminar de falar. Ele estava sério e parecia tão sincero que eu me peguei estranhamente tocada.

Sorri de volta.

— Na verdade, eu acredito. Vou manter isso em mente, Damien. Obrigada.

Meu pequeno contato com Melissa quando ela fez uma visita à cabine foi o oposto disso. Ela olhou para o meu pulso nu com um sorriso malicioso.

— Problemas no paraíso? — perguntou ela. E continuou sem esperar por uma resposta. Eu nunca teria respondido nada, então eu não ligava. — Você ainda tem que usar relógio, sabe... Você pode levar advertência por não usar.

Stephan falou, surpreendendo a nós dois. Ele havia se aproximado sem fazer som.

— Duvido que seria tão grave a ponto de levar advertência quanto você ter abandonado a classe econômica para assediar sexualmente os pilotos na cabine de comando. De novo — ele terminou suavemente.

Ela lhe deu um olhar que era nitidamente assassino, mas não disse uma palavra, apenas voltou para a cabine principal pisando duro.

Deixando de lado suas palavras para Melissa, Stephan estava ao mesmo tempo calmo e afetuoso naquela manhã. Recebi afagos tranquilizadores e abraços que realmente conseguiram me deixar mais calma.

Eu poderia ser burra quando se tratava de relacionamentos românticos, mas talvez fosse justo, já que eu tinha Stephan.

Quem precisa de mais do que isso? Quem merece mais? Eu não.

Nós nunca tínhamos muito tempo de inatividade durante os voos matinais cheios. Passaram-se horas antes de termos um tempo livre para relaxar e devorar algumas comidinhas na cozinha. Tomamos o nosso habitual iogurte grego rejeitado, inclinados sobre os carrinhos de bebidas, nossos ombros tocando-se lado a lado.

— Vou pesquisar o James na internet. Eu deveria ter feito isso desde o início. Acho que eu só queria conhecê-lo como pessoa, e não a sua imagem. Mas agora vejo que o que eu não sei poderia me machucar — eu disse a Stephan em voz baixa, depois que acabei de comer.

Eu tinha um computador antigo, e o usava quando precisava, mas não era o tipo de pessoa que passava muito tempo na internet. Eu realmente não ligava para notícias. Quando tinha tempo livre, quase sempre preferia pintar ou ficar com Stephan e nossos outros amigos. Eu evitava o Facebook e qualquer coisa semelhante como se fosse a peste. Eu tinha certeza de que James provavelmente tinha uma página na rede social, embora eu nunca tivesse pensado nisso antes.

Perguntei-me desanimada se descobriria se ele estava solteiro, comprometido ou outra coisa. Tentei me livrar do pensamento. Uma busca simples de nome provavelmente me diria o suficiente.

Stephan assentiu, deslizando a bandeja agora vazia de comida para o carrinho de lixo. Ele estendeu a mão para pegar a minha e a descartou também.

— Isso soa como uma boa ideia, agora que parei para pensar. Eu devia ter pesquisado melhor a respeito dele, mas não o fiz. Eu simplesmente confiei. Eu vi a maneira como ele olhou para você, e soube que ele se importava. Pensei que era o suficiente. E eu não queria interferir no seu caso com o único homem por quem você já tinha se interessado na vida. Quer que eu esteja com você enquanto procura?

Balancei a cabeça.

— Não, eu vou ficar bem.

Ele se endireitou, movendo-se para perto para esfregar meus ombros de um jeito confortável.

— Me desculpe, eu fiquei muito violento na noite passada. Quase perdi o controle.

Afaguei sua mão.

— Não, Stephan. A culpa foi minha, por trazer os meus problemas para a nossa porta. Você estava apenas me protegendo.

— James não para de me mandar mensagem. Eu tinha oito quando olhei meu celular antes do voo. Ele está pedindo para falar comigo. Será que devo? Ou você prefere que não?

Dei de ombros.

— Você decide. Lide com ele do jeito que achar melhor.

— Eu acredito que ele tem fortes sentimentos por você. Não tenho dúvida de que ele se preocupa contigo.

Levantei a mão.

— Eu não quero falar sobre isso. Não importa para mim o que ele *sente*, se eu não puder suportar o que ele *faz*.

— Ele não chegou a dar nenhum soco ontem à noite, nem sequer tentou, mas *ele* está pedindo desculpas para *mim*.

Eu me virei para encontrar seus olhos, deixando-o ver minha

determinação.

– Deixa pra lá.

Ele se inclinou perto de mim e beijou o topo da minha cabeça.

– Claro, princesinha. Vou deixar pra lá.

35
Sr. Celebridade

A sensação foi como se eu tivesse demorado uma eternidade para chegar em casa. E quando cheguei, desmaiei por um período sem precedentes de seis horas.

A primeira coisa que fiz naquela manhã foi desligar o celular, e o deixei assim pelo resto do dia. Eu tinha dito a James que eu iria falar com ele na segunda-feira, mas isso não o tinha impedido de me ligar e mandar mensagens sem parar.

Só de pensar na leitura dessas mensagens fazia o meu estômago revirar, por isso meu celular permaneceu desligado.

Quando acordei, comi ovos e me sentei na frente do computador com uma certa dose de pavor.

Meu computador era um velho pedaço remodelado de lixo, mas servia a seu propósito. Com os dedos trêmulos, digitei o nome James Cavendish no sistema de busca.

O que surgiu me sobrecarregou de emoções e estava cheio de ainda mais surpresas desagradáveis do que eu estava preparada para ver. Eu tinha conhecimento de que ele era um bilionário jovem e bem conhecido, portanto já esperava que ele tivesse alguma atenção da mídia só levando em conta sua aparência e dinheiro. Mas não poderia ter antecipado o que encontrei.

Eu estava por fora das atualidades, para dizer o mínimo. Eu não via noticiários, e não assistia a programas de celebridades na TV nem que me pagassem, e certamente não estava interessado em jornais de fofoca impressos. Eu nunca tinha entendido o apelo que esse tipo de coisa exercia e nunca fui capaz de me identificar com nenhum deles. Geralmente, eram centrados em pessoas ricas e mimadas e nada disso me interessava. Talvez isso pudesse desculpar o fato de que eu era totalmente ignorante a respeito do homem com quem eu acabei de ter um pequeno caso.

Primeiro, cliquei nas imagens. Eram principalmente fotos de tapetes vermelhos. Ele parecia ter infinitas fotos posando com inúmeras mulheres, embora Jules estivesse em uma maioria doentia delas.

Ele vestia smoking após smoking, alguns modernos, outros clássicos. Ela usava vestidos de todas as cores, ficando sempre além de impressionante. Os dois juntos formavam um par de beleza assustadora. Ele usava ternos em outras imagens, eventos que eu imaginei serem menos formais do que o tapete vermelho. Fiquei chocada ao ver que eu mesma reconhecia algumas das outras mulheres com quem ele tinha saído.

Reconheci uma atriz muito famosa. Eu não tinha percebido que ela era tão pequena até vê-la ao lado da figura alta de James. Ela mal chegava ao seu peito. Eu gostei de alguns dos filmes dela, mas senti uma onda razoável de desagrado quando vi que tinha participado de pelo menos três eventos com ele.

Reconheci ainda outra mulher, uma voluptuosa estrela deslumbrante. Tinha a pele bem morena e os cabelos escuros. Suas curvas eram quase de gordura, decidi perversamente. Ela era tão baixinha que parecia ridícula ao lado dele.

Eu me senti mal quando o vi ao lado de uma mulher cuja legenda dizia "estrela pornô de fetiche" logo abaixo da imagem.

Ele sempre se mostrava de uma beleza espetacular, independente de quem estivesse de braço dado com ele, mas agora eu começava a formar uma imagem maior e drasticamente distinta de James. E eu não gostava do que eu estava vendo.

Mais abaixo na página de imagens, eu vi uma foto dele e de Jules vestidos com jeans. Era uma visão rara, por isso eu cliquei nela. Consegui ver a foto em tamanho maior em um artigo de fofoca. Eles estavam de mãos dadas na imagem. O artigo dizia que havia rumores de ela ser uma antiga namorada vai e volta.

Liguei meu telefone apenas por tempo suficiente para enviar a imagem a James.

R.K. Lilley

Bianca: Seu mentiroso. Vou falar com você na segunda-feira porque eu disse que falaria, mas comecei a fazer minha pesquisa, e rapidamente percebi que não sei nada sobre você.

Não me incomodei em ler as dúzias de mensagens não lidas acima da que eu tinha enviado para ele, mas recebi uma resposta quase imediatamente.

James: Por favor, não acredite nesse lixo de fofoca. Eu admito que nunca desencorajei os rumores sobre Jules ser minha namorada, mas eram apenas rumores. Ela nunca foi minha namorada. Ela é irmã do meu melhor amigo. Eu prometo que nunca vou levá-la a nenhum outro evento pelo resto da minha vida, mas a noite passada não foi um encontro com ela. Era uma obrigação social marcada há tempos. Se eu tivesse tentado me colocar no seu lugar, teria visto como poderia parecer doloroso aos seus olhos. Me desculpe por isso. Eu daria qualquer coisa para poder fazer diferente. Mas, por favor, apenas tente me dar o benefício da dúvida, e pare de procurar em tabloides. Eu ainda estou em Nova York trabalhando, já que você não quer me ver, mas está me matando que eu tenha feito você sofrer e não possa reparar. Eu poderia estar em um voo dentro de uma hora. Basta dizer a palavra, amor.

Desliguei o telefone depois disso. Sua mensagem quase me fez amolecer, mas eu não ia deixar isso acontecer. *Engane-me uma vez...*

Voltei para minha própria tortura pessoal de peneirar fofocas sobre James Archibald Basil Cavendish III. Eu nem sequer sabia seus nomes do meio, ou mesmo que ele tivesse dois. Um site de fofocas qualquer poderia ter me dado essa informação. Claro, ele também não sabia o meu.

Encontrei artigos sobre seus pais, e até mesmo algumas fotos. Eles eram um casal impressionante. A mãe tinha cabelos e olhos escuros, uma beldade deslumbrante com a pele dourada de James e uma boca bonita. Seu pai era devastadoramente bonito e loiro, com belos olhos azul-turquesa que fizeram minhas entranhas se apertarem na hora em que os reconheci. Eu percebi como a combinação dessas duas pessoas poderia criar uma obra-prima como James.

Um artigo que encontrei sobre eles falava sobre como tinham morrido num acidente de carro. A tragédia, e o lindo e jovem James, bilionário antes de sequer ter quatorze anos, tinham sido rapidamente jogados nos holofotes de forma romântica.

Peguei pequenos trechos e até mesmo uma foto de seu infame guardião falecido, e os detalhes completos do escândalo. O homem estava na casa dos trinta anos na primeira imagem. Era bonito, com cabelos claros castanhos quase loiros, como James; porém, a pele era mais clara. E ele era magro a ponto de quase atingir a fragilidade, com olhos verdes assustadores. Spencer Charles Douglas Cavendish tinha sido um predador em pele de cordeiro. Senti tamanho ódio por ele que a bile subiu pela minha garganta.

Li o artigo sobre a sua morte. Spencer Cavendish tinha sido morto por um amante enfurecido. Um tal de Lowell Blankenship havia sido drogado e algemado pelo frágil Spencer. Lowell comentou que tinha consentido em fazer sexo com Spencer, mas que não tinha concordado com nenhuma outra das "merdas doentias" que o homem o forçou a fazer. Spencer tinha sido estrangulado até a morte, quando abriu as algemas de Lowell, um homem muito maior. Eu, pessoalmente, achava que ele merecia uma morte muito mais dolorosa.

Havia inúmeros outros artigos sobre vários empreendimentos comerciais de James. Por esses eu passei de relance. Eu sabia que ele era ligado a muito mais coisas do que apenas a indústria hoteleira, então não fiquei surpresa.

Li um artigo de três páginas sobre seu caso de dois meses com uma cantora vencedora de disco de platina. Ela mal tinha dezenove anos, e fazia menos de seis meses que tinham se separado.

Droga, eu tenho algumas das músicas dela no meu mp3, pensei com desgosto. Ele estava com a mão na nuca dela em uma das imagens. Senti vontade de arremessar alguma coisa.

Houve alguns artigos que sugeriam brevemente que ele fosse adepto de sexo bizarro, mas foi tudo o que achei a respeito de seu estilo de vida BDSM. Eu me perguntava como ele mantinha tudo aquilo em tão bem-guardado segredo.

Desliguei o computador e fui caminhando a passos largos para o meu quarto. Arranquei a pintura dele da parede. Tentei me obrigar a rasgá-la, mas simplesmente não consegui. Em vez disso, coloquei-a no baú de aquarelas antigas.

Liguei o telefone novamente. Ignorei todas as novas chamadas não atendidas e mensagens de texto de James. Mandei uma mensagem para Stephan, perguntando se eu poderia ir lá. Ele respondeu imediatamente que sim.

Fui até a casa dele, e ficamos assistindo à TV e tomando um monte de sorvete.

Ajudou, mas, logo que parei de assistir, eu comecei a pensar novamente. Foi assim que acabamos recuperando meu atraso na TV até quase duas da manhã, sendo que trabalharíamos no dia seguinte. Acordaríamos bem cedo, mas Stephan não se queixou.

— Falei bastante com o James hoje — ele me disse depois de termos visto TV durante horas.

Eu apenas assenti.

— Quer que eu conte como foi?

Balancei a cabeça.

— Tá bom. Me avisa quando você quiser.

— Preciso de um tempo. Hoje eu li sobre ele na internet. Estou sentindo menos vontade do que nunca até mesmo de falar com ele novamente.

Stephan respirou fundo.

— Era sobre isso que eu queria falar, na verdade, se você estiver disposta a ouvir o que eu penso sobre todo esse assunto agora.

Fiquei observando-o por um minuto. Ele parecia nervoso, o que significava que eu não gostaria do que ele ia dizer.

— Agora não — falei.

— Acho que eu posso, pelo menos, entender por que ele queria manter o relacionamento com você particular.

Ergui a mão.

— Chega. Está me parecendo que você está mais do lado dele. Eu simplesmente não posso lidar com isso no momento. — Lágrimas indesejadas brotaram enquanto eu falava.

Ele me puxou contra seu peito e beijou o topo da minha cabeça.

– Nunca, princesinha. Eu estou sempre do seu lado. *Sempre*. A gente fala sobre isso quando você estiver pronta.

36
Sr. Cavendish

Eu me senti grata pelos voos cheios no dia seguinte. Tivemos aviões lotados na ida e na volta. Mal tive tempo de comer, e estava evitando pensar a todo custo. Eu nem sequer levei com o celular, que ainda estava em casa, na minha cama. Desligado.

Os agentes estavam presentes, e eu senti um momento de raiva irracional contra eles quando vi pela primeira vez o sujeito na minha cabine. Tentei controlar a emoção e apenas atendê-los quando trocaram de cabines no voo de volta. Tentei não pensar na implicação de que James ainda tinha uma razão para ficar de olho em mim. Eu deixaria as coisas às claras na segunda-feira, e aí esse absurdo terminaria de uma vez por todas.

Felizmente, eu estava exausta quando consegui voltar para casa naquela noite. Fiz preparativos mínimos antes de dormir e praticamente despenquei na cama.

Dormi até tarde na manhã seguinte. Mesmo depois que acordei, me movimentei devagar, levando quase uma hora para preparar o café da manhã e comer.

Eu me sentia como um zumbi, entorpecida demais até mesmo para chorar. Pensei que era uma melhoria.

Stephan e eu tínhamos o almoço mensal com vários outros membros da nossa classe de comissários às onze. Eu estava pulando fora. Era um grupo engraçado, espalhafatoso e unido, por isso, os almoços eram sempre um grande momento. Éramos doze no total, e normalmente colocávamos a conversa em dia nesses encontros. Muitas vezes, pegávamos um cineminha mais tarde ou até mesmo íamos para a casa de Stephan de vez em quando. Eu não estava a fim de nada disso. Stephan tinha prometido se desculpar pela minha ausência. Ele se ofereceu para não ir também em solidariedade a mim, mas nem dei ouvidos. Eu sabia que ele era uma criatura social, e os almoços eram sempre um ponto alto.

Tentei pintar, mas um olhar na tela de James nu me fez mudar de ideia. Coloquei a pintura no meu quarto sobressalente com as mãos trêmulas. Eu não conseguia lidar com isso naquele momento.

Por fim, segui a rota masoquista e liguei o computador de novo. Eu me propus a fazer mais uma pesquisa dolorosa sobre meu famoso ex-amante.

Se eu tinha ficado chocada com o que a pesquisa tinha mostrado da primeira vez, estava totalmente estarrecida com o que encontrei agora. Que diferença alguns poucos dias tinham feito.

Agora, quando digitava James Cavendish no sistema de busca, aparecia um lote inteiramente novo de fotos que a primeira pesquisa não tinha mostrado. Fotos *minhas*. Eu nunca tinha pensado em mim como uma beldade. Minhas feições eram regulares e simétricas, e meus cabelos eram de um loiro suave natural, mas eu sempre só me considerava atraente quando estava com um humor gentil. Normalmente, eu era fotogênica. Tinha até mesmo um sorriso pronto para fotos. Se não fosse lá muito sincero, pelo menos era educado e convincente o bastante à distância. Essas não eram desse tipo de imagem.

Elas, obviamente, tinham sido tiradas quando eu estava fugindo do prédio de James. Eu parecia desgrenhada, e, bem, horrível. Estava pálida como um fantasma, com olhos vermelhos e irritados, e rímel escorrendo pelo rosto em linhas escuras. Isso me fazia aparentar pelo menos quarenta anos de idade, em vez de vinte e três.

Meu uniforme estava arruinado, os botões da blusa desalinhados por pelo menos três casas. Eu não notei no momento. Minha camisa estava para fora, o decote mostrando uma quantidade quase obscena de seios. Meu cabelo era um emaranhado só.

Parecia que eu estava bêbada e prestes a vomitar na rua, oscilando à beira da calçada. Pelo visto, minha aparência estava tão ruim naquela noite quanto eu me sentia. E as imagens estavam por toda parte. Um site de fofocas após o outro tinha noticiado a história de problemas no paraíso, embora todos parecessem ter um enfoque ligeiramente diferente.

Um site me chamou de uma "devassa de Las Vegas" que tinha se metido entre Jules e James, embora o site afirmasse que seu amor aguentaria o escândalo. Vi que eles eram comumente citados nos sites de fofoca como J&J. Isso me fez querer vomitar.

Outro me nomeou como "aeromoça da classe vulgar", que tinha partido o coração de uma perturbada Jules. Essa doeu, com fotos lado a lado de nós duas. Jules era mostrada no vestido cinza-claro que estava usando naquela noite, com um sorriso duro para a câmera. Ela parecia tensa, mas pelo menos sabia que estava sendo fotografada. Li mais para baixo no mesmo artigo que eles tinham, de fato, participado do evento de caridade juntos, apesar da tensão óbvia que outro dos casinhos de James tinha provocado no belo casal. O artigo concluía que o amor deles prevaleceria sobre a fraqueza de James por biscates.

Eu não teria ficado surpresa se a própria Jules tivesse escrito o artigo, de tanto que a privilegiava. Ele a mostrava como uma santa sofredora. Eu tinha conhecido a mulher, mesmo que apenas por alguns instantes. Ela não era nenhuma santa.

Um site me chamou de "Aerovagabunda loira" e afirmava que eu estava tentando aprisionar James com um bebê. Eu não podia acreditar em todas as mentiras que poderiam ser inventadas a partir de poucos minutos, de fotos não solicitadas, e todos de uma mulher que ninguém nunca tinha ouvido falar. Era chocante, revoltante e repugnante.

Um site recorreu ao desenho de pênis gigantes por todo o meu rosto, dizendo que eu "encabeçava bem", o único motivo pelo qual James arriscaria a ira de sua namorada de longa data. Supostamente, várias das fontes do site sabiam daquilo em primeira mão. As mentiras me faziam sentir náusea.

Um site alegou que eu era parte de uma rede de prostituição de luxo de comissárias de bordo e que James, obviamente, precisaria pedir seu dinheiro de volta.

Fiquei quase lisonjeada por um momento quando li a manchete de um artigo. Ele alegava que eu era uma "modelo sueca de biquíni". Soou até elogioso. Até que eu rolei até a parte inferior do artigo, que tinha um link para um filme pornô, estrelado por mim. Nem me incomodei em abri-lo. Eu sabia que não era eu, mas não queria ver o que *realmente* era aquilo.

Outro dizia que eu era uma garçonete, e ainda outro disse que eu era uma *stripper* com o nome artístico de "Glory Hole". Os insultos continuavam e continuavam, e eu me senti humilhada, irritada e deprimida.

Esse é o preço que eu tinha de pagar por uma semana de prazer?, pensei revoltada. Eu me tornaria celibatária pelo resto da minha vida.

Me odiava por ficar tão chateada que James e Jules ainda tivessem saído juntos naquela noite da mesma forma que por todas as mentiras horríveis que estavam sendo espalhadas sobre mim.

Peguei meu celular no quarto e finalmente o liguei depois de dias. Fui direto para o nome de Stephan entre as minhas mensagens, ignorando completamente todas as outras e as chamadas que eu tinha perdido. Eu também tinha perdido uma mensagem de Stephan. Havia sido enviada minutos antes.

Stephan: Princesinha, vou chegar em casa logo. Terminando o almoço agora. Precisamos conversar. Por favor, não procure nada na internet até eu chegar aí.

Bufei. Ele deveria saber qual seria minha reação. Se eu já não tivesse procurado, sua mensagem estranha teria me mandado direto para o computador.

Ouvi a campainha tocar.

Foi rápido, pensei, ao caminhar direto para a porta.

Eu me perguntei por que ele não apenas entrava. Stephan raramente era tão formal e ainda por cima tinha o meu código de alarme.

Um calafrio me percorreu. Eu não conseguia identificar o motivo. Cautelosamente, verifiquei o olho mágico. Estava coberto.

Pela mão de alguém, eu pensei. Isso me deixou com raiva.

Abri a porta, pronta para dar um sermão em Stephan.

— Você sabe que é melhor não se meter comigo assim, Stephan. É uma brincadeira maldosa...

Não consegui terminar a frase porque uma enorme mão agarrou

minha garganta e me empurrou de volta para dentro da casa. Eu não podia nem gritar; a mão estava cada vez mais firme. Pisquei, tentando focalizar a face friamente furiosa na minha frente, os familiares olhos azul-claros injetados de sangue. Eu não pude fazer nada quando o enorme homem loiro me pegou pelo pescoço e me empurrou para o outro lado da sala. Minhas costas bateram na parede com um baque surdo.

Cravei as unhas na mão do gigante que me segurava suspensa como uma boneca de pano. Não teve qualquer efeito. Minha garganta queimava, e o impacto contra a parede tinha arrancado meu fôlego, mas a dor era secundária tendo em vista o terror que tomou conta de mim.

Uma pergunta consumia meus pensamentos. Era um velho padrão familiar para mim quando aquele louco, que exercia tão pouco controle sobre a própria raiva, me segurava em suas mãos. Uma só questão circulava meu cérebro como um câncer persistente: *Será que desta vez ele me matará?* Ele sempre ameaçava. Desde que eu tinha estado a não mais de um metro e pouco de distância e assistido com horror quando ele mirou a arma que minha mãe segurava na boca dela e puxou o gatilho. Eu tinha visto com horror impotente seu dedo cobrir o dela naquele gatilho e puxar muito lentamente.

Havia sangue respingado em nós três, mas ele não parecia notar.

No momento, suas palavras eram um emaranhado confuso de sueco e inglês, mas eu não conseguiria entender nem se minha vida dependesse disso. Eu nunca tinha sido fluente em sueco, mas tinha que compreender quando era criança, já que meu pai teimosamente insistia em usá-lo em casa. Mas, quer fosse pelo terror ou pelo desuso, qualquer capacidade minha de entender estava falhando. Tentei falar, tentei dizer isso a ele, mas sua mão ainda estava na minha garganta, interrompendo minha capacidade de falar.

Sua mão relaxou na minha garganta apenas o suficiente para eu tomar um fôlego. Engoli em seco, depois resmunguei e gemi quando seu punho fez um contato duro com minhas costelas. Solucei tentando respirar, ainda mais desesperada para tomar ar.

Ele falou novamente. Desta vez, foi uma sequência com forte sotaque, mas compreensível, em inglês.

— Não ache que um namorado rico vai te manter a salvo de mim. Se você sequer pensar em falar com a polícia, eu ainda vou te matar. Você entende?

Eu não conseguia falar, mas tentei. Deus, como eu tentei. Por fim, eu apenas balancei a cabeça, mas não foi o suficiente. Um daqueles punhos maciços fez contato com meu estômago uma vez, e, em seguida, novamente. Comecei a desmoronar, mas ele empurrou meu ombro na parede com força suficiente para me manter em pé.

— Olhe para mim — a voz fria do meu pai ordenou.

Eu olhei, olhei bem, pela primeira vez desde que ele tinha entrado como um louco pela minha porta. Fazia seis anos que eu o tinha visto, mas ele parecia ter envelhecido vinte. Estava ainda mais pesado agora, seu rosto marcado pelos sinais de uma vida vivida em excesso. Ele era bêbado, fumante, viciado em jogo, um assassino, e só Deus sabia o que mais. Tudo isso tinha cobrado um preço em seu rosto um dia bonito.

Eu me chamei de mil palavrões. Eu sabia que ele nunca iria deixar Las Vegas. Ele jogava para conseguir sobreviver, já que seus pais o tinham deserdado há pelo menos vinte e quatro anos. Eu tinha rezado para que seu estilo de vida destrutivo acabasse com ele, mas era coisa demais para eu esperar.

Pensar ser Stephan na minha porta não era desculpa. Eu era idiota por baixar minha guarda por um segundo sequer. Mas ele soube, de alguma forma, quando atacar. Eu estava tão deprimida e desanimada que meu cérebro não estava funcionando corretamente. O pensamento de uma ameaça real havia ficado longe demais da minha consciência.

— Pessoas têm perguntado por mim, pessoas que eu não conheço. O que você falou sobre mim pro seu namorado rico? Falou sobre a morte da sua mãe?

— Não. — Eu solucei. — Eu não sei de que pessoas você está falando. Eu não falei nada. Eu juro.

Minhas palavras eram inúteis. Sempre tinham sido. Meu pai era um homem de ação. Ele agarrou meu braço com uma das mãos e me deu socos na lateral do corpo com a outra. Ele sempre espalhava o alcance dos socos.

Ele encontrou um lugar nas minhas costas que me fez dobrar de dor.

Ele tirou minhas pernas debaixo de mim, e fui parar no chão facilmente. Ele me chutou uma vez, forte, nas costas. Depois, me rodeou e enfiou o calcanhar da bota no meu pescoço.

— Pra eu te matar seria mais fácil do que dar um simples passo. Você entende isso? Meu peso por si só vai esmagar sua traqueia. É assim que você quer morrer? Porque se contar a alguém o que eu fiz para a sua mãe, não há nenhuma razão para eu não querer te matar. Eu não hesitaria. Você entende, *sotnos*?

— Entendo — resmunguei quase sem voz. Foi uma luta conseguir colocar uma palavra para fora com aquela bota enorme no meu pescoço.

Ele me pegou do chão, sem esforço, e me colocou de volta sobre meus pés.

— E o seu homem precisa parar de bisbilhotar minhas coisas.

Ele ergueu um punho enorme acima de mim e trouxe abaixo na parte de trás da minha cabeça. Meu mundo ficou preto.

37
Epílogo

Acordei com a maior e pior dor de cabeça da minha vida. Era monstruosa. Eu queria mergulhar de volta na inconsciência imediatamente. Esse foi o meu primeiro pensamento.

Abri os olhos um tantinho de nada, o que tornou a dor ainda pior, então eu os fechei novamente.

Estou num hospital, foi meu segundo pensamento consciente. Tudo, desde a forma como eu estava apoiada, até o cheiro, todos os pequenos sinais sonoros, me informou isso. Meu terceiro pensamento foi que a minha cabeça não era a única coisa que havia de errado comigo. Quase todas as partes do meu corpo latejavam, da cabeça aos pés.

Minhas mãos pareciam estar ilesas. A direita estava apertada por outra cálida e dura. Eu sabia que deveria ser Stephan ao meu lado, e eu me sentia melhor só de ter sua presença constante. Eu estava muito mal, mas estava viva. E tinha Stephan.

Fiz uma segunda tentativa de abrir os olhos. Fui marginalmente mais bem-sucedida do que na primeira tentativa, mas a dor angustiante ainda atravessava minhas têmporas. Olhei para o homem sentado à minha direita. Fiquei um pouco mais do que inquieta ao ver que não era Stephan.

Os cabelos castanho-dourados caíam num rosto dolorosamente belo quando James se inclinou sobre a minha mão, seu rosto austero e desolado, os olhos vermelhos, a boca muito apertada, como se estivesse sentindo dor. Ele tinha a postura de alguém que estava naquele estado havia horas, se não dias. Ele tinha uma aparência tão trágica de certa maneira, lindo de doer o coração, que me senti amolecer por ele instantaneamente. Eu não estava pensando com muita clareza, mas tentei estender a mão brevemente para confortá-lo.

Meu braço não se mexeu muito, mas consegui segurar sua mão com um minúsculo aperto reconfortante.

Sua cabeça disparou para cima, e seus olhos começaram a procurar. Aqueles vibrantes olhos azuis pareciam à beira das lágrimas. Era surreal vê-lo assim. Ele engoliu em seco.

— Como você está se sentindo? — perguntou. Ele estendeu a mão e apertou um botão à minha direita, atrás de mim. E então as duas mãos agarraram a minha, acariciando-a suavemente.

Minha voz saiu rouca e fraca, mas consegui responder.

— Viva.

Ele piscou, e uma lágrima escorreu por sua face dourada perfeita.

Pisquei para ele. Será que eu estava sonhando? Era um James muito estranho sentado à minha frente, quase um desconhecido. Porém, para falar a verdade, ele sempre foi um desconhecido. *Não foi?*

— Onde está o Stephan? — perguntei a ele. Doía falar, então decidi manter minha fala ao mínimo.

— Stephan foi tomar um café. Ele tem ficado colado ao seu lado. — James indicou com a cabeça um ponto do meu outro lado. Havia outra cadeira. — Inclusive ele tem dormido ali.

Processei suas palavras e, em seguida, quase imediatamente quebrei meu voto de silêncio.

— Por quanto tempo fiquei apagada?

Ele baixou a cabeça, tocando a testa na minha mão.

— Três dias. Uma eternidade.

Eu suspirei, sentindo-me um pouco aliviada. Poderia ter sido pior.

— Há quanto tempo você está aqui? — perguntei.

Seu rosto parecia incrivelmente cansado quando ele olhou para as nossas mãos unidas.

— Apareci na sua casa quando a ambulância estava levando você. Seguimos atrás dela até o hospital. Stephan e eu chegamos vinte minutos atrasados…

— Você veio para a minha casa mais cedo do que o esperado — eu disse, um pequeno fio de acusação na minha voz.

Ele apenas fez que sim.

— Mas não cedo o suficiente — disse, e eu percebi que ele estava se culpando pelo que havia acontecido, por aparecer tarde demais para impedir que aquilo acontecesse, o que era uma loucura, é claro.

Eu supunha, de um jeito meio desconectado, que alguém que sentia tanta necessidade de estar no controle também devia sentir uma quantidade desproporcional de responsabilidade nas coisas, mesmo as que estivessem completamente fora de seu controle. Apertei sua mão.

— Há quanto tempo você está no hospital? — perguntei novamente.

Ele apenas piscou para mim.

— Desde que você veio para cá, amor. Você acha que eu poderia te deixar assim?

Franzi a testa.

— Você não tem que trabalhar?

Ele riu, e foi um som enferrujado.

— Estou tirando um tempo de folga.

Notei pela primeira vez que o quarto privativo em que estávamos havia sido arrebatado por flores. Variavam de buquês exóticos, a rosas exuberantes, até simples cravos. Parecia que cada flor estava representada nos muitos vasos ao redor do quarto.

— Você fez isso — eu disse, absorvendo a imagem de tudo.

Ele beijou a minha mão.

— Não só eu — disse ele. — Os lírios brancos são do Stephan. E os girassóis são de Damien e Murphy. As flores silvestres mistas são da sua companhia aérea. E esse buquê misto é do grupo de comissários que sai com vocês. Eu mandei o resto.

— São lindas. Obrigada.

— O prazer é meu — ele murmurou, me olhando como um falcão.

Stephan veio em seguida, e correu para o meu outro lado. As lágrimas corriam pelo seu rosto quando ele agarrou minha outra mão.

— Como você se sente? — ele perguntou, sentando-se no que era, obviamente, a sua cadeira no meu outro lado.

Fiz uma careta.

— Viva.

— Eu deveria ir buscar a enfermeira — disse Stephan, começando a se levantar.

— Já chamei. Ela geralmente é rápida, então vai estar aqui a qualquer momento — James disse.

Stephan sentou-se novamente e acariciou minha mão de um jeito confortável.

— Eu estava falando com a polícia. Eles querem conversar com você quando estiver se sentindo disposta. Eu disse a eles que achava que era o seu pai, mas não o vi com meus próprios olhos, então eles não aceitaram minha palavra. Mas *foi* o seu pai, não foi?

Eu só balancei a cabeça afirmativamente, fazendo careta.

— Mais tarde. Definitivamente não estou me sentindo disposta agora. Que dia é hoje?

— Quinta-feira — Stephan me disse.

Meus olhos se arregalaram. Minha mente começou a funcionar automaticamente.

— Temos voo hoje à noite? — perguntei.

Ele acariciou minha mão.

— Eu conversei com o diretor de bordo. Ele não teve nenhum problema em nos deixar mudar as férias, já que você estava hospitalizada. Ele foi realmente muito generoso, sabendo que não poderíamos tirar tanto tempo de folga sem remuneração, e que eu não poderia trabalhar enquanto você estivesse machucada desse jeito. Temos duas semanas de folga, então não se preocupe com o trabalho.

Fechei os olhos, aliviada.

— Obrigada, Stephan. Você é o melhor.

A mão de James apertou a minha.

— Isso não é tempo suficiente. E se você estiver tão preocupada assim com dinheiro…

— Não — falei, de olhos ainda fechados.

Sua menção a dinheiro abriu a comporta, e de repente eu me lembrei, de forma intensa, por que ele não tinha motivo para estar ao meu lado. Eu comecei a retirar a mão.

Ele a agarrou, e meus olhos se abriram para ele.

Seu olhar parou a minha mão, e eu simplesmente não tinha coragem de olhar feio para alguém que parecia tão… desesperado.

— Ok, eu não vou. Sinto muito. Eu só queria ajudar — ele me tranquilizou de uma forma que parecia estranha para ele. Ninguém poderia dizer que ele não estava tentando.

A enfermeira chegou para ver como eu estava. Ela me perguntou sobre a dor, e a vi apertar o botão do analgésico várias vezes. Perdi a consciência.

Os dois homens estavam aparentemente impassíveis quando despertei novamente. Eu pude ver pelas persianas ligeiramente abertas que estava escuro lá fora. Minhas duas mãos ainda estavam calorosamente envolvidas.

— Por quanto tempo eu fiquei fora desta vez? — perguntei.

Stephan parecia estar cochilando, mas James estava de olhos abertos.

Parecia que estava rezando sobre a minha mão.

— Catorze horas — disse ele, e beijou minha mão. — Acho que você tirou dez anos da minha vida esta semana. — Ele estendeu a mão para apertar um botão e eu sabia que estava chamando a enfermeira novamente.

Desta vez, era outra, notei, distraída, quando ela saiu depois de ver como eu estava e me medicar. Ambas haviam sido agradáveis e rápidas. Gostaria de saber se o hospital sempre tinha esse serviço bom ou se era o efeito James Cavendish.

— Você não precisa ficar aqui — eu disse a ele, quando comecei a perder a consciência novamente. Ele me disparou um olhar tão magoado que eu tentei retirar o que tinha dito enquanto caía mais uma vez num sono dopado.

Dias se passaram assim, recuperando e perdendo a consciência, enquanto meu corpo se curava. Foram cinco dias antes de eu estar em pé. E mesmo assim apenas para fazer uma quantidade limitada de atividades.

Tive uma concussão grave, um pouco de sangramento interno e hematomas fortes nas costelas. Tendo em vista como eu estava me sentindo, achei difícil de acreditar que não tinham sido quebradas. Eu odiava imaginar qual seria a sensação se estivessem realmente quebradas, diante da dor que eu sentia só com os hematomas.

Descobri pelo médico que eu ficaria no hospital por mais alguns dias, em observação. Todos os meus ferimentos eram dolorosos, mas eu sobreviveria. Eu tive sorte, eu sabia. Poderia ter sido muito pior.

Recebi várias visitas. Até o resto da nossa tripulação me visitou uma vez, incluindo os pilotos. Eles me desejaram boa sorte e conversaram sobre amenidades. Os homens ao meu lado nem sequer ofereceram seus lugares para os outros visitantes. Não fiquei surpresa.

A mão de James apertou a minha uma vez, quando Damien se abaixou para acariciar minha perna. Eu sabia que ele estava apenas sendo simpático. Ele teria afagado minha mão, provavelmente, se ambas já não tivessem sido requisitadas.

James e Stephan nunca se afastavam muito de seus assentos ao meu lado, dia ou noite. De vez em quando, eles se revezavam dormindo em uma caminha pequena dobrável em uma das paredes do quarto. Eu não poderia imaginar que nenhum dos dois conseguia dormir muito naquela cama de aparência dura e desconfortável. Era ao mesmo tempo emocionante e desconcertante para mim ter esses dois homens incríveis que insistiam em me vigiar, completamente despreocupados com seu próprio conforto.

Uma mulher loura de aparência profissional entrava e saía do quarto em silêncio, entregando a James o celular, o laptop ou uma pilha ou outra de papéis. Supus que era assim que ele conseguia passar tanto tempo ao meu lado.

— Você não tem que ficar aqui — eu disse a ele. — Eu entendo que você tem trabalho a fazer.

Ele apenas me lançou um olhar de desprezo, ainda trabalhando no laptop.

Eu estava quase recuperada o suficiente para receber alta quando Stephan voltou ao ataque.

— Por que ele veio atrás de você de novo, depois de todos esses anos? — ele perguntou em voz baixa.

James estava cochilando em sua cadeira ao lado da cama.

— Ele mencionou algo sobre pessoas estarem fazendo perguntas sobre ele, pessoas que ele não conhecia. Ele me viu nos tabloides, acho, e me culpou. Também parecia pensar que namorar um homem rico iria me deixar mais corajosa a ponto de eu ir falar com a polícia a respeito dele.

— Isso é culpa minha — James falou, me fazendo levar um susto. Seu rosto estava pálido. — Eu lamento.

Arqueei uma sobrancelha para ele.

— Dizer que você lamenta seria um pouco de exagero. E, de qualquer maneira, meu pai não estava errado. Eu estou me sentindo corajosa agora.

James tentou me fazer explicar o que eu queria dizer com isso, mas eu não ia falar mais nada. E não tinha nada para compartilhar com Stephan. Ele já sabia de tudo.

Peguei o fim de uma conversa silenciosa quando eu acordei certa manhã, dias depois.

— Acho que vai fazer mais mal do que bem — Stephan estava dizendo a James. — Ela não vai gostar. Dê tempo a ela, James. Eu sei que é difícil, mas você vai ter que ser paciente.

— Do que vocês estão falando? — murmurei, sentindo meu cérebro se arrastar para fora do sono.

Os dois homens pareciam um pouco culpados por terem sido pegos discutindo sobre mim, mas não responderam.

— Desembucha, Stephan.

Ele suspirou.

— James gostaria de levar você para um lugar tranquilo onde você possa se recuperar. Ele estava sugerindo um lugar na praia, talvez. E nós estávamos tentando descobrir como lidar com o circo de mídia que parece seguir James aonde quer que ele vá.

Passei de grogue para alerta enquanto ele falava.

James me lançou um olhar muito solene.

— Não posso dizer o quanto eu não desejava que você fosse pega no fogo cruzado da minha vida que parece um circo de mídia. Essa é toda a razão pela qual eu queria manter a nossa relação discreta, em primeiro lugar. Eu estava sugerindo que eu fizesse uma declaração sobre o nosso relacionamento, deixando claro que você e eu estamos juntos e somos exclusivos. E que a Jules é e sempre foi apenas uma amiga minha. Odeio a implicação de que você está usurpando o território dela. Nada poderia estar mais longe da verdade.

Afastei minha mão de James em seguida e levantei-a, querendo protestar.

— Stephan, nos dê um momento, por favor — eu disse solenemente.

Ele saiu sem dizer uma palavra, batendo em retirada de forma um tanto precipitada.

A mandíbula de James apertou, e ele parecia irritado e suplicante, tudo ao mesmo tempo.

— Por favor, não se feche para mim, Bianca — ele disse baixinho.

Respirei fundo. Meu peito doía. E não era só dos punhos que o tinham marcado. Era uma dor mais profunda.

— James, isso tudo aconteceu muito depressa. Eu preciso dar um passo atrás.

Ele baixou os olhos e escondeu a dor que havia neles. Aquela boca linda torceu de um jeito de cortar o coração.

— Por favor. — Sua voz era baixa. — Eu não posso suportar a ideia de perder você. O que eu posso fazer?

Engoli um nó muito grosso na minha garganta.

— Apenas me dê tempo, por favor. As coisas entre nós avançaram muito rápido, e tudo o que aconteceu desde então só me ajudou a perceber isso. Eu não consigo pensar quando estamos juntos. Você simplesmente me arrebatou e parece que perdi qualquer forma de pensamento são. Eu não sei se posso fazer parte da sua vida, ou até mesmo aceitar qualquer fração dela que você separe para mim.

Percebi que ele queria discutir, mas eu o acalmei com um olhar.

— Apenas me dê algum tempo — repeti, por fim. — Isso é tudo que eu peço. Podemos discutir essa relação que temos em poucas semanas, talvez um mês, se você ainda quiser. Francamente, eu meio que esperava que você apenas seguisse em frente com a sua vida nesse meio-tempo.

Ele parecia muito zangado agora, mas ele me estudava, e eu pude ver que ele tentava digerir.

— Por favor, confie mais em mim, não sou o que você está pensando — ele disse num sussurro. — Você vai, pelo menos, permitir que eu te ligue? Ou mande mensagem?

Fechei os olhos, querendo voltar a dormir, com vontade de chorar como um bebê.

— Vou entrar em contato com você. — Foi tudo o que eu disse.

Ele agarrou minha mão.

— Parece que você já me riscou da sua lista. Eu queria poder saber que palavras eu poderia dizer para deixar claro como eu levo nós dois a sério.

Havia lágrimas em sua voz, e isso partia meu coração. Mas ele realmente não tentou encontrar as palavras. Ele nunca falou de amor, nem mesmo do quanto ele se importava. Isso tornou mais fácil para que eu fizesse o que precisava ser feito. Me ajudava a dizer a mim mesma: *A gente mal se conhece. Isso tudo pode não significar nada para ele daqui a um mês.* Se ele tivesse dito que me amava, eu poderia não ter conseguido suportar.

— Eu não risquei você da minha lista. Só preciso de tempo e espaço. Como você viu e ouviu, eu vou ficar bem. Vou receber alta do hospital a qualquer momento. Hoje, provavelmente. Stephan vai cuidar de mim depois disso.

Mantive os olhos fechados. Era muito mais fácil dizer as palavras quando eu não estava olhando para ele.

— Adeus, James — falei, minha voz estranhamente grossa. Era uma despedida.

Ele beijou minha testa. Eu o senti me observar por longos minutos. Finalmente, depois de uma espera de suspense, ele partiu.

Senti as lágrimas deslizarem pelo meu rosto, mas só depois que ele tinha ido embora.

Stephan retornou algum tempo depois. Eu suspeitava que ele tinha acompanhado James até lá fora. Ele veio direto para o meu lado, parecendo saber, sem uma palavra minha, o que havia acontecido.

— Você está bem, Bi?

Balancei a cabeça.

— Quero sair daqui. E estou pronta para falar com a polícia, Stephan. Vou contar tudo.

Continua em

Mile High

Entre em nosso site e viaje no nosso mundo literário.
Lá você vai encontrar todos os nossos
títulos, autores, lançamentos e novidades.
Acesse www.editoracharme.com.br

Além do site, você pode nos encontrar em nossas redes sociais.

https://www.facebook.com/editoracharme

https://twitter.com/editoracharme

http://www.pinterest.com/editoracharme

http://instagram.com/editoracharme